加賀乙彦 自伝

加賀乙彦
Kaga Otohiko

集英社

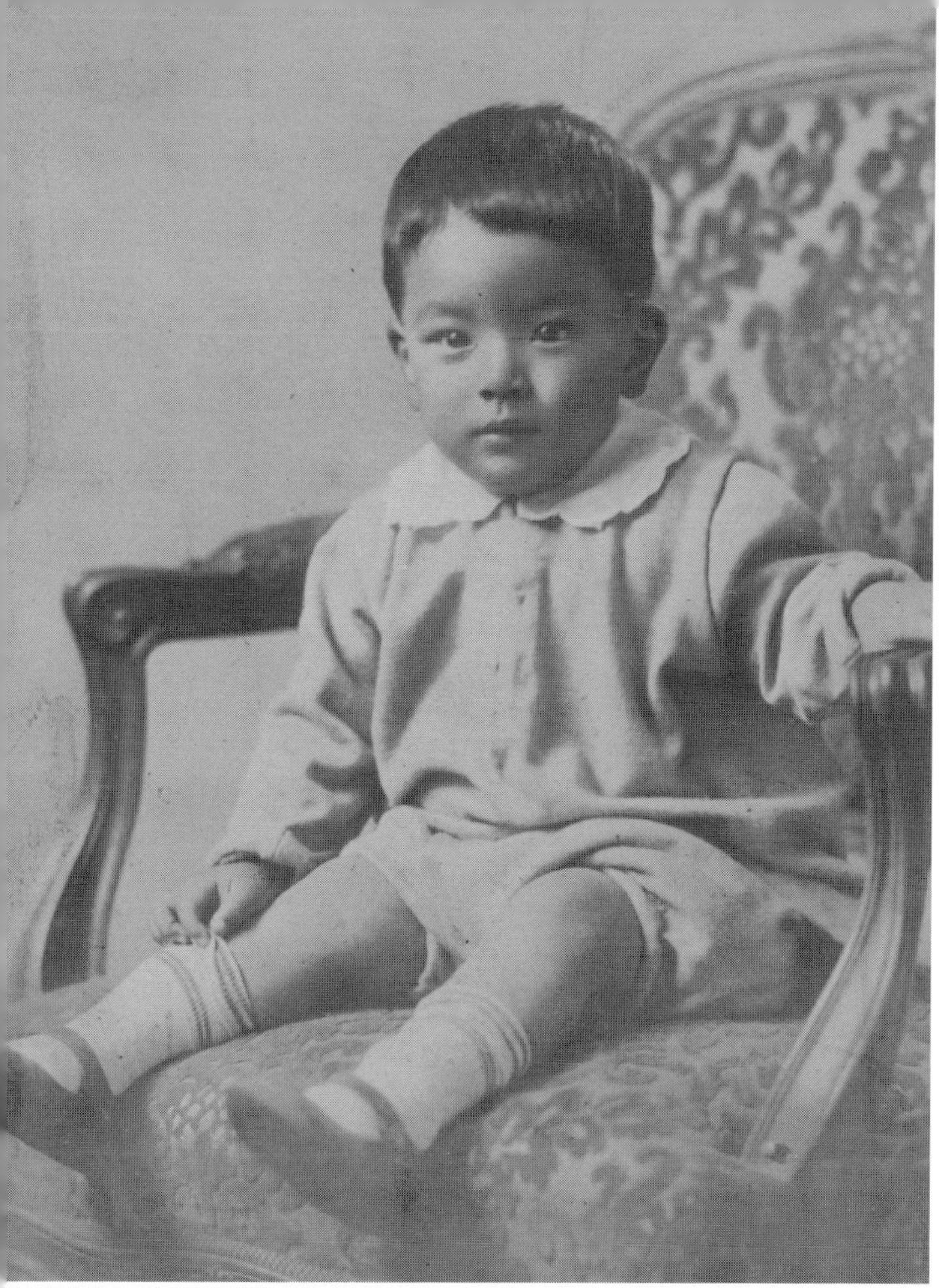

左／満2歳の誕生日（1931年4月22日）

下右／祖父・野上八十八（1928年）　下中／生後50日（母と。1929年6月10日）

下左／両親の結婚式（母・米と父・孝次。1928年5月28日）

上／陸軍幼年学校時代。左から、三男・和孝、父、加賀、四男・明孝、次男・正孝、母（1944年）　下右／3､4歳頃
下左／前列左から、叔母・野上春子、正孝、母、和孝、祖母・野上初江、加賀、叔母・野上正子、後列左から、父、叔父・野上十郎、祖父（1935年）

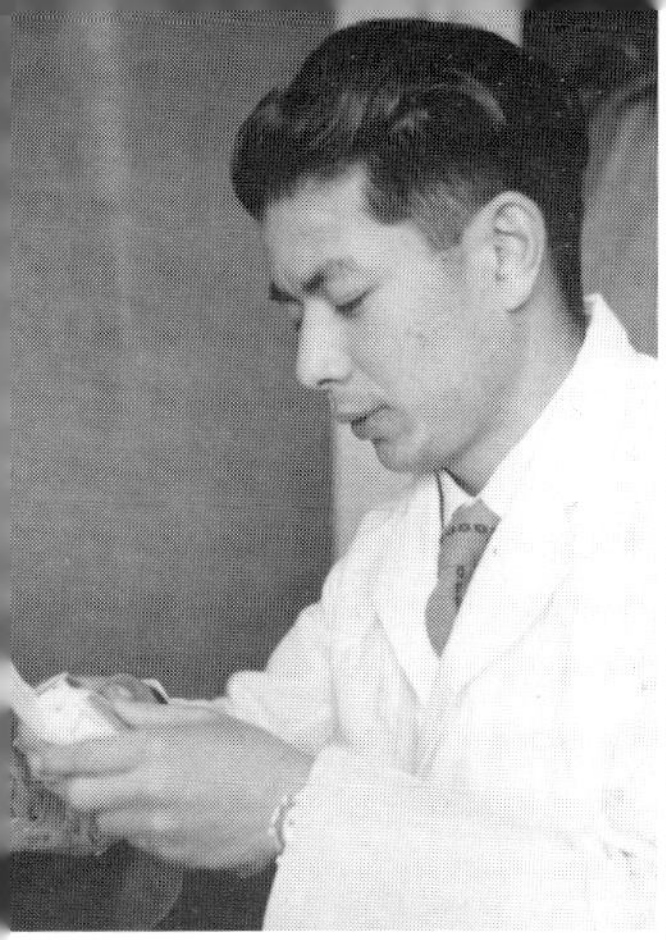

右上／薬師岳太郎小屋付近（1956年頃?）　左上／川口病院での勤務時代（1956年秋）　左中／亀有セツルメント診療所（1960年8月27日）
下／セーヌ川にて。奥に見えるのはノートルダム大聖堂（1958年）

上／パリの斎藤寿一画伯のアトリエにて。左から、斎藤、辻佐保子、辻邦生、加賀（1959年秋）　下／パリのモンパルナスにて。左から、加賀、辻佐保子、辻邦生（1959年秋）

上／フランドルのサンヴナン病院の病室。
中／サンヴナン病院にて。左から加賀、婦長、エンヌ医長（１９５９年頃）　左／南部あや子との結婚式。学士会館にて（１９６０年10月31日）
下／新婚旅行、箱根にて（１９６０年）

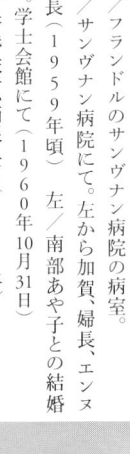

上／東京医科歯科大学犯罪心理学研究室にて。左端は古畑種基、後列、加賀（1966年頃）　下右／後楽園アイスリンクにて（1979年2月）
下左／取り壊す直前の西大久保の実家前にて（1970年）

上／浜名湖会。左から5人目が埴谷雄高、その右隣から藤枝静男、高井有一、加賀（1985年）　下右／藤枝静男と（同上）　下左／洗礼式を終えての記念写真。妻と（1987年12月）

エルサレムのオリーブ山にて（1996年10月20日）

※扉写真
第1部／満1歳の誕生日（母と。1930年4月22日）
第2部／東大脳研にて（1957年春）　第3部／愛車のルノーと（1959年頃?）
第4部／忘年会にて。前列左から、中野孝次、埴谷雄高、後列左から、加賀、岡松和夫（1994年12月）　第5部／エルサレムの聖墳墓教会にて（1996年10月20日）

（敬称略）

加賀乙彦　自伝　目次

プロローグ

第1部　二・二六事件から敗戦まで

第2部　フランス語修業と医学生生活

第3部 フランス留学

第4部 『フランドルの冬』から『宣告』へ

第5部　いかにしてキリスト教徒となりしか

エピローグ

加賀乙彦　自伝

プロローグ

「この三年、私は不幸続きなんですよ」――東日本大震災から一カ月が過ぎた二〇一一年四月十八日、東京・本郷壱岐坂《いきざか》のマンション九階にある加賀乙彦さんのご自宅を訪れた。八十二歳の誕生日を目前にした加賀さんの口から飛び出してきたのはこのひと言だった。第一の不幸が襲ったのは二〇〇八年十一月十九日。夫人のあや子さんが脳出血のため急死したのだ。

妻との別れ

あの日、二〇〇八年十一月十九日夜、長崎で行なわれる「ペトロ岐部《きべ》と一八七殉教者[※1]」の記念ミサに出かける前夜の出来事です。私は長崎には数え切れないほど旅をしたのですが、女房は長崎には一度も行ったことがないので、いい機会だから一緒に行こうということになったのです。彼女も喜んで、夜遅くまであれこれ準備していました。十時くらいでしたか、私は眠くなったので、「先に寝るよ。きみも早く寝ろよ」というと、「はい。おやすみなさい」と返事が返ってきました。それが彼女の声を聞いた最後でした。

夜中の二時半くらいになってトイレに起きてみると、部屋には明かりが点いていて、彼女の姿が見えない。声をかけたのですが、一向に返事がない。どうしたのだろうと心配になりあちこち捜したら、風呂場に明かりが点いている。なんだ風呂に入っているのかと思って、「あや子ー、まだ入ってるのかい」と呼びかけました。なんの反応もない。シーンとしている。何か大変なことが起きたにちがいない。静寂が恐ろしいばかりに迫ってきました。

慌てて風呂場へ入っていくと、あお向けになった彼女がお湯の中に沈んでいる。その様子を見て、もう生きていないと、すぐにわかった。それでも、医師として知っているかぎりの蘇生術を必死で試みました。しかし、腕を持ち上げてみると硬直したままで下りてこない。死後硬直が始まっていました……。おそらく、お風呂に入っているあいだに何らかの理由で意識を失いそのまま水中に沈んだのでしょう。翌朝、監察医が検案をし、死因はクモ膜下出血とわかりました。死亡時刻は、およそ前日の午後十一時ころとのことでした。

私も女房もクリスチャンですから、葬儀は二人に洗礼を授けた神父の司式で、四谷の聖イグナチオ教会で執り行ないました。

十一月二十三日日曜日の通夜と翌昼の告別式には大勢の方々が来てくださいました。新潮出版部をはじめ、上智での教え子たちが親身になって手伝ってくださいました。私は頭が働かず、息子と娘がいろいろと気配りをしてくれました。ことに私を励ましてくださったのは、女房のお友だちの寺島葉子さんが、旦那さんの寺島尚彦さんがつくられた「さとうきび畑」を唱ってくださったことでした。

そして翌〇九年の二月初旬、息子とわが家の菩提寺、曹洞宗高林寺《こうりんじ》に行き、妻の骨を納めたいと頼んだのです。ところが住職は硬い顔つきで、「当寺は仏教の寺でキリスト教徒はいっさいお断りです」というのです。しばしの押し問答の末、それ以上議論しても埒《らち》が明かないと思い、私たちは家に帰りました。父の死後、父母の供養年には法事を頼んで読経してもらっているという顔見知りの住職なのですが、キリスト教への敵意は確固としていました。仕方がないので、翌日、金沢の菩提寺である東山の西養寺《さいようじ》の住職に電話で事情を話し、キリスト者の妻の墓をそちらに造りたいといいました。すると、「うちは、どんな宗派の方でもお墓に入っていただいてかまいません」と寛大な返事をいただきました。

そこで私は、東京の墓を廃して、祖父母、父母、妻の墓を金沢に造る決心をしました。五月末には、高林寺の墓石をトラックに載せて金沢の西養寺へ運び、その後、妻のために、なるべくいい場所に墓を建ててあげようと、私、息子、娘の三人で金沢へ出向き、場所を決めてきました。そうして七月十九日、私、息子一家、娘、妻の妹、姪とで、西養寺で納骨式を無事行なうことができたのです。

後から振り返ると、おそらくそのとき、妻の死と墓を造ることでストレスを感じ、心臓にかなりの負担がかかったのだと思います。女房を亡くして以降どうにも元気がなくなり、いま書いている小説（『幸福の森』「新潮」に連載。二〇一二年一月号で完結）にも暗い翳《かげ》がさすようになる――まあ主人公の年齢[※2]からいって、そろそろ終焉を迎える時期に来てもいたのですが。

そうして二〇一一年の一月十八日、文藝家協会の理事の新年会で阿刀田（高）さんと話をしていて、さあ乾杯というときに突然目の前が真っ暗になった。最初停電だと思ったのですが、そうではない。意識を失ったのです。十秒から十五秒くらいのあいだ心臓が止まり、再び動き出したときに意識が戻りました。幸い後ろへ倒れかかった私を誰かが支えてくれたらしく、その場では大事には至らなかったのですが、これはまずいと、すぐに主治医である循環器内科の先生に携帯で電話をして、状況を説明しました。すると、「それは大変だ。すぐ医科歯科（東京医科歯科大学医学部附属病院）の救急救命センターにいらっしゃい」といわれ、タクシーで病院に向かったのです。

心電図を見ると、波形が私の心の動揺を表すようにすごい乱れ方をしている。心房粗動といって、ほうっておけば心臓が止まってしまう。すぐに手術をしたほうがいいということになり、同時に、不整脈をコントロールするためにペースメーカーを付けることにしました。一月十八日から二十二日間の入院で、二月八日にやっと退院できました。しかし、三月になるとまったく食欲がなくなり、ペースメーカーを入れたところがすごく痛む。そこで三月二日に再度入院し、新しい薬で肝障害が出たということが判明。結局全部で四週間ほどの入院生活を送りました。

三月十一日、大震災のあと

三月七日に退院し、すぐに小説を書き出したのですが、イマジネーションが細々と——細々という気持ちになったのは作家になって初めてです——しか出てこない。その代わり、女房の夢をしょっちゅう見る。これはどうもあまりよろしい状態ではない。鬱々《うつうつ》とした気分に陥っているところに、なんとなく調子がよくない。そこで三月十一日に、ペースメーカーの調子を検査するため、湯島の医科歯科の附属病院へ行きました。診てもらったところ、ペースメーカーの調子はいいというので、ひとまず安心して病院の外に出た途端、足下から大きな揺れが襲ってきました。3・11のあの大地震です。椎の木でしょうか、病院の庭にあった大きな木につかまりながら上を見ると、病院全体がフワフワという感じで動いており、建物全体が倒れかかってくるような恐怖を味わいました。

揺れが収まり、家に帰るべくタクシーに乗ろうとしたのですが、タクシーがまったく来ない。仕方なく、心臓を気遣いながら湯島から本郷の自宅までなんとか歩いて、たどり着いたのが夕方の四時ごろです。途中の道々の暗く静まりかえった様子は、先の戦争以来ずっと見なかった光景でした。戦時中の大空襲の後のなんともいえない焦げ臭いにおいと一面の焼け野原――。焼け野原こそなかったけれど、建ち並ぶビルがすべて死んでいるようで、なんとも嫌な感じでした。

マンションに入ると、住民の皆さんが一階のロビーに集まっている。地震でエレベーターが全部止まってしまい、動き始めるのを待っているのです。あの日は寒い日で、出入り口を人が通るたびに自動ドアから冷たい風が入ってくる。しばらく待っていたのですが、一向にエレベーターが動き出す様子がない。ここにいて風邪を引くより無理をしてでも家に帰ろうと、階段をゆっくりゆっくり上っていきました。九階の自宅になんとかたどり着いて部屋のなかへ入ると、戸棚に入っていたワイングラスが全部床に落ちて割れ、本も雪崩《なだれ》を起こしていました。仏壇を開けてみると、イエス・キリストの十字架は倒れていて、阿弥陀様はちゃんとしている（笑）。我が家ではキリスト教と仏教が共存しているのです。やれやれかなわんな、と思いながら、倒れていた女房と父母の位牌を全部元に直して、着の身着のまま横になっているうちに、疲れて寝てしまいました。

翌日、同じマンションの十一階の仕事場の様子を見に行くと、書斎のほとんどの本棚がぐにゃっと傾《かし》いで中身が全部下に落ち、三方本棚に囲まれている仕事机の上には本が山盛りになっている。九階の比ではないほどの惨状に呆然としました。書庫はどうかと、二つあるうちの小さいほうの書庫へ行ってみると、扉が歪んでどうしても開かない。大きいほうの書庫も手の付けようがない状態でした。夕方息子が来て、机に覆い被さっていた本箱を立て、下に落ちている本を片付けて、とりあえず歩いて机まで行けるようにしてもらい、ようやくひと息つくことができました。しかし、女房の死といい、心臓の発作といい、どうして歳をとってから急にこんな不幸な目に遭い出したのかという、恨み言めいた思いばかりが口をついていました。

その後しばらくは、毎晩毎晩テレビを観ながら――あれほどテレビを観たことはかつてありませんでした――、自然の力のすごさに驚愕し、避難所にいる人たちの気持ちを思っては胸がふさがれました。すぐにでも現場の被災地に駆けつけたいと気持ちが逸《はや》るものの、八十歳を過ぎてペースメーカーを付けている身ではかえって迷惑になるだろうと諦めるしかありませんでした。六十五歳だった阪神・淡路大震災のときにはボランティアとして各地区の避難所を診察して回れたのに、今回は入院してからすっかり足が弱くなり、いまは五千歩くらい歩くともう痛くて歩けない。あのころに比べて、歳をとってかなり弱ってしまったことがつくづく身に沁みました。

テレビで避難所の人たちの生活を観ていると、戦争中のことを思い出さざるをえません。老人はどうしても昔のことを思い出すのです。私が幼稚園のときに二・二六事件[※3]が起き、そこから日中戦争に突入し、私自身軍国主義の只中にたたき込まれました。戦争末期の一九四五（昭和二十）年に入ると東京でも空襲が激しくなり、三月十日の下町方面への大空襲をピークに五月の末まで続く。この間に東京の町の三分の二が燃え、人々は住むところを失い、食べるものもなかった。当時の国家はそういう国民のために何らかの援助をしてやろうという発想も気力もなかったし、それまで威張り散らしていた軍国主義者は、ただ自分たちが逃げ回るだけで被災者を助けるという気などまったくない。今回の震災では、多くの人たちが被災者に援助の手を差し伸べている。これは大きな差です。日本人もずいぶん変わりました。

　震災と戦争とはよく似ています。どちらにおいても人間は自分の生きる場を奪われ、故郷を奪われ、ものもなくなり、当《あ》て所《ど》なくさまよい歩くしかない。ことに敗戦の年の一月、二月は寒さが厳しく、道端に餓死者がごろごろしていました。国民がいちばん苦しむのは、天災と戦争であることは間違いありません。テレビを観ながら戦争中のことを毎日思い出しています。東京電力福島第一原発の放射能の垂れ流しには、原爆が落ちたときの悲惨な情景が一挙によみがえりました。

死生一如

三つの不幸に遭遇して最初に感じたのは、自分も相応に歳をとって老衰してきたということです。つまり死が近づいている。これは避けられない事実であって、だからこそ私はいま書いている『雲の都』を早く完成させたいという気持ちが非常に強くなったのです。最後の小説になるのではないかという気もしています。もう一つ、歳をとった人間というのはやはり孤独なものだということを感じました。女房のいないマンションで一日じゅう自宅と仕事部屋を行き来していると、痛切に孤独を感じる。そうして友人たちが死んでいく、吉村昭[※4]さん、大庭みな子[※5]さん、井上ひさし[※6]さん……。親しくしてきた人たちが次々にいなくなる、そういう孤独です。

私は若いときから死刑囚に接するなど、死というものに非常に関心をもってきたし、この一月の発作で大きな力で死が迫ってくるのをまざまざと感じました。しかし、死を避けるために必死に頑張ろうとは思いません。この大震災が起きて以来、世の中では急に「頑張れ、頑張れ」といい出しているけれど、いくら頑張ったところで死は避けられない、死は確実にやってくるのです。

それでは、死は恐るべきものなのか。私はそうは思いません。荘子《そうじ》がいっているように、「この世に生を受けたのは生まれるべきときにめぐりあっただけだし、生を失って死んでゆくのも死すべき道理に従うまでのことだ」（大宗師篇）というのが、ほんとうでしょう。生を受ける前に無があり、死後にも無があるだけだ。人間の生とはそういう無に生まれたわずかな時間のことだというのです。つまり「生まれる前はどこにいたんだ？　死というのは生まれる前の状態に帰るだけで、そんなことを怖れてどうするんだ」というわけです。いわゆる死生一如ですね。人間というのは一所懸命働いて、あるいは自然のなかに悠然と暮らし、楽しみ、そして歳をとるに従っていろいろな病気が出てきて苦しむ。やがて死というものに慰められてどこも痛いところがなくなる。そうした生き方はあらゆる人間に共通しているのだから、なにも恐れることはない。荘子をよく読んでいた芭蕉も同じことをいっています。私は心臓で危うく死にかけたけれど、おかげで入院中に荘子と芭蕉をじっくりと読むことができた。転んでもただでは起きないというやつです（笑）。

そんな心境もあって、いまのうちに自分のことを話しておこうという気持ちになってきたのです。

フィクションとノンフィクションのあいだ

先ほどいったように、私が幼稚園のときに二・二六事件が起き、一九四一年、小学校の六年生のときに太平洋戦争が始まります。それから、陸軍幼年学校在学中の一九四五年の敗戦まで、つまり私の少年時代の日本はほとんど戦争をしていたのです。戦時中の空襲や戦後のアメリカ軍が進駐してきて以後の生活は、子どもにとって強烈な体験でした。ところが後年、当時の映画などを観ても、あの時代に感じた身体的な実感が伝わってこない。そこで、当時の飢えの感覚などの体感を自分の意識のなかでもういっぺん作り直し、それを戦争中の自分の一家の物語として書いてみようという気持ちで八五年十二月（『新潮』八六年一月号）、五十六歳で書き始めたのが、『永遠の都』のシリーズです。[※7] 最初は祖父が亡くなった敗戦直後の辺りで終わりにしようと思っていたのがなかなか終えられず、気がついたらなんとも複雑でかつ長大なものになってしまいました。第一部の『岐路』が完結したのが八七年十二月（単行本刊行は八八年六月）、五十八歳で、その後第二部『小暗い森』、第三部『炎都』と書き継いでいきました。続いて、戦後から始まる『雲の都』シリーズの第一部『広場』を書き始めたのが一九九九年十二月（『新潮』二〇〇〇年一月号）、七十歳のときです。そして、八十二歳を目前にしている現在、まだ書き続けています（その後、二〇一一年十二月に第四部「幸福の森」を書き終え、翌年七月に『幸福の森』『鎮魂の海』の二分冊として上梓。結局、二十六年間書き続け、約九千枚の長篇になりました）。

まあ、ここ二十年以上、この小説に振り回されているような感じもしますが、書いていくうちに長い小説を書くコツがだんだんわかってきました。複雑に曲折もするような構成、一人ひとりの個性の書き分け、作中人物の意識のなかに作者が入り込む書き方といったことです。同じ事件でも、大人から見るのと子どもから見るのとでは全然ちがったものに見える。要するに、いくつもの層が重なっているような書き方をしているわけです。こういう書き方はある程度の長い小説でなければできない。それで結果的に長大なものになっているのですが、長くなったなりに、当初は考えもしなかった面白い小説ができたのではないかと思っています。

この小説には、実際に自分自身が体験したことや私なりの芸術論――音楽論、文学論、歴史論、宗教論等――をそっと書き入れていますから、一種の思想小説としても読むことができる。今回自分のことを語るに当たって、この自伝的小説のどこがフィクションでどこが実際にあったことなのかの種明かしをしてみようかと思います。つまり、小説の流れと並行している自分の実際の生活が、いかなるものであったのかを、この際明らかにしておきたいと考えているのです。

小説は、イマジネーションを自由に駆使して現実世界とはちがう世界をリアリティをもって書くものです。しかし私の場合は、現実からあまりに離れ自分にとって必然性のない出来事や思想を書くことはできません。たとえば、私は音楽が大好きで、音楽がない小説というのは考えられない。私には妹はいないけれど、『永遠の都』『雲の都』には音楽家の妹がいるということにして、音楽の世界を描いています。親しくしている作曲家の別宮貞雄[※8]さんは物理学の出身で、自然科学的なものの考え方と音楽というイマジネーションの世界とは非常に関係が深いことを彼から教わりました。同じく作曲家の野田暉行[※9]さんとは、私の創作能の脚本を彼の作曲した西洋音楽で形容するという冒険的な試みをしたのですが、それによって音楽の世界が大きく広がる思いをしました。

　同じことが文学にもいえます。事実そのものの世界とイマジネーションによるフィクションの世界とは、どこかできちんと接合している。それが接合されていないと時代や国がわからないような小説になる。そういうものは私は書きません。日本の小説家である以上、日本の現実と自分の小説の世界が、たとえフィクションであろうときちんと接合している書き方をしてきました。幸いにも、それを補ってくれる昔の日記や写真などがたくさん残っていたし、両親から直接聞いた話もある。小説では弟は二人になっていますが、実際には三人いて、その弟たちからもいろいろな影響を受けています。

　そういうかたちで私は実際の世界とフィクションの世界という二つの世界をずっと生きてき

ました。フィクションのほうは活字にしてきましたが、もう一つの実際の世界もけっこう面白いんですよ。私はこれまであまり人がやらないことをやってきたという自負があります。大体、日本じゅうにいる死刑囚全員に会おうなんていう妙な考え[※10]を起こす男はあまりいないでしょう（笑）。

ともあれ、八十余年にわたる私の歩んできた道をこれから語っていきたいと思います。

（二〇一一年四月十八日）

※1　ペトロ岐部は一五八七年、豊後国（現・大分県）国東《くにさき》半島の岐部に生まれる。少年時代を有馬のセミナリオで過ごしイエズス会入会の誓願を立てる。一六一四年、キリシタン追放令により宣教師と共にマカオへ追放される。その後、ゴア、パキスタン、イラン、ヨルダン等を経て日本人として初めてエルサレムに入る。二〇年、ローマへ至り、正式にイエズス会入会を許される。二年間の養成の後、リスボンに赴く。三〇年、迫害を覚悟で日本に戻り、各地を潜伏しながら布教活動を続けるが、三九年、水沢で捕らえられ、同年七月四日、処刑される。二〇〇七年、ローマ教皇庁はペトロ岐部および日本における殉教者全百八十八名を列福（「福者」に認定すること）することを決定。〇八年十一月二十四日、列福式が長崎ビッグNスタジオで開催され、内外の信者約三万人が集まった。

※2　二〇一一年四月時点で、『幸福の森』の時代背景は阪神・淡路大震災の翌年、一九九六年。主人公の小暮悠太は六十七歳。

※3　一九三六（昭和十一）年二月二十六日、「昭和維新」を鼓吹する陸軍の一部皇道派将校に率いられた千四百名の兵が蹶起。首相・陸相官邸、内大臣私邸、警視庁、朝日新聞などを襲撃、陸軍省・参謀本部・警視庁などを占拠。齋藤實内大臣、高橋是清蔵相、渡辺錠太郎陸軍教育総監らが殺害された。翌二十七日、東京市に戒厳令が施行される。二十八日、反乱軍は所属原隊に帰るようにとの奉勅が下される。二十九日、戒厳司令部は《一、今からでも遅くないから原隊に帰れ。二、抵抗する者は全部逆賊であるから射殺する。三、お前達の父母兄弟は国賊となるので皆泣いておるぞ。》というビラを撒き、ラジオで「兵に告ぐ」を流すなど、帰順勧告をなした。これらにより兵や下士官のあいだに動揺が起き、やがて大勢は帰順、一部の幹部は自決し、残りも全員逮捕された。

※4　⇩二二八頁註34。

※5　⇩二二九頁註39。

※6　井上ひさし（いのうえ・ひさし　一九三四―二〇一〇）。劇作家・小説家。浅草フランス座の文芸部員としてコントの台本を書くと同時に、ラジオドラマの懸賞に応募。その後放送作家となり、数多くのラジオ・テレビ番組を手掛ける。一九六九年、戯曲『日本人のへそ』で演劇界にデビュー。小説、エッセイの分野でも旺盛な活躍をし、七二年、『手鎖心中』で直木賞を受賞。八四年、劇団こまつ座を旗揚げ。『頭痛肩こり樋口一葉』を皮切りに座付作者として次々に新作を書き下ろす。主な作品に『道元の冒険』（岸田國士戯曲賞、芸術選奨新人賞）『吉里吉里人』（日本SF大賞、読売文学賞、星雲賞）『シャンハイムーン』（谷崎潤一郎賞）『太鼓たたいて笛ふいて』（毎日芸術賞、鶴屋南北戯曲賞）等。

※7　『岐路』（一九八八）、『小暗い森』（九一）、『炎都』（九六）の三部作の総称。その後『永遠の都』として文庫全七冊にまとめられた（九七）。さらに続篇として二〇〇〇年一月から『雲の都』の連載がスタート。『第一部　広場』（二〇〇二）、『第二部　時計台』（〇五）、『第三部　城砦』（〇八）と続き、一二年一月で『雲の都』の連載が終了。同年七月に『第四部　幸福の森』『第五部　鎮魂の海』の二冊が同時刊行され、『永遠の都』から始まる大河小説は四半世紀をかけて完結した。

※8　別宮貞雄（べっく・さだお　一九二二―二〇一二）。作曲家。東京大学理学部物理学科を卒業後、哲学科へ転部。傍ら作曲を始め、五〇年パリ音楽院に留学、本格的に作曲を学び、以後数多くの曲を送り出している。著書に『音楽の不思議』『遥か、ひと筋の途を……』等。

※9　野田暉行（のだ・てるゆき　一九四〇年生まれ）。作曲家。東京藝術大学作曲科在学中に日本音楽コンクール作曲部門第一位に。同大大学院修了後、気鋭の作曲家として内外で活躍。イタリア放送協会賞、尾高賞等多くの賞を受賞。九七年十一月十四日、国立能楽堂において、脚本・加賀乙彦、音楽・野田暉行、衣装・森英恵、シテ並びに演出・梅若猶彦による創作能『高山右近』が初演された。

※10　東京拘置所医務部技官時代、加賀さんは死刑確定者の全面的調査を試みようと決意。一九五六年十月、札幌、宮城、東京、名古屋、広島、福岡の全国六カ所の拘置所・拘置支所、七十名の死刑確定者の面接・研究調査依頼を法務省矯正局長宛に提出し受理され、死刑確定者四十四名、無期受刑者五十一名、重犯罪者（将来死刑か無期刑かが確定されると予想される未決囚）五十名の計百四十五名の調査を行なった。五九年、調査結果をもとに「日本における死刑確定者と無期受刑者の犯罪学的および精神病理学的研究」としてフランス語の論文にまとめた。帰国後の一九六二年、この論文で博士号取得。

第1部 二・二六事件から敗戦まで

七年前〔一九二八年＝昭和三年〕、初江〔主人公・小暮悠太の母〕がこの西大久保一丁目の小暮家に嫁いできたとき、あたりにはまだ田園の名残りがあって、植木屋の樹木や庭石、仕舞屋の隣に畑地があり、それにとくに雨の日は道がぬかって高足駄の歯に土くれがこびりつき難儀して、生れ育った三田綱町にくらべると大変な田舎に来たと嘆いたものだった。それが、植木屋を立ち退かせて畑を潰して工事が始まり、いつのまにか並木や歩道をそなえた〝改正道路〟〔現在の明治通り〕が家のまん前を通り、家の敷地も大分削られ、低い路面まで石段で通うことになった。改正道路は池袋、新宿、渋谷を結ぶとあって、東京市の〝青バス〟の路線となり円タクも繁々と来て、足の便がぐんとよくなった。道路沿いに家々が新築された。多く板塀や竹垣に囲まれ、小さな庭と洋風応接間をしつらえた〝文化住宅〟で、明治時代、この地が豊多摩郡大久保村と言われた時代より建っている小暮のわが家は、古めかしさで目立つようになった。

（『永遠の都』第一部『岐路』第一章「夏の海辺」より）

永遠に変わり続ける故郷・東京

加賀乙彦（本名・小木貞孝《こぎさだたか》）さんは、一九二九（昭和四）年四月二十二日、東京市芝区三田綱町（現・港区三田二丁目）の母方の祖父が院長を務める野上《のがみ》病院にて生まれる。その後、東京市豊多摩郡西大久保一丁目（現・新宿区歌舞伎町二丁目）の小木家で育つ。父・孝次《こうじ》氏の小木家は代々金沢藩士で、小木家は加賀・前田侯爵家の広大な中屋敷の一郭にあった。母・米《よね》（父の八十八を米に縮めたもの。外向きには米子《よねこ》と自称していた）さんの実家・野上家は三田の慶應義塾裏で病院を経営。祖父・八十八《やそはち》氏は日露戦争時に第二艦隊の巡洋艦八雲の軍医長として従軍。その後三田で病院を開業。母は野上家の長女。加賀さんは幼いころからこの病院によく出入りしていた。

幼年時代から少年時代にかけての記憶として強く残っているのは、西大久保の家よりも母方の祖父《じい》さんが院長をしていた三田の病院のほうです。病院というのがいかに面白いところかをそこで知りました。後年、私が医者を志す根っこにもなっています。大きな病院で、待合室の正面には軍艦八雲の精巧な模型、壁には東城鉦太郎[※1]の「三笠艦橋の図」の油絵の模写、中央の柱に海軍少佐の典礼服を着た祖父の写真が飾ってありました。つまり、自分は海軍の軍人だというのを自慢したかったんですね。そのころの話をしょっちゅう聞かされていたので、日露戦争というのは私にとって非常に身近な戦争でした。

　この祖父さんというのが、とにかく変わった人でした。山口県の貧しい漁師の八男坊に生まれ、十九歳のとき一文無しで上京して、神田の牛乳屋で住み込みで働きながら医者を志す。その後軍医となって、日露戦争で勲章をもらい、その勢いで三田で開業する。祖父さんは毎朝風呂に入るのですが、その後浣腸をして、口から管を飲んで胃洗滌をする。人間っていうのはつまるところ管なんだから、その管のなかをきれいに洗わなければいかん、と（笑）。

　胃洗滌は胃潰瘍の治療法でもあって、アルカリ性の重曹を入れた水を胃のなかに入れると胃酸が中和され、胃潰瘍が治るというわけです。その治療法を記した本がいまでもどこかにあると思いますが、それが評判になって祖父の病院は「胃潰瘍病院」なんて呼ばれていました。祖父さんはまた大の発明好きで、結核用の新式レントゲンの特許を取ったり、虫刺されの特効薬「完皮液《かんぺーき》」、簡易火付け器「マッチちゃん」、携帯に便利な小型汚水濾過装置「真水ちゃん」とか、いろいろユニークなものを発明していました。もっとも胃洗滌の本は博士号を取るまではあまり売れず、肩書きに〝博士〟と付いたら途端に売れるようになった（笑）。

病院の地下には発明室があって、「只今発明中」という札が下がっていると、誰もなかに入ってはいけない。とにかく才気煥発というか何にでも興味をもつ人で、紫外線の研究を始めて紫外線療法を導入するなどして、けっこう繁盛していました。祖父さんの発明した新式レントゲンは野上式レントゲン器といって、けっこう有名でした。その試運転のときに、祖父が操作盤に向かってボタンを押していくと、いきなりドカーンというものすごい音がした。あれにはびっくりしました。これは特許を取って、一時は全国の診療所から注文が殺到して、ずいぶん儲かったようですが、工場の会計係に売上金を持ち逃げされてしまいました（笑）。

それから、私が天文学に興味をもつようになったのも祖父の影響です。祖父は趣味が昂じて目蒲《めかま》線の武蔵新田《むさししんでん》に天文台をつくったんです。あの辺りはいまでこそ繁華街ですが、当時はまったくの田舎で、三田の病院から武蔵新田までフォードを運転して行く。私も一緒に連れて行ってもらって、「アインシュタインの相対性原理を知らなくちゃ人間とはいえないぞ」とか、「重力によって光は屈折するんだ」などという話をよく聞かされました。それで興味を惹かれたので、母に『原子の話』という本を買ってくれといったら、「ハラコの話」と読んだのでしょう、「女の子の話でしょ、やめなさい」っていわれました（笑）。

十歳の誕生日には祖父から天体望遠鏡をプレゼントしてもらい、それからは毎晩、我が家の物干し場から夜空を眺めていました。当時でも新宿の夜は明るくて星が見えなかったのですが、西大久保辺りでは、けっこう星がよく見えたものです。もう少し後になりますが、太平洋戦争が始まって灯火管制になったときは、不謹慎ながらうれしかったですね。東京でも空が真っ暗になるから星がよく見えるんです。私が府立六中[※2]（現・都立新宿高校）に入るのは太平洋戦争が始まった翌年です。六中には天文部があって、一年生で入部したのは二人だけでしたが、学校に据え付けてあった天体望遠鏡から星を見ていると、戦争中の陰惨な気持ちが慰められ、壮大な宇宙を毎日見られるという喜びがありました。

その当時、有楽町の東日会館にプラネタリウム[※3]があって、そこへはよく行きました。しかも、解説していたのが大佛次郎のお兄さんの野尻抱影[※4]ですからね。野尻さんの話は実に面白かった。他の解説者もいましたが、野尻さんはやはり格が違いました。私はほんとうに星が好きで、あのままいっていれば天文学者になったかもしれない、といまでも思っています。後年、娘を連れて富士山に登ったことがありますが、娘が流れ星を見て、「パパ、星が一つ落っこった」というんです（笑）。初めて流星を見たわけですね。私の子どものころはひと晩に三つか四つ流れ星を見られましたから、びっくりしている娘を見ながら、逆にこちらが驚いてしまいました。

三田の病院でもうひとつよく記憶に残っているのは五右衛門風呂です。祖母に抱かれて五右衛門風呂に入っている光景が、二・二六事件以前の遠い記憶として残っています。祖母が手をポンプにしてお湯を飛ばしたり、手ぬぐいで風船をつくったりして遊ばせてくれたのを覚えています。病院は空襲で焼けてしまったのですが、焼け跡から五右衛門風呂を拾ってきて、戦後もしばらくは西大久保の家で五右衛門風呂を使っていました。そのうちに母が薪で焚くのは面倒だといい出して、ガス風呂に変えてしまったのですが、五右衛門風呂というのは、なんとも郷愁がありますね。

祖父の思い出が非常に強烈なのに対して、父親の印象は稀薄です。親父は安田生命に勤めていて、非常に几帳面な人で会社が退けるとまっすぐ家に帰ってくる。土曜日には、鵠沼《くげぬま》の友だちの家に行って麻雀やゴルフをやる。たいていは向こうに泊まってくるから、土日はいつも家にいません。土曜日に出かけるとき、月曜の出社用の背広を持って出かけるんです（笑）。

親父は写真を撮るのも好きで、暗室をつくって自分で現像していました。それはもうたいへんな凝りようで、趣味の域を完全に超えていましたね。写真だけでなく、映画のフィルムを編集する機械もあり、自分で撮ったフィルムを編集しては試写会を開いていました。最初のうちは16ミリでしたが、後に8ミリになって、ちょうどアメリカで『風と共に去りぬ』がカラーで上映されたころで、親父はいち早くコダクロームを手に入れて、カラーで撮っていました。当時のフィルムはいまもまだ残っていて、新宿の町の様子などがほんとうに細かく映っています。親父はタクシーの助手席に乗って、移動しながら町の風景を撮っていたのですが、あれは戦前の東京を知る上で貴重で、私が小説を書くときにもとてもいい資料になりました（笑）。

とにかく趣味人で、いろんなものに凝っていました。ゴルフもなかなか上手くて、庭に網を張ってそこに向けてボールをよく打っていた。ところが私が幼稚園児のころのある日、父の練習を窓から見ていた私に向かってすっぽぬけたクラブが飛んできたんです。勢いをつけたクラブは、そのまま私の頭に当たった。私は気を失うのですが、その寸前に黄粉《きなこ》みたいな粉が額から出たような記憶があります。大変な出血だったようで、慌てた母はすぐに三田の病院に連れて行き、私は気がつくと客間に寝かされていました。痛み自体は一週間ほどで引いたのですが、何しろ頭の怪我ですから安静にしてなくてはいけないというので、一カ月くらい病院で暮らしていました。祖母がいろいろな本を買ってきてくれたり、みんな親切で、普段とずいぶん扱いがちがうなと、子ども心に思ったものです。

それから、私が小学校一年生のとき、ちょうどベルリン・オリンピックの年（一九三六年）ですが、父は世界一周の旅に出ました。帰ってきたときには、世界各地のお土産をたくさん買ってきてくれたのを覚えています。毎年元旦には、父は紋付き袴、母は留袖《とめそで》、子どもたちは新調した洋服を着るのが決まりで、食卓には、黒塗りの盃台に金の三重盃が並びます。金盃には前田侯爵家の家紋、剣梅鉢が刻されていました。まあ、当時としては恵まれていたのでしょう。我が家ではなにかというと人をたくさん招んで祝い事をしたり、母と行った小学校の卒業旅行のときなど、小学生には不相応な立派な旅館に泊めてもらったり、自分の家が裕福だというのはなんとなく感じていました。

加賀さんが四半世紀をかけて完結させた大河小説『永遠の都』（全七冊）『雲の都』（全五部）は、加賀さん自身がモデルの小暮家の長男・悠太が数え七歳の一九三五（昭和十）年から始まる。生命保険会社社員でゴルフと麻雀が好きな父・悠次、母・初江の父で三田にある病院の院長・時田利平などが登場する。

『永遠の都』を書き始めるときに、親父の映画がずいぶん役に立ちました。ああ、ここに鶏小屋があった、柿の木があそこで、こっちに栗の木があったとか、昔の家の様子が確かめられましたから。家の前が明治通りで、そこを糞便の樽を積んだ荷馬車が通っているのが映っていたりする。そのころは水洗便所などありませんから、便所の底の壺に溜まった糞便を汲み取りにきてもらっていたわけです。そのときには強烈な臭いを発するから、学校から帰ってくると、ああ今日は汲み取りに来ているな、とすぐわかる。汲み取ったものを入れた木の樽は大きな荷台にずらりと並べられ、それを馬が曳いて行く。だから家の前の通りは、馬の糞ばかりでした。同時にそこを戦車が通る。家のすぐ近くの戸山ヶ原近辺には陸軍の射撃場や戸山学校陸軍病院、東京陸軍幼年学校といった陸軍関係の学校もたくさんあって、その通りは代々木の練兵場まで続いていた。当時は〝改正道路〟といいました。馬車が通るは、戦車が通るは、兵隊の隊列が通るは、という賑やかな通りでした。

そういう記憶を核にして資料を丹念に調べていく。それをなるべく正確に言葉として残しておくことで、昭和という時代を描く。戦中、戦後の歴史についての資料をずいぶん読み、厖大なノートもとりましたが、ある日ふっと気がついたんです。戦中、戦後の大事な事件のほとんどが東京で起きている、東京こそが主人公だ、と。

実は、それまでの私は、地方に生まれなかったことを小説家として弱点に思っていたんです。たとえば大江健三郎[※5]だったら愛媛、中上健次[※6]だったら紀州とか、それぞれ特徴ある土地を核にして豊饒な物語世界を創り上げている。故郷をもっている作家はなんと幸福なことか、と。私の生まれ育った東京は、破壊に次ぐ破壊で町並みが激変してきました。明治維新、関東大震災、大空襲、それから戦後の高度経済成長によるビル化……。しかし、東京そのものを主人公にすればその激しい変遷自体が物語になる。これを書かない手はないのではないか。そういう気持ちになってきたんですね。

自分の故郷は東京だ。しかし、その故郷のありようは、大江健三郎の四国の森や宮沢賢治のイーハトーブなどの、いまもなお残っていてこれからも残り続けるような故郷とはちがい、形のない故郷です。「永遠の都」というタイトルは、永遠に変わり続ける故郷という意味で、東京がこの小説の主人公なのです。もちろん自分の家ももう一つの主人公であり、父親、母親、祖父母たちの書いたもの、残したものから豊かなイマジネーションが湧いてきて、それが小説の核になっています。

最初の記憶は二・二六事件

私の最初の記憶というと、幼稚園時代、二・二六事件のころで、その辺りからだんだんに現実味を帯びた記憶になってくる。小説の始まりの一九三五年は二・二六事件の前年で、私の記憶では、この年は非常に平和な年でした。小説に一家が夏休みに海へ避暑に出かける場面が出てきますが、そのころの東京の中流家庭の人たちは夏は葉山や逗子へ泳ぎに行くことが多かったんです。漁師さんたちの家をひと夏借りて住むという習慣があり、必ずお手伝いさんがついていく。彼女らの出身地は栃木あるいは千葉辺りが多くて、東京の留守宅には、お手伝いさんの家族が田舎から留守番に来ていました。我が家の場合は、最初のうちは逗子で、途中から葉山に行くようになりました。親父は平日は会社で、土日だけ海に来るのですが、泳げないんです。だから自分はボートに乗って、みんなが泳ぐところを回っては盛んに写真を撮る。小説のなかでは風間家となっている政治家の親戚一家も葉山に来ていました。小説では四人姉妹ですが、実際には六人姉妹ですから、すごく賑やかで明るかった。宝塚の歌をみんなで歌いながら踊ったり、そういう平和な夏でしたね。三田の祖父一家も葉山に家を借りていて、三家族がひと夏葉山で一緒に過ごす。当時は夏休みというと海に行くという感覚で、山に行くというのはあまりなかったですね。

海水浴客もけっこういました。いまより人出が多かったのではないでしょうか。当時はまだ浜茶屋みたいな休憩所があまりなく、みな海辺にテントやパラソルを立て、そこで休んでいました。たいていはパラソルで、テントを持っているのは金持ちでしたね。

ときどき沖を軍艦が通ると、あの軍艦はなんだと当てっこをする。私はそれが得意でした。湘南の沖合は軍艦がしょっちゅう通るんです。小説のなかで悠太が軍艦を写生していると、「こんなところをスパイに見られたらどうする」と、巡査に連れて行かれますが、あれは実際にあったことで、母親が涙を流しながら一所懸命巡査に謝っていたのを覚えている。そういう時代でした。

あのころの東京の冬はよく雪が降りました。二・二六事件の当日もやはり大雪で、今日は幼稚園で雪遊びができるぞと思っていたら、電話がかかってきて、今日は休みだということになりました。母から、今日は怖い兵隊さんが大勢出て乱暴をはたらいて危ないから子どもは一切外に出てはいけないといわれ、家にいたのをよく覚えています。夕方になると、三田の祖父から、そっちは陸軍の施設が多くて危ないからこっちへ逃げてこい、と電話が入りました。戒厳令が布かれているなか、タクシーをなんとかつかまえて、母と一緒に三田へ向かう途中、あっちもこっちも通行止めで、そこらじゅう兵隊ばかりでした。

ふだん西大久保から三田までのタクシー代は五十銭か六十銭だったのが、あの日は母が交渉して一円十銭か二十銭くらいでなんとか車を出してもらった。とにかく町は騒然としていて、軍隊に対する恐怖心をそのとき初めて覚えました。もちろん、二・二六事件の細かい内容はわかりませんでしたが、大人たちの慌てようやラジオから流れてくるニュースの不穏な感じから、なにか大変なことが起きているらしいことは子どもながらにわかりました。

同じ年の夏には、上野動物園から黒ヒョウが逃げて、※7 かなりの騒ぎになり、その前には阿部定事件※8が起きていますが、さすがに幼くて、あの事件についてはあまり記憶がない。ただ、阿部定が逃亡途中に泊まった宿屋が家の近所の花園神社の隣にあって、母が「悪い女があそこで泊まったのよ」というようなことをいっていました。阿部定というのはどんな悪いやつだか知らないが、なんでこんな人目につくところに泊まったんだ、と疑問に思ったのをなんとなく覚えています。

私はわりと早くから字が読めたので、幼稚園のころからすでにいろんなものを読んでいました。漫画では『のらくろ』とか『蛸の八ちゃん』といった当時の子どもたちの人気漫画。読み物では山中峯太郎[※9]が好きでした。そのほか、南洋一郎[※10]、海野十三[※11]、高垣眸[※12]——このへんは小学校に入ってからですね。母が本好きで、面白い小説などを買ってきては読ませてくれました。あのころは総ルビですから、子どもでもけっこう読めたんです。父の趣味で、当時流行った新潮社の『世界文学全集』、改造社の『現代日本文学全集』、第一書房の『近代劇全集』といった、いわゆる円本全集[※13]が応接間に飾られていたのですが、どうも飾るだけで読んだ形跡がない。書棚から本を引き出して読んでみると、ときどき頁と頁がひっついたりしていて、読んでいないな、とわかる(笑)。

四年生の夏休みには世界文学全集に入っていた『モンテ・クリスト伯』などの長篇にも挑戦しました。記憶に残っているいちばん長いものは吉川英治の『神州天馬俠』。あれは物語も複雑で、読むのにずいぶん時間もかかったけれど、面白かったですねえ。

周りにも本好きの子はいましたけれど、私みたいに長い小説を読むという友だちはいなかった気がします。そのころから私は長ければ長いほどいい小説だと思っていたんです。友だちの家に自転車で遊びに行き、自転車にまたがったまま借りた本をずっと読んでいて——南洋一郎の『潜水艦銀龍号』でしたか——、暗くなってきたから「じゃあさよなら」といって、友だちと遊びもせずにそのまま帰ってきたこともある(笑)。本を読み出すとその世界に入って夢中

〔一九三六年＝昭和十一年〕四月六日は曇って肌寒い日であった。初江は新しい通学服を着せた悠太を連れて大久保小学校に行った。玄関の受付で児童名と保護者名を記帳すると、「小暮君は一組です」と言われ、新入生の名簿を手渡された。六年生ぐらいの女の子が先に立って、この前体格検査をした講堂に案内してくれた。前の方が子供たち、後方が父兄席だった。一組が男子、二組が男女半々、三組が女子だった。各組が五十名ぐらいか。子供たちは余所行きの顔で変に静かにしていた。悠太は母と離れるとき心細げだったが、後ろを振り返ったり立ったりせわしない子供たちの中で、じっとお行儀よく坐っていた。

（『永遠の都』第一部『岐路』第二章「岐路」より）

になってしまう、そういう少年でした。

戸山ヶ原の腕白時代

二・二六事件の年の四月、淀橋区立大久保小学校に入学しました。私は一組の男子組でした。クラスにはいろいろな階層・職業の家の子がいました。畳屋もいたし魚屋もいた。だから友だちの家に遊びに行くと面白いんです。畳屋の見事な針捌きや、魚屋が魚の頭をパンパンパーンと切り落とすのを見たり。珍しいのだと、蛇屋の息子がいました。蛇は滋養強壮にいいし、漢方薬としても用いられていて、戦前は都内でも蛇屋がたくさんありました。水槽のなかにたくさんの蛇が浸かっていて、お客さんが来ると蛇を水槽から取り出して、ポンポンポンとこねまわして薬を作っているのが珍しくて、その様子をじっと見ていました。

そんな具合に、クラスにはいろいろな職業の家の子がいたのですが、おかげで自分の世界が広がったような気がしました。私の家はサラリーマンで中流家庭でしたが、ほんとうに貧乏な家の子もいました。これは小説にも書きましたが、戸山ヶ原のすぐそばに廃品回収の家の息子がいて、これがもうワルで、いろんな悪さをする。たとえば原っぱの土管を住処にしている猫を、焼き殺してやろうといって火を放つ。猫が驚いて逃げ惑うのを見て、私も一緒になって面白がっていたのですが、すぐ傍に陸軍の火薬庫があって、そんなところで火を使ったら危ないわけですね。結局、近所の人の通報によって、大変な騒ぎになってしまった。家に帰ったら憲兵がやってくるし、翌日、クラスの担任にみんなの前でこっぴどく怒られました（笑）。

それでも、子どもってのは懲りない。廃品回収屋の子の家には、鉛を熔かす煉瓦の炉とか、いろんなところから集めてきた珍しいものがあって、子どもにとっては宝の山です。私はそのころ電気モーターに凝っていましたから、廃品から電気モーターを取り外し、二十ボルト用のモーターを百ボルトで動かしてみる。すると、ものすごい勢いで回転するんです。危険なのだけれど、それが面白いわけですよ。それから、戸山ヶ原のなかを山手線が通っていて、その線路の上に五寸釘を載せておく。そこを電車が通ると釘が平べったくなって、それを研いでナイフにする。誰のがいちばん切れるかを競ったりしました。しかも、ただ研いだだけではダメで、それを真っ赤に熱して水にジュッと浸けて焼きを入れる。そうすると硬くてよく切れる鋭利なナイフになる。そんなこともその廃品回収屋の息子から教わりました。彼は成績は悪かったけれど、そういう変なことをよく知っていたので人気者でした。

それから、戸山ヶ原には通称「三角山」という小高い山がありました。射撃場と市街地とを遮るために造られた人工的な山なのですが、そこでもよく遊びました。江藤淳[※14]さんが新宿百人町の生まれで、彼は私より三つくらい下ですが、やはりあの辺りでよく遊んでいたんですね。

一度三角山の話をしたら、懐かしがっていました。当時、模型飛行機作りが流行っていて――模型といっても、設計図をきちんと描いて作るというけっこう精巧なものでした――、翼は竹ひごと和紙で作り、真ん中にゴムを入れてプロペラを回す。みんな自分で作った飛行機を持ち寄って、三角山のてっぺんから戸山ヶ原に向けて飛ばして競い合うんです。それから、三角山には大きな穴が空いていて、その穴の奥にはコウモリがいっぱい棲んでいる。夕方になると、コウモリが一斉にその穴に向かって帰ってくる、美しい景色として印象に残っています。それから、戸山ヶ原にはカマボコ形の陸軍の射撃場があり、私たちはそこに忍び込んで落ちている薬莢を拾ったりしていました。たしか、江戸川乱歩がその射撃場のことをどこかに書いています。[※15]

私はかなり腕白でしたが、あまり表には出ないほうでした。陰に回って、そこから命令を発する（笑）。大将ではなくて参謀タイプですね。大体、私は足が遅いので、たとえば、線路に釘を置くのを警官に見つかったら、私なんかは追いかけられてすぐ捕まってしまう。だから、線路に釘を置くのは、足の速い魚屋の息子に行かせるわけです（笑）。

一九四一（昭和十六）年三月一日、それまでの小学校令が廃され、新たに国民学校令が公布された（施行は同年四月一日）。これにより、それまでの尋常小学校に代わって国民学校初等科と改称された。

施行された四月、加賀さんは六年生となった。当時の小学生（国民学校生）は、初等科を終えてそのまま卒業する者、二年制の高等科に進む者、中学へ進学する者とに進路が分かれていた。加賀さんは三番目の中学進学組だ。

私たちの学年は全部で百五十人くらいの生徒がいましたが、そのうち、四中（現・都立戸山高校）に二人、六中に三人、それから私立に行く子が十人くらいいましたかね。あのころいちばんの秀才は四中か一中（現・都立日比谷高校）に行ったので、六中に行くのはいわば二流（笑）。まあ、勉強はそれなりにできたほうですが、模型飛行機とか天文学とか、勉強以外のことについ興味をもってしまうし、気が弱いというのか、試験になるとうまく実力が出せない。だから、これも小説に書きましたが、小学校時代を通して級長にはなれずにいつも副級長でした。六年生のときにそれまで級長だった子が亡くなって、母親としては、自分の息子が今度こそ級長になれるかもしれないと思っていたのですが、結局なれませんでした。母は「見る目のない担任だ」といっていましたが（笑）、まあ、典型的な親馬鹿ですよね。

私としてもできることなら四中に行きたかったのですが、担任の先生に「きみは無理だ」といわれて、やむなく六中へ行くことにしました（笑）。

卓袱台にひろげられた晋助の草稿やノートや手紙を見て、初江は一気に事態を見て取った。悠次が発見し、それを利平に告げ口したのだ。悠太が洗面所に来て歯を磨いている。この子が寝るまでのあいだ少時がある。初江は、奥歯を噛み締め、胸の不安を鎮めながら考えた。父の憤怒の形相は幼いときから見慣れていて、こういう場合、こっちが下手に出てあやまるより方途がないのを、よく知っている。要はどのようにあやまるかだ。〔中略〕ここまで考えがまとまったとき、初江は、眼鏡の曇りを拭っている悠次の、すこし飛び出た目に視線を走らせ、妻の秘密をひそかに探り、事もあろうに義父に駆け込み訴えをして、とかくに不貞の噂のあるいと〔利平の若い後妻〕まで呼び入れて、責めようとする夫に腹を立てた。

（『永遠の都』第二部『小暗い森』第四章「涙の谷」より）

『永遠の都』の悠太が国民学校を優等で卒業、府立六中の入学試験に合格し、卒業記念に母親と一緒に伊勢山田へ旅行へ行くのだが、自宅に戻ってくると、三田の祖父母が待ち構えていて母親を難詰する。母の初江が夫の甥・晋助と不倫していたことが露見したのだ。これは事実がもとになっている。

家の空気を一変させた母の「事件」

お袋は、何かやるとなると夢中になってしまうところがあって、心の動きがけっこう激しい人でした。娘時代には三味線を弾いて長唄を習っていたそうで、よく得意になって歌っていたし、本も好きで、暇があればなにかしら読んでいましたね。

私は四人兄弟の長男で、当時、長男というのは特別扱いでした。旧民法では、長男が全財産を引き継ぐことになっていて、おのずと弟たちとは区別するようなところがあったんです。大事にされていたと同時に、弟たちの面倒をみてやらなくてはいけないという責任感もありました。最近でもたまに弟たちと一緒に食事したりしますが、長男がいい出して何かをするという意識がいまだにあります。母も長女で、下に弟と二人の妹がいましたが――小説では妹一人にしてあります――、やはり妹や弟に対してきちんと自分の立場を主張していました。

一方、父は次男です。長男の兄は農林省に勤め、将来を嘱望されていたのですが、若くして自転車事故で亡くなってしまった。親父にしてみれば、次男で楽だと思っていたのが急に跡継ぎになってしまったものだから戸惑いがあったのでしょう。父には腹違いのお姉さんがいて、この伯母と私の母親は仲が悪かったんです。しかも家が近いものだから伯母がしょっちゅう家にやってきては、なにかというと母親といい合いになって喧嘩が始まる。親父はそれを仲裁しなくてはいけない。それが嫌なものだから、土日になると逃げ出して麻雀したりしていたんじゃないかと私は推察しているんです。

ひとつには、親父が留守がちだったので、欲求不満から母はああいう事件を起こしたのだろうと思います。母の不倫相手は、小説では悠太の従兄にしてありますが、実際は私の小学校の先生です。私が中学受験をするというので、その先生に家庭教師を頼んで、週に一、二回、国語と算数を教えてもらっていました。私が二階の応接間で勉強を教わっているときは、三人の弟たちは必ず一階にいる。勉強が終わった後、私が下に降りるのと入れ替わりに母が二階に上がっていき、しばらく母と先生が二人きりになることがありました。子ども心に少し変だと思いましたね。私が中学に合格したとき、その先生からお祝いに広辞苑をいただいたのですが、当時、広辞苑はとても高価で、そんな高価なものを贈ってくるというのも、考えてみれば変なんです。もちろん、そのころの私はさほど深くは考えていませんでしたが。

その先生から母宛に手紙が頻繁に来ていたらしく、母がそれを納戸の桐箪笥の底に大事にしまっておいた。納戸には金庫も置いてあって、父もしょっちゅう納戸に出入りしていたんです。で、あるとき父が桐箪笥を開けた際に手紙の山を見つけ、読んでみると恋文だというので大騒ぎになった、というのが私の推測なんです。

そんなこととも知らず、母と私は中学に合格したご褒美として、国民学校を卒業した三月末に伊勢に旅行へ行っていました。旅行から帰ってくると、父がものすごい形相をして玄関で待っている。そして、父が知らせたのでしょう、後から三田の祖父と若い後妻が来て、子どもたちは二階に行ってすぐ寝なさい、といわれました。寝なさいといわれても、只ならぬ雰囲気を感じた私は、とても寝るどころではありません（笑）。じっと階下の様子に耳を澄ませていました。そのうち祖父さんの怒鳴り声が聞こえてくる。祖父さんは柔道の達人だったものですから、母を投げつけたのでしょう、ドーン、ドーンという音がする。結局私はまんじりともせず夜を明かしました。翌朝母の顔を見ると、目が真っ赤に腫れている。もちろん、母は何もいいませんでしたが、それまで「ママ」と呼んでいたのを、これからは「お母さん」と呼びなさいといわれたのをよく覚えています。

ともかく、その日を境に家のなかの空気がガラッと変わってしまった。弟たちは訳がわからないようでしたが、私はなにか母親の恋愛に関係しているんじゃないかということはうすうす感じていました。私はモーパッサンの『女の一生』、ハーディの『テス』、ホーソーンの『緋文字』、田山花袋の『蒲団』などを読んでいましたから、結婚した女性が夫以外の人と愛し合うことがあることや、恋愛の引き起こす残酷さなどもある程度は知っていました。ませた文学少年ですよね。

それ以来、父と母の関係がひどく悪化して、しばらく互いに口をきかなかった。「お母さん」と呼ばせたのも、いままでの生活習慣を変えようということだったのでしょう。件《くだん》の先生が私にくれた広辞苑を、父が目の前で破って、焚きつけにして燃やしてしまった。よほど口惜しかったのでしょう。

私が中学に入った後、その小学校の先生が出征し、一年くらいして戦死してしまいました。英霊ですから、学校で追悼の儀式があって、そのときの号泣している母の姿が目に焼き付いています。その先生は文学好きで、詩なども書いていました。私にもよくこの小説は面白いよと、いろいろな本を薦めてくれたりして、そんな文学好きのところが母と話が合ったのですね。

そのとき子どもながらに思ったのは、いくら妻が不倫したからといって、なにも妻の父親にわざわざいいつける必要はないだろう、親父はちょっと狡いな、と。醜い大人の世界を垣間見た気がしました。あの父の怒りっぷりと祖父の怒鳴り方。しかも、祖父は再婚したばかりの若い細君を連れてきてその前で母を詰《なじ》って、痛めつける。母はとても辛かっただろうと思います。思春期に差しかかった私にとっても、あの出来事は大きな心の傷として残りました。

名古屋陸軍幼年学校

府中六中一年生のとき、加賀さんは競争率百倍という難関をくぐり抜け、名古屋の陸軍幼年学校の入試に合格。四三年四月から四五年八月十五日の敗戦まで、陸幼で生活を送ることになるが、その様子は『帰らざる夏』（一九七三）に詳しい。

前述のように、私の家は明治通り（改正道路）に面していて、代々木練兵場と戸山ヶ原の練兵場をつなぐ、陸軍の中核をなす道路だったわけです。ですから、兵隊の行列などをしょっちゅう目にしました。我が家にも行軍中の兵隊たちが水をもらいにくることがよくあって、母は冷たい井戸水を飲ませてやったりしていました。幼いときからそういう光景を目にしていましたから、革と汗と鉄が入り混じった独特の匂いや、軍靴の音がこびりついている。要するに、日本という国は彼ら軍人、兵隊に守られているのだということを、そういう形で叩き込まれていたわけです。

明治通りを我が家から西のほうに行くと学習院があって、ときどき皇族の自動車が通ることがあります。そういうときは朝早くから小学生は道の両脇に並ばせられるんです。特に皇太子殿下がお通りになるときは、いらっしゃる一時間くらい前から、そこら辺の小学生はすべてかり出されて道ばたに並んでお待ちする。そして、いよいよ先導のオートバイが来て宮様の乗った車が目の前を通るときには最敬礼して、絶対に宮様のお顔を見てはいけない。見たら目がつぶれる、といわれていました。

後から考えてみれば、すでに戦争の足音がひたひたと押し寄せていた時期ですから、軍隊道路である明治通りにはそんな時代状況が直接的に反映されていたのですね。そうしたなかで、私の文学好きは続いていて、中学に入ると、書斎の『世界文学全集』『近代劇全集』『現代日本文学全集』などの円本、それから『漱石全集』と『トルストイ全集』などのなかから面白そうなものを漁って読んでいました。特に『トルストイ全集』は中学に行く前に『コサック』から『アンナ・カレーニナ』に至るまでほとんど読破していました。ただ例外は『戦争と平和』で、ナポレオンが出てくるところは面白かったのですが、なぜナポレオンに対してオーストリアとロシアの連合軍が戦わなくてはならないのかがよくわからなかったんです。そのほか、漱石もよく読みました。『坊っちゃん』『吾輩は猫である』……。漱石は『こころ』で躓《つまず》きました。「先生」が自殺する理由がわからず、母に聞くと、ていねいに教えてくれました。母は小説読みのよき先生でもありました。

それに対して父は、私が本を読んでいると、「そんなに本ばかり読んでいると近眼になるぞ」と心配していました。なぜなら、父はひどい近眼のために兵隊にとられず、それがコンプレックスになっていたからです。私にもきっと遺伝するだろうから、近眼にならないうちに、早く陸士（陸軍士官学校）[※16]か海兵（海軍兵学校）[※17]に入れと、小さいころからしきりにいわれていました。どちらの学校も近眼だと受験できなかったんです。それで、幼年学校に入ってしまえば、入ってから近眼になっても追い出されはしないだろうということで、中学に入ったらすぐに「陸軍幼年学校を受けろ」といわれたわけです。

成城学園で元陸軍幼年学校の教官だった人が幼年学校に入るための予備の塾を開いているというので、週に二度、中学の授業が終わると成城まで通っていました。宿題はたくさん出るし、非常に厳しい先生でしたが、教え方がとてもうまかった。幼年学校の試験は、中学一年が終わったときと中学二年が終わったときの二度受けられるのですが、私は幸運にも、中学一年のときに受けて一度で合格できました。それはひとえにその塾の先生の授業の賜物《たまもの》です。たとえば、塾で聖戦の詔勅[※18]を暗記させられていて、試験に「現在行なわれている大東亜戦争の目的は何か」という問題が出たとすると、暗記した詔勅をそのまま書けばいいわけですよ（笑）。

当時幼年学校は東京、仙台、名古屋、大阪、広島、熊本にあって、そのうちのどこに行くかは向こうで決めて、その結果を通達してくるのです。私は家のすぐそばに東京幼年学校があったので憧れていたのですが、その期待は裏切られ、入学先は名古屋でした。名古屋というのはどんな町なのか知らないから、まあ、そういうところへ行くのも案外面白いかもしれないと思って行くことにしました。

名古屋陸軍幼年学校は、いま明治村がある犬山の近くにあり、小牧山と犬山城のほかに、森もあるし沼もあるので、軍事演習をするにはうってつけの土地です。日曜日になると、上級生と下級生が一緒になって飯盒炊爨《はんごうすいさん》をする。その辺りに落ちている枯れ木を集めて飯を炊くわけですが、そのときはふだんよりたくさんの米が支給されるので生徒には人気でした。近くの農家に行っていろいろなものをもらってきたりする要領のいいのもいました（笑）。

当時、幼年学校の生徒だというと周囲の人たちもけっこう優遇してくれたんです。将来お国のために働いてくれる人たちだということで、ご馳走を振る舞ってくれたりするので、その意味でも、週に一度の飯盒炊爨は非常に楽しみでした。なかには酒をもらって酔っぱらってしまう者もいて、夕方六時の帰校時間に間に合わず、しかも酒の臭いがぷんぷんするから、大変な騒ぎになったなんていうこともありました。また幼年学校では、自分のことは自分でやるというのが基本ですから、洗濯はもちろん、破れた靴下なんかも自分で繕う。だから私はいまでも裁縫の針を使えます。

私は幼年学校の第四十七期生で、その年新入生として名古屋に入ったのは百八十名です。それを六十名ずつ三つの訓育班に分けます。各班に五名の模範生徒――三年生のなかから優秀な生徒が選ばれます――がつき、彼らに寝台の毛布の包《くる》み方、銃剣の手入れ法、裁縫や洗濯の要領などを教わるわけです。

幼年学校の日課はほぼ毎日決まっていて、朝六時（夏は五時）に起床、点呼の後に観武台という校内北側にある小高い遙拝所《ようはいじょ》に駆け上がって、宮城《きゅうじょう》および伊勢大神宮、靖国神社を遙拝、祖先および父母を礼拝、軍人勅諭と教育勅語を拝誦。[※19]それが終わると再び駆け下りて、部屋の掃除と武器の手入れ。武器の手入れは二年生以降で、これが大変なんです。小銃を分解して油を全部塗り直してまた組み立てる。手入れが終わると、それを生徒監が点検する。銃身を覗くとぐるっと線条があって、そのなかに少しでもゴミがあったら、「お前は今日、陛下から賜ったこの大事な……」と叱られる。そして七時に朝食、七時四十五分に服装検査、八時から十二時までが学科、昼ご飯の後、午後の一時から四時までが術科。術科というのは、教練、剣道、柔道、体操で、このときの私は惨めでした。小学校のころから体育が苦手で、しかも私は一年生で入っているので、二年生で入ってきた連中と比べると身体が小さい。特に地方から出てきた連中は背は高いし、力は強いし、敏捷で、剣道がやたらに強い者もいる。都会育ちのひ弱い私なんか、てんで相手にならない。午前の学科では、試験のできた順に呼び出されるのですが、私は大抵一番か二番に呼び出されるものだから、お前みたいなガリ勉野郎はって、みんなに嫉妬されて意地悪をされましたね（笑）。

術科が終わって午後四時に訓育班に引き揚げてくると、模範生徒の指導を受ける。そして五時から一時間が夕食、七時から各自勉強を始めて十時に就寝。つまり夕方の六時から七時までが唯一の自由時間なわけですが、ここで軍歌演習というのがある。軍歌を歌いながら校庭をぐるぐる回るんです。しかも歌詞を見ずに空で歌えないと上級生に怒られる。「橘中佐[※20]」なんて十九番まであるから、大変なんですよ。そういうのを毎日毎日やらされるわけで、暇なんか全然ありませんでした。

『帰らざる夏』の主人公の鹿木省治は朝の宮城遙拝と勅諭奉読をサボり、そのことを模範生徒に叱責され、上級生の前で切腹を試みた。

あれはほんとうのことです。私は小さいころから朝の便所が長いんです。便所でぐずぐずしているうちにすぐに朝食の時間になるので、つい遙拝と勅諭奉読をサボってしまう。ところが、毎晩行なわれる模範生徒の演説のときに、ある模範生徒が「今日、遙拝ならびに勅諭奉読をおこたった者は一歩前へ出ろ」という。どうせ見つかりはしないだろうと思って私は出なかった。

「死にます」と省治は口走った。自分でも意外なほどきっぱりとした調子であった。その調子に押されたように次の言葉が滑り出た。「死ぬ以外に陛下におわび申しあげる道はありません」

〔中略〕

省治は軍袴と袴下の紐をほどいて腹を出した。それからちょっと周囲を見回し、通路の床に正坐し、剣の鞘を払い、椅子の上に置いた。が、置き方が悪かったらしくどきりとする物音で床に転げ落ちた。あわてて拾う拍子に切先が左手の指をかすめた。痛みは覚えず、傷口から糸のように血が垂れた。〔中略〕と、自分の行為が限りもなく滑稽だと意識された。始めから誰も彼の死を本気にはしていなかったのだ。そして何よりもやりきれぬことには自分が本気で死ぬ気がなかったことを模範生徒たちの態度からおそまきに知ったことであった。剣を支えていた両手の震えがひどくなり、切先が腹の皮をチクチク刺した。ほんの数糎両腕をひくだけで事が成就するのにそれが無限の距離であった。

（『帰らざる夏』第2章「幼年生徒」より）

ところが、その模範生徒は全員の出欠をチェックしていたんです。それで私が呼び出されて、「死ね」といわれた。こっちも勢いで腹を出して、刀で斬ろうとするのだけれど、怖くて斬れない。それを見た模範生徒がみんなの前で私を嘲笑い、臆病者の嘘吐きめと怒鳴る。彼は非常に優秀な生徒でしたが、みなの前で馬鹿にされたことで、私はどうしても彼を許せなかった。そんな思いもあって、あの場面を書かせたのだと思います。

幼年学校というのは、かなり特殊な環境です。血気盛んな大勢の少年たちが、ひとつところに押し込められて暮らしていくわけですから。小説にも書きましたが、お稚児さんというか、同性愛的な雰囲気もありました。私などは都会育ちで身体も小さいから、先輩たちからけっこう可愛がられていて、先輩同士が私の取り合いになったこともあります（笑）。ああいう環境の特性なのか、不思議なことに、年上の子が年下の子に恋をするんですね。

しかし、戦局は日増しに悪化を辿り、四五年の八月の初め、夏季休暇で家に帰ったときに、父はもう日本は負けるとはっきりいっていましたが、私自身もそれは予想していたことです。特に、特殊爆弾、つまり原子爆弾が広島、長崎に落とされたと聞いて、これはもう絶対にだめだと思いました。私はアインシュタインなどを読んでいましたから、原子核を使ってものすごい爆弾ができるということも知っていたし、それから、ポツダム宣言※21のことも知っていました。もうほんとうに戦争の末期ですが、アメリカの飛行機がやってきて、「ポツダム宣言を受諾し

「最敬礼」雑音のなかに、しかしかなり明瞭な声がきこえてきた。

「ただいまより重大なる放送があります。全国聴取者の皆様ご起立願います……」

雑音がひどくなったためかアナウンサーの声音まで変って聞えてきた。

「天皇陛下におかせられましては、全国民に対し、畏くもおんみずから大詔をのらせたまうことになりました。これよりつつしみて玉音をお送り申します……」

雑音が一層ひどくなりそのなかに疲れきった楽隊の君が代演奏が始まった。玉音の前奏としてはいかにも間延びして疲れ切った音楽だ。時間は、濃い蜜のようにゆっくりと濃密に流れていくのに残念ながら紙を引裂くような雑音で何もきこえぬ。耳を澄ましていると雑音のさなかに声がきこえてきた。誰かが祝詞をあげている。


（『帰らざる夏』第6章「玉音放送」より）

ないときみたちは全滅するだろう、早く降伏しろ」というビラが空から撒かれていたんです。

飢えの冬とトルストイ

一九四五年八月十五日午前十一時四十五分、上下とも密封された軍衣袴、手には白手袋という正装で大講堂に全生徒、全職員が参集。風もなく、厳しい暑さの中、舞台中央には真新しい紫毛氈を敷いた小卓の上にラジオが安置され、君が代の演奏の後、流れてきたのはテノールの甲高い声。ソ連への宣戦布告と勘違いした壇上の校長は、極度の興奮に駆られものすごい勢いで四股を踏み、矢継ぎ早に言葉をくり出していく。その異様な光景に、生徒たちも異変を感じる。校長らがいったん別室に消え、再度姿を現して校長が敗北を告げる。校長の号泣が伝染するように、講堂内には泣き声が広まっていく。そんな様子を見ながら主人公の省治は空腹を覚え、敗戦の屈辱や痛恨より戦争から解放されたという晴れ晴れとした気持ちのほうが強く感じられ、自分が透明になったように思う。――『帰らざる夏』には、敗戦の日の緊迫と動揺の様子が詳細に描かれている。

校長は耳が遠かったので、ソ連に対する宣戦布告だと聞き違ってしまったんです。そこで慌てて副官が校長を別室に連れて行き、ふたたび現れた校長は真っ青な顔で、「日本は負けたんだ」

と。みんな心配しました、自殺するんじゃないかと思って。私自身は小説に書いたように、これで命は助かったな、というのが正直な思いでした。

小学生のころからずっと戦争に勝つことが人生の最大の功績であり目的であるということを教え込まれていたし、ことに陸幼では極端に軍国主義化した教育を施されていましたから。戦争の末期には、敵が濃尾平野に上陸した場合に備えて敵の戦車に火炎瓶を投げつける訓練や、「タコツボ」という穴を掘って、その上を通る戦車を後ろから攻める訓練をしたり、そういう形で常に「お前たちは死ぬんだ」という観念を植えつけられていたんです。だから、日本が負けたと聞いて、ああ死なないですんだという喜びと同時に、暑い最中に穴を掘ったりした訓練が結局なんの意味もなかったのだ、という無念さもありました。

同月二十七日二十時半、十六歳の加賀さんは、夏冬軍服各一着、毛布一枚、米を詰めた靴下二本、味噌を充塡した飯盒、背囊、仏和辞典、写真現像用薬品一式、未使用の大学ノート五冊を手に、名古屋駅から復員列車に乗り込む。席は超満員で、同期生五人と便所に入り、一睡もせずに朝五時ごろ東京駅に到着。車内の雰囲気は奇妙に明るかったという。同期生と東京駅で別れたのち皇居の二重橋前に向かう。

宮城《きゅうじょう》に向かう途中、周囲のビルがほとんど空襲でやられていて、宮城だけが大きく見える。宮城の前では大勢の人間が泣きながら地面に手をついていました。八月の初めに夏期休暇で数日だけ東京に帰ったときに、東京が焼け野原になっていたのを見てショックを受けましたが、東京駅から半蔵門や新宿が一望に見渡せたのには、あらためて驚きました。とにかく、辺り一面なんにもないいんですから。

幸い西大久保の我が家は燃えずに済んだのですが、明治通りを挟んだ向こう側は一面焼け野原で、かなり遠くにあるはずの半蔵門がすぐ近くにあるように見える。凄まじい空襲の惨禍でした。新宿界隈で焼けなかった家は三百軒ほどしかなかったそうで、我が家はそのうちの一軒でした。実に運がよかった。

九月の中旬には空襲を免れて校舎が残っていた都立六中に復学したのですが、東京にいた中学生はみんな勤労動員に駆り出されていて、全然勉強していない。それに幼年学校ではかなりみっちりと勉強させられましたから、六中の授業で教えているのはすでに習ったことばかりなんです。今更こんなことをやってもしようがないやというので、そのうち学校へは行かなくなりました。敗戦という現実に直面したことによるある種の荒廃感みたいなものもあったし、日が経つにつれて、なんとだらしがない大人たちだろう、なんとひどい軍人たちだろうと、自分たちをこんな状態へ引きずってきた大人たちに対する激しい憤りがふつふつと湧いてきたんです。これは少し後のことですが、年末になると「真相はこうだ」[※22]というラジオ番組が始まって、今度の戦争で日本はいかに残虐なことをやったのかということを放送で流していく。占領軍によるプロパガンダ放送だったわけですが、そんなことを毎晩のように聴かされていたので、大人たちに対する不信感がよりいっそう募っていきました。

学校に行かないものだから、暇でしようがない（笑）。焼け跡もずいぶん歩き回りました。映画を観に行ったり、小学生時代に読んだ本をもう一度全部持ち出してきて読んだり、数は少なかったのですが、新刊書なども買って読みました。新刊書といっても、薄っぺらな仙花紙《せんかし》という質の悪い薄い紙で、荷風の小説などが出ているくらいでしたが、それでも活字に飢えている身には貴重でしたね。

そのころ、家には私と父親だけで、母と弟たちは栃木の今市《いまいち》に疎開していてまだ帰ってきていません。両親とも東京の生まれで頼れるような田舎がなかったので、お手伝いさんの実家に身を寄せていたんです。母たちが帰ってくるのが、たしか十一月になってからだと思います。しかし帰ってきても、東京には食べるものがない。とにかく考えるのは食べ物のことばかりでした。その年の十二月から一月にかけてはまさに飢えの冬でした。母が着物を持っては今市や千葉へ行って食糧品と交換してきても、警察の闇一斉取締[※23]で半分くらい没収されてしまう。私も何度も買い出しに行きましたが、苦労してなんとか食糧を手に入れては警察に没収されるという、そのくり返しでした。

私が十六歳でその下に弟が三人、一番下の弟が八つで、食べ盛りの男の子が四人いるのですから、これは大変です。父と母も含めて六人の食糧をどうやって調達するかは大問題で、父が会社の畑を借りて芋とかを少し作っていましたから、それでかなり助かりました。配給があったものの、芋の切れっ端くらいのわずかなものでとても足りない。みんながりがりに痩せていました。水をいっぱい飲んで、ベルトをぎゅっと締めて、じっと空腹を我慢する。食糧不足は翌年まで続き、一九四五年の冬から四六年の春にかけての食糧事情は酷いもので、飢えの記憶しかないほど空腹に苦しんでいました。

三田の祖父の病院も五月二十四日の空襲[※24]で焼けてしまい、叔父・叔母たちは武蔵新田の別荘に疎開していました。後で聞いたら、武蔵新田には畑があったので食糧事情はわりとよかったそうです。小説では祖父も戦後、新田に住むことになっていますが、実は故郷の山口県の須佐《すさ》という漁村で小さな医院を開業して暮らしていました。だいぶ後に須佐を訪ねてみたら祖父の医院はすでに壊されて道路の一部になっていました。

それから、あの事件以来、父と母とは非常に折り合いが悪くなっていたのですが、なんとなく歳月というものが解決するのでしょうね。それに、いくら気に入らなくても、戦後は父は母に頭が上がらなかった。なぜかというと、あの飢えの季節を一家六人がかろうじて凌げたのは、母の着物のおかげでしたから。母は、結婚したとき祖父からたくさんの着物をもらっていて、それが役に立ったんです。それもあって、戦後、父は急におとなしくなりました。まあ、母の浮気相手が戦死してしまったということも、父の気持ちを和ませたのかも知れません。そのころにはもう、母を赦していたのだと思います。むしろ、以前より仲がよくなったような感じで、それは苦しい生活のなかでも、わずかな救いでした。

※1　東城鉦太郎（とうじょう・しょうたろう　一八六五―一九二九）。洋画家。「三笠艦橋の図」はバルチック艦隊と対峙する直前の、三笠艦上の東郷平八郎らの姿を描いたもの。

※2　現在の東京都立新宿高校。戦前は府立中学のなかでも厳しい軍国教育の学校として知られた。加賀さんの同窓には、作家の小沢信男、評論家の栗田勇、日本共産党中央委員会前議長の不破哲三らがいた。不破とは同級で、「あいついやな奴でね、いつも一番なんだ（笑）。試験結果の発表のときに点数の順に張り出されるのだけれど、いつも上田（不破の本名）が一番なんです」と加賀さんは当時を振り返る。なお、一九四三（昭和十八）年、都制実施に伴い都立六中となり、五〇年、都立新宿高校に改称。

※3　東京・有楽町駅前の東日会館（一九三八年竣工）六階にあった天文館。四三年、東京日日新聞が毎日新聞となったのを機に毎日会館に改称。

※4　野尻抱影（のじり・ほうえい　一八八五―一九七七）英文学者・天文民俗学者。作家の大佛次郎の実兄。『星座巡礼』『星座めぐり』『星座風景』等、多数の天文学の入門書を執筆。

※5　大江健三郎（おおえ・けんざぶろう　一九三五年生まれ）。小説家。東京大学仏文科在学中、「東京大学新聞」の懸賞小説に応募した「奇妙な仕事」が五月祭賞を受賞、平野謙に注目される。五八年、『飼育』で芥川賞受賞。以後、故郷の四国の森や自らの個人的な体験を核に創作活動を続ける。九四年、ノーベル文学賞を受賞。主な作品に、『万延元年のフットボール』『洪水はわが魂に及び』『同時代ゲーム』『取り替え子（チェンジリング）』『水死』等。大江は加賀さんとの対談「長編小説、時代の層をなす語り」（「新潮」一九九六年五月号）のなかで、「今までフィクションの形でお書きになったものを、もう

一度、全部結集して、自伝の形でお書きになると、それもまた、僕たちが持たなかった、じつに本格的な自伝になるだろう」と語っている。以来、加賀さんはこの言葉に応えようと考えていて、それが今回の『自伝』として結実した。

※6　中上健次（なかがみ・けんじ　一九四六―九二）。小説家。和歌山県立新宮高校卒業後『文藝首都』（⇩二二七頁註29）に参加。同誌を拠点に小説を発表。七六年『岬』で芥川賞受賞。『枯木灘』（毎日出版文化賞、芸術選奨新人賞）『鳳仙花』『千年の愉楽』『地の果て　至上の時』等、故郷・熊野を舞台に、自身や血族をモデルにした登場人物が繰り返し登場する作品を書き続けた。これら一連の作品を「紀州サーガ」とも呼ぶ。

※7　一九三六年七月二十五日午前五時、上野動物園から黒ヒョウが脱走したことが判明。件の黒ヒョウは十日間で鶏一羽しか食しておらず腹ぺこ状態だとの噂が流れ、東京市中は騒然となる。が、午後二時半ころ、動物園付近の暗渠にいるのを発見、午後五時三十五分、無事生け捕りとなった。

※8　一九三六年五月十八日、東京荒川区尾久の待合「満佐喜」で、局部を切り取られた男が発見される。男は料理屋の主人石田吉蔵。その愛人で同店の女中阿部定は、局部を隠し持ったまま失踪。彼女の行方を巡って新聞は煽情的に書き立て流言蜚語が飛び交ったが、五月二十日、品川駅前の旅館で逮捕される。殺人及び死体損壊で懲役六年。栃木刑務所で服役後、四一年五月に出所。一時期、坂口安吾と対談するなどマスコミに登場したが、その後は名前を変えてひっそりと暮らしていた。八〇年、七十五歳の定が確認されたのを最後に、以後、目撃証人は途絶えている。

※9　山中峯太郎（やまなか・みねたろう　一八八五―一九六六）。小説家。『敵中横断三百里』

（一九三一）や『日東の剣侠児』を始めとする〈本郷義昭シリーズ〉で戦前・戦中の少年たちの熱き心を沸かせた。

※10 南洋一郎（みなみ・よういちろう　一八九三—一九八〇）。小説家。〈怪盗ルパン・シリーズ〉の翻訳者として有名。その他、『吼える密林』（一九三三）『潜水艦銀龍号』（一九三九）等の冒険小説もある。

※11 海野十三（うんの・じゅうざ　一八九七—一九四九）。小説家。「電気風呂の怪死事件」（一九二八）でデビュー。科学トリックを使った探偵小説が有名。

※12 高垣眸（たかがき・ひとみ　一八九八—一九八三）。小説家。「少年倶楽部」連載の『龍神丸』でデビュー。代表作に『怪傑黒頭巾』『まぼろし城』等。

※13 一九二六年十二月、改造社の『現代日本文学全集』（全六十三巻）が一冊一円という安価で予約を募集したところ、予約が殺到。これを機に、他の出版社も次々に同様の全集を刊行した。その価格からこれらの全集を「円本」と呼び、円本ブームを引き起こした。主なものに『世界文学全集』（新潮社）、『世界大思想全集』（春秋社）『日本戯曲全集』（春陽堂）等。

※14 江藤淳（えとう・じゅん　一九三二—九九）。評論家。新宿百人町に生まれ、戸山小学校に入学（後に鎌倉の小学校へ転校）。小林秀雄以降の戦後の文芸評論の第一人者として活躍。

※15 《車のとまったところは、戸山ヶ原の入り口でした。老人はそこで車をおりて、まっくらな原っぱをよぼよぼとあるいていきます。さては、賊の巣窟は戸山ヶ原にあったのです。〔中略〕まどの外、広っぱのはるかむこうに、東京にたった一ヵ所しかない、きわだって

特徴のある建物が見えたのです。東京の読者諸君は、戸山ヶ原にある、大人国のかまぼこをいくつもならべたような、コンクリートの大きな建物をごぞんじでしょう。》（江戸川乱歩『怪人二十面相』〔「少年倶楽部」一九三六年一月─十二月連載〕より）。ここに書かれているのは、明治通りに面して建てられた、陸軍のかまぼこ形の実弾射撃場であった。

※16 陸軍の士官を養成するため、一八七四（明治七）年、東京・市ヶ谷台に開校。当初は、フランス陸軍から招聘した教官が指導したため、フランス式の教育が導入された。加賀さんが陸幼でフランス語を学んだのもその流れを汲んだもの。

※17 海軍の士官を養成するため、一八七六（明治九）年、東京・築地に開校。一八八八年、広島県江田島に移転。陸士のフランス式に対して海兵では英国式教育が施され、戦時中においても英語の学習がなされた。

※18 正式な名称は、「米英両国ニ対スル宣戦ノ詔書」。一九四一年十二月八日、日本は英米両国へ宣戦布告した。「天佑ヲ保有シ萬世一系ノ皇祚ヲ踐メル大日本帝國天皇ハ昭ニ忠誠勇武ナル汝有衆ニ示ス朕茲ニ米國及英國ニ対シテ戰ヲ宣ス朕カ陸海將兵ハ全力ヲ奮テ交戰ニ従事シ朕カ百僚有司ハ勵精職務ヲ奉行シ朕カ衆庶ハ各々其ノ本分ヲ盡シ億兆一心國家ノ總力ヲ擧ケテ征戰ノ目的ヲ達成スルニ遺算ナカラムコトヲ期セヨ……」

※19 幼年学校では、起床から朝食までの一時間に、冷水摩擦、洗面、遙拝、勅諭奉読、旌忠《せいちゅう》神社参拝などの行事が、毎日課されていた。遙拝は、宮城（皇居）、伊勢神宮、靖国神社へ向かって敬礼すること。勅諭奉読は、一八八二（明治十五）年、明治天皇が軍人に与えた「陸海軍軍人に賜はりたる勅諭」（軍人勅諭）を読み上げること。

※20 作詞・鍵谷徳三郎、作曲・安田俊高。一九〇四（明治三十七）年発表。橘周太陸軍中佐

の壮烈な戦いぶりを描いたもの。歌詞は上下あり、合わせて三十二番まであるが、ふつうは上の十九番がよく歌われる。

※21 四五年七月十七日―八月二日、ベルリン郊外ポツダムにおいて、米、英、ソの各首脳が、ドイツの戦後処理、日本の降伏条件を話し合うポツダム会談の会期中の七月二十六日、米、英、中華民国の首脳が日本に対して発した、全十三条から成る宣言。

※22 一九四五年十二月九日から十回にわたって、毎週日曜夜八時から三十分放送されたラジオ番組。ＧＨＱの民間情報教育局（ＣＩＥ）の指導の下、戦争中の日本軍の罪科が告発された。

※23 敗戦後のインフレ抑制のために物価統制令が発令されたが、圧倒的な品不足のため、非合法の闇市による食糧品等の売買が行なわれた。不当取引として警察の取締りを受けるものの、生活必需品確保のため、人々は闇市や闇物資を活用した。

※24 一九四五年三月九日深夜から十日未明にかけてのいわゆる「東京大空襲」では、主に本所・深川の下町方面が被害を受けたが、東京ではその後も、四月十三日（城南地区）、四月十五日（城北地区）、五月二十四日日未明（山の手地区）、五月二十五―二十六日（同上）と、焼夷弾による大規模な爆撃に見舞われた。

第2部 フランス語修業と医学生生活

十月中旬、ぼくは都立高校を訪れてみた。東横線の都立高等前駅を出ると、食料品や日用品など実用の品を揃えた商店街があっけなく終り、庭と植木を備えた住宅街に入った。柿ノ木坂と呼ばれる坂を登り、左側の大きな寺の右隣にコンクリートの塀が長くつづき、やがて門があった。〔中略〕右に鉄筋コンクリート三階建ての校舎が、左に広い校庭がひろがっていた。校庭の半分は掘り返されて畑になっていた。六中や幼年学校よりは大きく立派な学校で一目でぼくは気に入った。念のため事務所で、幼年学校の元生徒は編入試験を受ける資格があるかと尋ねると至極簡単にうなずいて、必要書類の一覧表と願書をくれた。文科と理科のどちらにするかでは、迷わず理科にした。何か物を作りだす技師か天文学を研究する学者になりたいと思ったからだ。

（『永遠の都』第三部『炎都』第七章「異郷」より）

ぼくは暇さえあれば読書に没頭していた。哲学や社会学も読まねばならぬとは考えていたが、実際に手に取るのは小説であった。ところで、小説の中で食事の場面が出てくると、ことのほか注意深く、ゆっくりと読み、空想のなかで楽しんだ。イタリアの山賊にとらえられて飢えた銀行家が、山賊の食べている黒パンやチーズや豌豆のシチューに生唾を呑み込む様子。ノルマンディーの田舎の婚礼の宴で、一日十六時間、数日にわたって食べ続ける御馳走の山――〔中略〕北欧の青年が飢えて街をうろつく作品で「飢えが腹を齧る」という表現を読んで、それだけでその小説を傑作だと断じた。その頃、新宿の映画館でチャップリンの『黄金狂時代』を見て、主人公が飢えて、靴を煮て食べるシーンに笑えず、涙ばかり流れて困ったのを覚えている。飢えた人間を滑稽と思えるのは飽食した人だけである。飢えた人間、それは真実限りなく悲しい人間なのだ。

（同右より）

都立高校へ編入

一九四五年十月、陸軍幼年学校の生徒は高等学校の編入試験を受ける資格があると聞いた加賀さんは、都立高等学校[※1]への編入を決意、試験場に赴く。志願者は百人以上で、ほとんどが陸士、海兵出身者で、陸幼からは加賀さん唯一人。一週間後に合格通知が届く。十一月、旧制都立高等学校理科一組（旧理甲＝第一外国語が英語、第二外国語がドイツ語）に編入した。

戦前、父親は満鉄[※2]の株をかなり持っていて、世界一周もその利益によるもので、割と裕福だったんです。そのころ父が趣味にしていた麻雀、ゴルフが、戦後、ブームになって、よく若い社員相手に教えていました。実に遊ぶことの好きな人でしたけれど、思わぬところでその遊びが役に立ったわけですね。ただ、金はなかった。戦後、満鉄の株券は紙屑同前となり、いきなり貧乏になったわけです。親としては息子たちを大学に入れてやりたいけれど、その金がない。

食費はともかく学費までは出せない。そういっていました。そうなると公立に行くよりしようがないので、一高か都立ということになる。一高はちょっと無理だろうと思って、まず都立に行ってみました。そうしたら軍服を着た人たちが大勢列をつくって編入試験の申し込みに並んでいる。つられて私もつい並んでしまったんです。そして、私の番が来たときに気がつきました。私は彼らより一つ年下なので、受験資格がないことに。ところが入学申請書を出したら、そのまま試験を受けさせてくれたんです。幸い、得意な天文学と化学の試験問題だったので、運良く受かり、旧制中学四年生が、いきなり旧制高校一年生になったわけです。

とはいうものの、飢えを凌ぐのに精一杯で、なかなか勉強が手に着かない。そのうち期末試験の日が迫ってきました。このままでは試験に落ちてしまう。妙なプライドがあったんですね、試験を受けて赤点を取るよりも、欠席したほうがましだと思って、試験を受けなかった。そうして三月の終業式に出てみると、見事に落第です。まあ、私はショートカットで入学したわけですから、一年落第すればちょうど年齢が正常化する（笑）。加えて、食糧難で欠席する生徒が多かったことなどもあって、新学期の開始が四月ではなくて九月からになった。つまり、まる五カ月間もの暇ができたんですね。それならと、ひたすら本を読んで過ごそうと思い立ったわけです。

そこで家にあった『トルストイ全集』を徹底的に読みました。そのとき初めて『戦争と平和』

がいかに素晴らしい小説かと気づきました。あれは仕掛けの緻密なすごい小説ですね。一人ひとりの人間が実に活き活きと描かれていて、どの描写も印象的で、猟の場面に出てくる元気な犬の名前まで覚えています。それに、それを読んでいる自分の現実と小説の世界との落差がすごいんですよ。片や豪勢な料理を大盤振る舞いするロシアの貴族の話で、こっちは毎日食うものがない敗戦国の少年です。聞いたこともないようなご馳走の名前が次から次に出てくるのには、圧倒されました（笑）。

その五カ月間に、夢中になってトルストイを読みました。ドストエフスキーを読むのはもう少し後で、もっぱら高等学校の図書館で読んだ記憶があります。それから『現代日本文学全集』に入っている作品もほとんど読破し、ヨーロッパ文学はダンテの『神曲』から二十世紀初めの小説に至るまで、ほぼ隈無く読みました。その結果、いかに日本の近代小説がダメかというのがよくわかった。こんな古くさいことを書いていたのではダメだ、と。ヨーロッパの小説のほうがはるかに仕掛けが複雑で長篇小説としてのしっかりした骨格を具えている。これは敵わない、とつくづくと感じた。特にトルストイを読んでしまった後では、なおさらでした。

私にとって小説を読むことは、飢えを忘れさせてくれる、なによりの特効薬でした。ところが、同じ兄弟でも、すぐ下の弟は東大の法科に進むのだけれど、全然本を読まない。その次の弟は、私と同じく医学部に入って医者になるのですが、こちらは完全に理科人間で、文学などは全然読まない。ところが、彼は語学の天才みたいなところがあって、フランス語、ドイツ語、ロシア語、英語、いずれも達者でした。後年、ジュネーヴのＩＬＯ（国際労働機関）の労働安全衛生・環境計画の部長を務めて、医師として東南アジアの工場の衛生施設を改善するとか、そういうことをやっていました。定年後は労働科学研究所の所長をやっていたし、根っからの理科人間でした。末の弟は文学もなにも、勉強自体が嫌いで、文学とはまったく無縁。その代わり運動が得意で野球に熱中、社会に出てからはゴルフの名手になりました。

アルバイトをして映画館通い

とにかく小説を読むのが好きで、漠然と文科志望だったにもかかわらず理科に入ってしまった。初めは理科を選んだことを失敗したと思ったのだけれど、よく考えてみると、チェーホフ、鷗外、カロッサ……みんな医者で文士なんです。これは大学に入ってからですが、ジョルジュ・デュアメル[※3]が来日したときに講演を聴きに行きました。当時、『パスキエ家の記録』を夢中になって読んでいて、デュアメル自身、第一次世界大戦には志願して野戦外科医となり、数多くの人の命を助けている。そういう医学と文学の両分野で活躍している人に憧れ、医学を志すのもいいかもしれないと、徐々に考えるようになってきたんです。結果的に、それがよかったのだと思います。もし、あのときすぐに小説を書き始めていたら、おそらく誰かの真似になるか、あるいは現実の世界を何も知らずにイマジネーションだけの小説を書いていたにちがいありません。

医者になって、刑務所、拘置所、少年院、精神科の病院などへ行き、そして医局という大勢の人間が集まり、さまざまな確執や抗争が渦巻く世界に身を置いた。実社会を知るという意味では、医者になってよかったと思います。それに、祖父の病院によく遊びに行っていたので、病院というのは実に複雑な世界だということが子ども心にも感じられていました。看護婦さんや薬剤師さんをはじめ、賄いのおばさんや病院雇いの大工さん、それにいろいろな病気に罹っている患者さん……、実に多種多彩な人たちが出入りしている。そういう場所で、院長である祖父が怒声を発して駆けずり回っている。怖れられながらもみんなに尊敬されている祖父の姿を思い起こし、医者の世界もなかなかいいのではないかという気になってきました。

思い返すと、それまでの私は社会のことなどまったく知らなかったに等しい。戦争中は幼年学校という閉ざされた場所に押し込められていた。友だちはみな秀才で、なかには多少変わった人もいたけれど、ほとんどは同じような考え、階層の人間の集まりで、一般の社会からは隔離されていたわけです。ところが、都立高校の同級生には、五年くらい浪人してやっと合格したなんていうのが何人もいるし、年齢、出身地、階層もみなまちまち。西田哲学に凝っている人、マルクス主義に夢中になっている人とか、考え方においても実にさまざまで、人間を知る上でも高等学校の三年間は実に面白かったですね。

とはいえ、何度もいうように、当時は食糧事情が最悪で、食べるものはないし、食べ盛りの息子四人を抱えた我が家の家計は逼迫していたので、余分な金などない。それでも娯楽に飢えていた時代ですから、戦後ようやく映画を自由に観られるようになったものだから、やはり観たいんですよ。そこで、映画代を稼ぐために焼け跡整理のアルバイトを始めました。朝、浅草・山谷《さんや》の日雇い溜まりへ行くと大勢の人がいて、現場監督から指名されるのを待っている。私もなるべく労働者らしく見せようと思うのですが、着るものといったら学生服しかないから、目立ってしまう（笑）。監督は、ざっと見渡して、体力のありそうなのを選ぶわけですね。だからなんとか指名してもらおうと思い、無精髭を剃らず、服の下に新聞紙を入れたりして、なるべく筋骨たくましく見せようとする。しかし、すぐにばれてしまう（笑）。結局、日当の高い割のいい仕事にはなかなかありつけず、私に回ってくるのは、ガラス破片の片付けとかゴミ捨て用の穴掘りとか日当の低いものばかりで、一日働いてもわずかな金にしかなりませんでしたが、それでも、映画代ぐらいにはなりました。

週のうち四日か五日学校へ行って、残りが焼け跡整理のアルバイト。アルバイトでお金を稼いでは映画館に通いました。戦後すぐのころは、映画館といっても名ばかりで、焼けたビルのなかで椅子もなく、階段状になっているところにぺたーっと座って観るわけです。主にアメリカ映画でしたが、そこに映し出されるアメリカの暮らしを観て驚きました。こんな豊かな国がこの世の中にあるのか、と。どの家も自動車をもっているし、電気冷蔵庫も電気掃除機もある。よくぞ日本はこんな国と戦争などしたものだ、とつくづく呆れました。

アメリカ映画だけでなく、『望郷』[※4]や『天井桟敷の人々』[※5]『舞踏会の手帖』[※6]といったフランス映画もよく観ました。当時、私は新宿、渋谷を通って高校まで通っていたのですが、新宿にも渋谷にも映画館がたくさんあり、その点では恵まれていましたね。ほかに娯楽のない時代でしたから、映画館はどこも満員で、みな立ち見です。並木路子の「リンゴの唄」が挿入歌になっていた『そよかぜ』[※7]という映画は、いまから見れば実に幼稚な映画なのですが、戦後すぐに観たときの感激は忘れられない。なにしろ戦争中に観た映画といえば、『加藤隼戦闘隊』[※8]とかの戦争映画ばかりでしたから。幼年学校では、映画を観る時間がけっこうあって、日曜日などは外出せずによく映画を観ていました。といっても、みんな「天皇陛下万歳！」といって散華《さんげ》していく、そういうものばかりですけどね。そういう目には、『そよかぜ』のなかに出てくる恋愛の話とか、もう少し後になりますが、『青い山脈』[※9]の広々とした自然のなかで自由に恋愛をしている若者の姿とか、すごく鮮烈でした。

フランス語修業

アルバイトの疲れが残って授業中に居眠りすることも多かったのですが、なんとか授業にはついていけました。私のいた理科一組は語学が英語とドイツ語なのですが、英語が苦手でした。単語の意味はわかっても、発音がダメなんです。幼年学校でフランス語を二年半やっていたので、ついフランス語式の発音で英語を読んでしまい、みんなに笑われる。その点ドイツ語は、全員ゼロからのスタートなので問題はない。英語が苦手といっても、発音でつまずいただけで、私はもともと語学が好きでしたから、ドイツ語には熱中しました。ただ、せっかく習っていたフランス語の授業がないのは実に残念で、ほかにもフランス語を習いたいという生徒がいて、それで校長先生のところへフランス語の授業をしてほしいと頼みに行きました。そうしたら、校長が「なるほど」といって、内藤濯[※10]という元一高の先生が、週に一回来てくれることになったんです。

もちろん、当時は濯さんが有名な仏文学者だとは知らなかったのですが、その授業に出て驚いたのは、教科書など使わずに童謡ばかり歌わせるんです。ある童謡を取り上げると、次までにこの歌を暗記してこいといって、次の週に一人ずつ歌わせる。生徒は全部で十人くらいいましたが、覚えていない者がいると、濯先生はすごく怒る。だから生徒も必死になって覚えるんです。最初の一年は、そうやっていろいろな童謡を次から次へと覚えさせる。次の年になると、今度はシャンソンを歌わせる。そういう授業でした。要するに、耳から覚えろ、ということです。一つ一つの単語を覚えるだけでは絶対しゃべれるようにならない。パリに行きたいなら、シャンソンを覚えなさい、といって、エディット・ピアフ[※11]とかの歌を次から次へと教えてくれました。

濯さんのおかげもあって、フランス語がどんどん面白くなってきました。ある日、「きみ、そんなにフランス語に興味があるなら、アテネ・フランセ[※12]へ行ってみたらどうだ」と内藤教室の友人に勧められたんです。それで、週に二、三時間、アテネ・フランセに通うようになりました。アテネ・フランセの授業を受けてみて、濯さんの素晴らしさがわかりました。たとえば、先生に「何か質問は？」といわれてもほとんどの人は黙っているのだけれど、こっちは内藤式のシャンソン・フランス語で鍛えられているから、どしどし質問ができる。そうなるとますます面白くなって、以後フランス語はずっと続けていくことになります。

大学に入ってからは、アテネ・フランセの先生が、「今度新しく日仏学院というのができた」と教えてくれ、あのル・コルビュジエ[※13]の弟子の坂倉準三[※14]が設計した立派な建物にも行くようになりました。日仏学院には本国から来たフランス人の先生がたくさんいて、そのなかにカンドウ神父[※15]もいらっしゃいました。カンドウ神父は、のちに正田昭[※16]に洗礼を授けた方で、私にとって運命的な出会いでした。

日仏学院では演劇部に入っていました。そのときに知り合ったのが大谷暢順[※17]さんです。東本願寺の大谷家のご門跡《もんぜき》で、お父さんは大谷光暢《こうちょう》管長です。その大谷さんが、「きみ、授業で教科書を読むだけじゃなくて、もっとしゃべれるようにしたほうがいい。それには演劇をやるのが一番だ」といって、ミュッセの戯曲から始めようじゃないかということになったんです。ところが、これがむつかしい。難なくこなせるのは大谷さんだけで、集まったほかの人たちはあまりのむつかしさに次々と脱落していく。私をはじめ何人かは懸命にしがみついて、なんとか公演できるところまでこぎ着けました。ところが、公演をやる前に、肝心の大谷さんが卒業してしまったので、結局稽古だけで終わりました。残念ではありましたが、日仏学院の院長が稽古を観にきて、「きみたちの発音はなかなかいい」と褒めてくれましたから、我々の芝居もそう捨てたものではなかったと思います。

しかし、当時、私のようにフランス語をやっているのは時代遅れなんです。先見の明のある人は、みんな英語の勉強をしていました。東大の正門前に住んでいた友だちなどは、自分の家にアメリカ人の牧師を泊めて、毎日その牧師さんからレッスンを受けてたちまち会話ができるようになりました。その人は、結局産婦人科の教授になってアメリカに行きました。彼はとても親切な人で、私をよく家に誘ってくれたのですが、家に上がると紅茶が出てくる。おまけに牧師さんから手に入れたのでしょう、紅茶に入れる砂糖が出てくる。戦後四年経っているのに、まだ一般の日本人の口に砂糖というものが入っていなかった時代です。手に入るのは、サッカリン、ズルチンといった人工甘味料だけです。ズルチンは少し毒があるといわれていたので、使わないようにしていましたが、料理するにも、紅茶やコーヒーを飲むにもすべてサッカリンでした。それだけに本物の砂糖は貴重で、砂糖を目当てに遊びに行くという感じでした。その美味しさは鮮明に覚えています。なにしろ、東大に入って初めてぼくは砂糖入りの紅茶やコーヒーを飲んだわけですから。

その牧師さんは自動車も持っていて、自分で運転していました。彼らの感覚ではさほど珍しくもなく、ごく普通のことなのですが、日本人からするとすごい大金持ちに見える。しかも、あのころのアメ車というのは、やたらと大きいんですよ。前も横も大きく張り出していて威圧的でした。ですから、当時の私のアメリカ人に対するイメージというのは、自動車に乗って、砂糖を食べ、そして脚が長くてお尻がポーンと出ている——飢えた日本人のぺったんこのお尻とは大違いです——というもので、これは敵わんなという感じでした。

初めの緊張が解けるとぼくは、さぼり出した。せっせと受動的にノートを取るよりも、読みかけの本への興味の方が優《まさ》ってきたのだ。それに教室を抜け出して心置きなく読書に耽る恰好の場所を発見した。校庭の南端の土手の向うに寺院の森に向かう閑寂な斜面があり、学校からは見えないし、天気のいい日にはぽかぽか温かかった。たちまちその斜面はペテルブルグの陋巷となり哀れな九等官や飲んだくれが歩きまわる舞台に変容した。

（『永遠の都』第三部『炎都』第七章「異郷」より）

それは、かすれた字で「研究室」という札が下がっている部屋で、ホルマリン漬けの魚や胎児などがガラス戸棚に並び、鳥や動物の剥製が机上に置かれ、ラッパや太鼓やアプライト・ピアノが片隅にある、得体の知れない部屋であった。そこが尋常科出身者の集会所のようになっていたのは確かである。七年制高等学校の尋常科には東京の中流知識階級、上流金持ちの子弟が多く、どこか坊っちゃん風の人が大勢いた。

（同右より）

長閑な都立高校

私の都立高校時代は、授業外のフランス語に熱中しながら、学校の勉強も割合しっかりやるという感じでした。ただ、幼年学校時代から苦手だった体育は相変わらずダメで、風邪を引いたとかなんとかいって、よくサボりました。都立高校の南側に大きなお寺があり、その庭の芝生の斜面に私と同じようにサボっている連中がみんな寝っ転がって、本を読んだり居眠りしたりしている。南に面しているから、冬などは暖かいんですよ。食べ物はなかったし、アルバイトの肉体労働はきつかったけれど、授業をサボって芝生に横になって本を読んでいたあの瞬間は、なんとも長閑《のどか》で楽しかった。幼年学校はものすごく規律が厳しく、授業をサボるなんて絶対にできなかったのですが、都立では、試験さえ通れば、サボってもそう厳しいことはいわれなかった。なんともいえない解放感がありました。

そういえば、ドストエフスキーも医者の息子で、モスクワの郊外には、父親が勤めていた病院とその建物の一角にあったドストエフスキー家の住まいとがいまでも残っています。フローベールも医者の息子です。前に名前を挙げた人たちも含めて、医者兼作家がたくさんいます。医学的なものの考え方と文学的なものの考え方とは、どこかで通底しているんですね。ことにリアリズム作家にその傾向が強い。たとえば花のことを書く場合でも、実際に観察をして絵を描き、きちんと分析する。どこまでが花びらでどこまでが萼《がく》で、色がどうなっているか知らないと書けない。それは人間を書くときも同じです。その人の目つき、顔色、動作といったものをきちんと書くことで、読む人にその人物が実在するかのように思わせる。そういうのが文学です。

緻密な観察が、科学と文学の双方に求められているということですね。幸い、私は生物学が好きで、高校生のころ、毎週日曜日に植物好きの仲間二人と一緒に奥多摩へ昆虫・植物採集へ行っていました。胴乱《どうらん》という円筒状の容器も自分で買ってそこに植物を入れて、昆虫は傷つかないように三角紙のなかに入れて観察する。それも非常に楽しみでしたね。

当時のもう一つの楽しみは音楽です。都立高校は七年制で、四年の尋常科と三年の高等科からなっていました。私みたいに高等科から入ってきた者とはちがって、尋常科から上がってきた人には金持ちの子が多く、ピアノを弾ける人がけっこういました。尋常科上がりの連中の溜まり場にはピアノがあり、なかの一人がピアノの前に座ると、いきなりショパンやベートーヴェンを弾き始める。その美事さたるや、魔術としか思えなかったですね。どこでピアノを習ったのか訊いてみると、お父さんがピアニストで、戦争中、暇を見つけてはここに隠れてピアノばかり弾いていたそうです。その男とは一緒に医学部に入りましたが、そういう人もいたんですね。

私が音楽に目覚めた年齢では、ピアノを習い始めるには遅すぎましたが、父親が音楽好きで家にはレコードがたくさんあったので、レコードを通して、ベートーヴェン、ショパン、特に父親が好きだったチャイコフスキーは、割と小さいころからよく聴いていました。しかし、モーツァルトのソナタやベートーヴェンのチェロ・ソナタなどは、高校生になって初めて聴きました。同級生にはピアノを巧みに弾くのがいて、彼などはすでに一流の音楽家でしたね。これは後年わかったことですが、遠山一行[※18]さんも都立出身で、在学時代からクラシック音楽の知識が豊富で、後年の音楽批評の素質をしっかり育てていたようです。要するに、尋常科から上がってきた人たちは、同じ戦争を経験していても、いささか浮き世離れしているというか、生活すべてを戦争に侵蝕されることなく暮らしていた人が多かったんですね。学徒動員の工場行きをサボって、学校のなかに密かに自分たちのお城みたいなものをつくって、みんなそこで過ごしていたというから、余裕があったのでしょう。うらやましかったですね、ああいう人たちが。

そんな具合にのんびりはしていましたが、さすがに三年生になると受験勉強が始まります。都立から東大に行く人はけっこう多くて、大体は工学部志望で、医学部へ行くのは三人くらいでしたか。ほとんどが東大に行くものですから、大学でもよく高校時代の友達に会いました。要するに、旧制高校というのは東大の予備校みたいなもので、受験が嫌で全然勉強しない人は私立へ行く、そんな感じでした。

同じ東大の予備校的存在ではあっても、都立と一高ではずいぶん雰囲気がちがいました。そのちがいは、寮のあるなしが大きかったと思います。都立は、その名前からわかるように、東京在住の人が入る学校なので寮が必要なかったわけです。もっとも私が通っていたころは、戦災で家を焼け出された人も多かったので、教室を寮代わりにして二十人くらい住んでいました。それはともかく、寮生活においては、寮歌などを高歌放吟《こうかほうぎん》するといったバンカラの気風がおのずと養われていく。都立には、そうしたバンカラ気質はほとんどなかった。なかにはバンカラに憧れてマントを着たりする人も多少いましたが、一高生に比べるとその数は微々たるもので、渋谷辺りで、いつも一高生と一緒になるのですが、彼らはとにかく威張っていました。我々を見ると、「なんだ、都立か」ってな顔をする。こっちはこっちで、汚ない寮に住んでる、臭いやつらだ、と(笑)。そんな他愛もない諍《いさか》いも青春時代の一齣です。

それから、当時はコンパというのが流行っていました。コンパといっても、いまみたいに男女が集まるのではなくて、男だけが集まる、まあ男の飲み会ですね。冬は外では寒いから、教室の中で焚き火をする。机や椅子を全部端に寄せて、真ん中のコンクリートのところで焚き火をして、酒を飲んだり煙草を吸ったり、そんなやんちゃなこともやりました。ところが、それを見回りに来た化学の先生に見つかって、「なんだお前たち、教室のなかで焚き火をする馬鹿がいるか！」と。すると誰かが、「先生は化学を教えてるんでしょ。この床は燃えませんよ」なんて生意気なことをいう（笑）。先生も先生で、「ああそうか、まあ火事にならないように気をつけたまえ」と。そういう馬鹿騒ぎも、面白かったですね。

その代わり、女学生との交流はまったくありませんでした。北杜夫[※19]さんの本を読むと、彼が通っていた麻布中学の隣に東洋英和があって、そこのお嬢さんたちとけっこういちゃついていたらしいのだけれど、都立の周りは住宅街で、近くの柿ノ木坂を上がっていくと、一面畑で、まったくの田舎なんです。戦争中はその畑を都立校生たちが耕して芋をつくって、食糧にしていた。まあ、そんなところですから、残念ながら女っ気はまったくなしでした（笑）。

一九四九年四月、加賀さんは東京大学医学部医学科に入学。東京大学は、翌五月に旧制第一高等学校・旧制東京高等学校高等科を併合、新制大学となり、加賀さんは旧制大学の最後の学生だった。

通学読書の幸福な時間

私が大学の受験勉強のときに考えたことは、国語と化学は自信があったので問題ない。数学と物理、この二つの科目は、論理的に詰めていけば満点を取れる。ところが英語はいくらやっても満点は取れない。だから英語に時間を割くのは損だということで、数学と物理をメインに勉強しました。実際の試験で数学の問題を見て、これならできると確信し、物理と化学の問題も、公式を覚えてるから大丈夫だ、と。この三つはたぶん満点だろう、と思って帰ってきました。ただし英語でわからない単語が三つくらいあって、癪《しゃく》に障りましたけれども、まあ、これはしようがない（笑）。

親父も、せっかく理科に入ったんだから医者になれ、医者だったら食いっぱぐれない、と盛んにいってました（笑）。私が職業として小説家を選ぼうと思ったのは三十を過ぎてからで、精神科医として十年くらい働いたあとです。その間にフランスへ留学して、そのとき一緒だった仏文出身の友人たちに影響されて、ひょっとしたら自分にも小説を書けるのではないかと彼らに相談をしたら、「冗談じゃない、国民の大事な税金を使って留学して医学を学んだ人間が、文学なんてやるもんじゃない」ってたしなめられましたけどね（笑）。

私が大学に入ってまず実践したのは、〈通学読書〉です。医学部の入学式で、時実利彦[※20]という有名な脳の研究家の先生が、新入生に向かっていったのが、「本を読むなら立って読みなさい。立っていると、神経が脳を刺激する。だから、混雑した電車で座れなかった場合には、立ちながら本を読む。これが脳にはいいんだ」ということでした。人間、立っているときには脳に微弱な電波が出ていて、それで脳が活性化するというわけです。その言葉が私の頭のなかにストンと入った。それで朝と夕方の通学時間を読書の時間として、立って本を読むことにしたんです。

当時私は、新宿の自宅から本郷の東大まで都電で通っていました。いまの歌舞伎町二丁目――昔の西大久保――から十三番線の万世橋《まんせいばし》行きで松住町《まつずみちょう》まで行き、そこで十九番線の駒込行きの電車に乗り換え、赤門前で降りる。それで大体片道一時間です。小説なら、往復で薄い岩波文庫の半分くらいは読める。都電というのはあまり振動がないし、ゆっくり走る。おまけにそんなに混まないから、読書にはうってつけで、通学の往復二時間のあいだずっと文庫本を読んでいました。この習慣は以後もずっと続き、大学の一年生から東京医科歯科大学に移るまでの東大医局員時代の十五年間――あいだに二年半のフランス留学を挟んでいますが――、その通学・通勤読書をやったわけですから、かなりの量の本を読んだことになります。サルトル、カミュの実存主義文学から日本の戦後文学まで、大岡昇平[※21]、椎名麟三[※22]、武田泰淳[※23]、梅崎春生[※24]……それらの作家のものを次から次へと読んでいきました。昼休みには神田まで歩いて行き、古本屋で文庫を買い漁り、その一方で、新宿の紀伊國屋書店の新刊書のコーナーにも寄って、新しいのが出ていると買って行く。

ありがたいことに、私が大学に入った一九四九年ごろというのは、出版文化の上でも画期的な時期で、たくさんの翻訳書が出た時代です。岩波文庫、新潮文庫、角川文庫の三つが競ってサルトル、ロマン・ロラン、カミュといった人たちの新しい翻訳を次々に出していきました。出るそばから買い求めては電車のなかで読み耽る、なんとも至福の時間でした。

解剖で人体の精妙さを知る

その代わり、講義は大変でした。なにしろ覚えなくてはいけないことが厖大にある。たとえば解剖学では、骨から筋肉から、身体のあらゆる部分の名称をラテン語で覚えなくてはならない。これがとても大変なんです。

そのときに必須なのが『アトラス』（*Atlas der Anatomie des Menschen*、人体解剖図譜）というドイツ語の解剖図譜です。これは非常に高価で、あのころの値段で五千円くらいしました。新刊などは高くてとても買えないから、金のない我々は、上級生が要らなくなったアトラスを売りに出すのを待って、値段交渉をするわけです。大体、半値くらいが相場でしたか。それだって、当然アルバイトをしないと買えない。肉体労働をしていた高校時代とちがって、大学に入ってからは家庭教師が主で、将来、子どもを東大に入れたいと思っている、なるべく金持ちそうな感じの家を選ぶんです（笑）。高い医学書は、ほとんど家庭教師のアルバイトで買っていました。

通学の二時間は小説を読み、夕方には家庭教師に出かけ、そして帰ってくると必死になってラテン語を覚える――これが最初の医学生生活でした。

当時の医学部の先生はほとんどがドイツ留学経験者で、講義では黒板にものすごいスピードでドイツ語を書いていく。我々はそれを必死になってノートに写す。講義の言葉も独特で、たとえば「クランケをベットにヒューテンさせる」とかいうんですね。ヒューテンというのは横に寝かせるという意味で、要するに、患者をベッドに寝かせるということです。最初は何をいってるのかわかりませんでした。ともかく、毎日ひたすらドイツ語浸けで、おかげでドイツ語も大分上達しました。

一年生の秋になると、解剖学実習が始まります。最初はさすがにぎょっとしましたが、三カ月もすると、遺体の前で平気で昼飯を食べる人が出てきて、それを真似してみんなやり始める。医学生にとっては、それが乙なんですよ（笑）。ともかく、解剖学というのは実に驚くべき体験でした。生前、どれほどちがった人生を送ってこようが、死んでしまえば、人間みな同じだということを極めて具体的に突きつけられたわけです。もうひとつ驚いたのは、顕微鏡実習で電子顕微鏡を覗いたときに、人間の身体が無限に広がる宇宙のような複雑怪奇なものに思え、自分の身体が星の塊みたいなものでできているという意識が出てきたことです。こうした感覚は、本を読んでいるときには全然なかったものでした。

しかも人体というのは実に精妙なつくりで、たとえば、血管と神経が一緒になって全身を走っている様子は驚くべきものです。なまなかなロボットではありえない精巧さで、それこそ神様がつくったとしか思えないほど精緻で美しい。脳を一ミクロンくらいずつ輪切りにして顕微鏡を覗いていると、実に哲学的な感興をそそられます。それは後になって私のキリスト教信仰とも結びついていくのですが、それはともかく、考えてみると、自然はすべて美しい。美しくない自然というのはありえない。そうであるなら、美しいものに対する人間の感性はどこから出てくるのか――、そんなことを考えるようになりました。そういうことに気づきはじめて本格的に医学を志そうと思った途端、あれほど夢中になっていた小説に対する興味が少し減じて、哲学や美学の本を夢中になって読むようになりました。それが二年生、一九五〇年ころですね。

貧困を目の当たりにして目を開かれる

ちょうど同じ二年生のころ、東大にアーケード合唱団というのがあって、法学部、文学部の建物のアーケードの下で昼休みになるとロシア民謡を合唱していました。私はよくその歌を聴いていたのですが、その団員たちのなかにはセツルメント運動[※25]に関わっていた人が多かったのです。

ぼくの日程にセツルメントが入り込んだ。別に無理に勧められたからでも、こちらから追い求めたからでもなかった。ある作家の小説がふと好ましく思え、つぎつぎにその作品を読み進める、そんな具合だった。土曜と日曜のカトリーヌ〔悠太が日本語の家庭教師をしているフランス人女性〕のレッスンを月水の夜に変えてもらい、土曜の昼から日曜日いっぱいをセツルに使うことにした。

〔中略〕

ある種の貧困者が住む、それだけで青春の時間を喜んでささげるという彼らの夢を、ぼくはまだ十全には理解できなかった。発言の端に革命とかプロレタリアートとかアメ帝とか、情熱を支えるキーワードが衣の下の鎧のように見え隠れしていたが、ぼくとは無縁の言葉としか思えなかった。むしろ、ぼくは未知の土地を見るという楽しみだけで彼らに同調していたのだ。顕微鏡の視野に入ってくる未知の組織に心おどらせたと同じ好奇心がぼくを動かしていた。

（『雲の都』第二部『時計台』第一章「時計台」より）

セツルメントというのは、十九世紀の半ば、ロンドンのイーストエンド、つまり貧民街で始まった大学拡張運動、貧民救済運動です。この運動は、アーノルド・トインビー――有名な歴史学者のトインビーの叔父――が、大学は象牙の塔のなかに閉じ籠もらずに積極的に実社会と関わるべきだと提唱したことで始まり、その運動が日本にも入ってきたのです。戦前は東京帝大の学生を中心とした活動が盛んで、そのことは『永遠の都』にも出てきます。[※26]運動は戦争中に一時途切れたものの戦後また復活し、ちょうど私が医学生になったころにふたたび盛んになってきたのです。その運動に合唱団の人たちが参加しているというのを聞いて私も興味をもち、自分も一度行ってみようと思ったのがセツルメントに関わるきっかけです。

当時、東大セツルメントの拠点が新しく神奈川県の川崎と東京の亀有《かめあり》に設置されたので、まずは亀有へ行ってみようということになりました。亀有セツルメントの周囲は田園風景が広がり、町なかを流れている中川の畔《ほとり》には大小の工場がいくつかありました。戦争中は軍需工場が盛んなところでしたが、それも戦後は寂れ、閉鎖した工場跡地を都が買い上げて引揚者寮や戦災者用住宅を建てていました。それまでこの地区には医療機関がなく、我々が新たにセツルメントの診療所をその引揚者寮の傍につくったのです。寮といっても、倉庫のような平屋をベニヤ板で仕切って、八畳一間ぐらいに一家五、六人が住むという極めて狭小で簡素なものです。しかも水道がないものだから水質が悪く、衛生状態も非常に悪かったので、疫痢や赤痢が流行ったんです。

医学部の同級生だけでなく、上級生や社会学部、文学部の学生も含めて三十人くらいで亀有に調査に行ったのですが、非常に驚きました。こんなに酷い生活をしている人たちがまだ日本にいる。まだいるどころか、そういう人たちのほうが多いのだという事実を知ったのです。

こうした悪環境を改善するのが我々学生の責務であるということで、文科の人たちは保育所活動を中心にして、まず子どもたちを預かる施設をつくろうと、あちこち駆け回る。医学生は診療所の手伝いをしながら、無償で奉仕してくれる医者を連れてきて診察の助けをする。それから結核予防会からバスを寄越してもらって近隣の人たちの集団検診をする。調べてみると、予想通り引揚者寮の結核罹患率が格段に高かった。住民の三十パーセント、三人に一人が結核に罹っている。由々しきことです。寮内のあちこちで咳き込んでいる人がいるのですが、部屋といっても薄い壁で仕切られているだけで天井がなく、隣に結核の人がいればすぐ感染してしまう。これは建物の構造の問題だから建て替えるようにと、我々が都に陳情に行きました。

それから多かったのが皮膚病です。頭部白癬《はくせん》という、頭に白い発疹が出る、いわゆる〝しらくも〟ですね。これは子どもに多かった。トラコーマに罹っている人も多くて、これは目が真っ赤に腫れて、放っておくと失明してしまうのですが、薬があればすぐ治る。しかし、貧しい人たちばかりなので、治療を受けようにもお金がない。そこでセツルメントでは、時には無償で薬を提供したりしていました。

　夏になると、赤痢、疫痢が頻発する。仕方なく、診療所の医者がサルファ剤などで応急処置をする。赤痢、疫痢が出るのは水道がないからなんです。生水は必ず煮沸してから飲むように指導はするのだけれど、それでも濁っていてとても衛生的とはいえない。早く上水道を設置するべきだと訴えても、行政はなかなか動こうとしない。そこで我々が井戸水の水質を調べ、いかに細菌に汚染されているかを示して上水道設置の嘆願をする。戦後数年経っていましたが、まだまだそうした状況があちこちで見られました。

　それまで研究室の内部ばかりを見ていた目が、急速に社会のほうに開かれていったわけです。研究室で勉強をするよりも、実際に人に役立つような仕事をするのが医学の本道なのではないだろうか、と思うようになってきました。つまり、病気を治すことのほうが人間の身体の構造を知ることよりも大切なんだ、と。そうしたプラクティカルな学問が医学であって、それまで自分が考えていたことは、人間の美しい身体は神がつくったという、いささかファンタスティックなものに過ぎないことに気づかされました。

　そのときの同級生で、一緒にセツルメント運動をしたのが、結核予防会会長を務めていた青木正和君[※27]です。私は家庭教師のアルバイトをやめて、毎週金曜日には青木君と二人で朝早くからあちこち飛び歩いたものです。青木君はセツルメント運動をやっているうちに、結核予防の必要性を痛感したんですね。それ以後結核予防の研究に進み、とうとう予防会の会長にまでなりました。彼は非常にまじめで、私みたいに小説など読まずに、せっせと医学書を読んでいました。

結核は贅沢病ともいわれ、安静にして栄養をとり、空気のいいところで静養するのがいいとされていました。ところが、引揚者寮の人たちにはそんな余裕はまったくない。住民のほとんどは日雇い労働者で、結核に罹ると収入が途絶え、それで餓死する人もいた。実に悲惨な状況でした。

マルキシズムとキリスト教

そういう状況を目《ま》の当たりにしたことで、私も当時の多くの若者たちの例に漏れず、一時期マルキシズムにかぶれました。セツルメントの学生のなかには共産党員も多く、『資本論』の読書会なども開かれていた。読書会には、ロシア語、ドイツ語ができる上級生がチューターとなって、レーニン、スターリン、毛沢東、マルクス、エンゲルスなどの著作を読む。それらを読んでいくうちに、この貧困から彼らを脱出させるためには、やはり共産主義しかないのではないかという考えに傾いていくわけです。周囲でも共産党員になる人がけっこういたし、私にも入党しろという誘いがありました。しかし、共産党が喧伝する暴力革命の思想にはいま一歩ついていけないところがあって、結局入党はしませんでした。

セツルメントには共産主義グループとは別にもう一つ、キリスト教者のグループがありました。クリスチャンにとって、貧しい人に奉仕することは重要な社会活動です。実際に、結核患者の世話をしたり、困っている人たちのために黙々と働いているクリスチャンを多く見かけました。私は、マルクス・レーニン主義の文献と同時に聖書も読んでいましたが、聖書もなかなか面白いんです。特に福音書に書かれているイエスの教えは、マルクスの考えていることと近しく思えました。もちろん、マルクスは唯物論者で宗教を否定するわけですが、貧しい人たちを救うという点においては、どこか共通したものを感じたんですね。

ともあれ、目の前にいる人間を助けるというのが医学の使命であり、医学というのは、こういう貧しい人たちに奉仕する学問でもある――セツルメントにおいて無報酬で働くことを通じて医学の本質を学んだような気がします。そうした思想の基礎をマルキシズムとキリスト教に見て、その二つのあいだで揺れ動いていたというのが、当時の私の偽らざる心情でした。

フランスの長篇小説と日本の戦後文学

亀有のセツルメントに診療所ができてからは、土日月は診療所に泊まり込み、平日は授業に出るという生活になりました。いま考えると、よく身体が保《も》ったと思いますが、若かったんですね。母も、「お前はちっとも家に帰ってこないけど、どこへ行っているんだ」と心配していましたが、セツルメント活動のことを説明すると、わかってくれました。二年生、三年生の二年間はそんな生活で、とにかく忙しかった。

平日の夜には勉強です。さすがに、勉強しないことには試験に受からない。試験といっても、まとまった試験期間があるわけではなく、たとえば生理学あるいは生化学の授業などがあるとすると、それぞれの授業後、すぐに試験をやるんです。試験は筆記と口頭試問があって、口頭試問ではずいぶん大ぽかをやりました。十分な勉強ができていないものだから、教授に細かくつっ込まれるとにわか勉強がばれてしまい、落とされる。これを医学部では、ヴィーコンといいました。ヴィーダーコンメン（Wiederkommen）というのは、ドイツ語で「またおいで」という意味です。私は、よくヴィーコンを食らいました（笑）。それでも悪い癖で、夜中にちょっとでも時間があると小説を読んでしまい、なかなか勉強が手につかない。

そのころよく読んでいたのは、ロマン・ロランです。『ガンジー』『ジャン・クリストフ』『魅せられたる魂』……。高等学校時代はドストエフスキー、トルストイ、チェーホフといったロシア文学が主だったのが、大学生になってからは、ロマン・ロランのほか、マルタン・デュ・ガールの『チボー家の人々』、デュアメルの『パスキエ家の記録』といったフランスの長篇をよく読みました。私が長篇作家になったのは、そのころの読書が大いに影響していると思います。

それに、セツルメントの貧民街を見ていると、ゴーリキーの作品などがリアルに感じられた。日本では椎名麟三。「深夜の酒宴」ですね。戦後派作家のなかで私が一番最初に惹かれたのが椎名麟三で、彼の書く貧困が実にリアルに迫ってきました。そのほか、武田泰淳、野間宏[※28]、梅崎春生、それから大岡昇平。『野火』と『俘虜記』は夢中になって読みました。

同じ医学部出身でいうと、安部公房[※29]。安部さんは私より五つ上で、十年先輩には加藤周一[※30]さんがいます。私は詩が苦手だったので、加藤さんたちの「マチネ・ポエティク[※31]」の人たちの作品にはあまり近づかなかったのですが、戦後、ベストセラーとなった加藤さんの『ある晴れた日に』は読みました。医学者が書いた小説というので興味をもって読んだのですが、十歳という年齢差に大きな隔たりを感じたのを覚えています。加藤さんたちの世代にとっては日本が戦争に負けることは自明で、軍国主義者はみんな愚かだと知りながら、ひたすら口を閉ざすことで戦争をやり過ごしていた。当時の私は、その世代のそうした感覚には感心していました。

社会のなかでの実践的な勉強

亀有のセツルメントの周囲には、大企業の下請けで小さな部品をつくっている中小工場が集まっていましたが、一九五〇年に朝鮮戦争が始まると町の様子がガラッと変わります。朝鮮戦争による軍需景気が起こって、にわかに人やものの出入りが激しくなる。それまでは外からなかの様子が見えていた工場も全部黒幕で囲われるようになった。こっそり偵察に行った者によると、その工場では、夜中にアメリカ軍が大きなトレーラーで密かに運んできた戦車を修理しているらしい。要するに、軍需工場になってしまったわけです。それを聞いた我々は、戦争に荷担するとはけしからんと思いましたが、そうしたことで、占領されているという現実を突き付けられた気がしました。

日本が占領から解放されたのは、五一年九月に吉田茂内閣の下、サンフランシスコ講話条約が締結され、翌五二年の四月二十八日に発効してからです。これでようやく日本は独立を果たしたわけですが、その三日後の五月一日、「血のメーデー事件[※32]」が起こります。

喚声、悲鳴、怒号、罵声、変事の勃発だ。

さっき、デモ隊の中を通り抜けて二重橋側に回り込んだ警官隊が、突然、棍棒で人々に殴りかかったのだ。デモ隊は混乱し散り散りに逃げ出した。〔中略〕不意を衝かれた人々は動転その極で体勢を建て直す余裕などない。警官隊は猛烈な勢いで人々を棍棒で打っては追いやった。人々は総崩れである。〔中略〕走る。走る。みんな走る。喉が焼けつくように痛み、目も痛む。催涙ガスだと気づいた。近くに飛んできた白煙が催涙弾だ。一斉射撃音がした。「ピストルを撃ってるぞ。伏せろ」と誰かが叫ぶ。が、伏せる余裕などない。

（『雲の都』第一部『広場』第二章「広場」より）

『永遠の都』に続く、加賀さんの大河小説『雲の都』の第一部『広場』は、この血のメーデー事件が主要な舞台となっている。日本が形の上で独立を果たしたことについて、主人公の小暮悠太はこう考える。「サンフランシスコ条約と安保条約が、〔中略〕日本がアメリカとの軍事同盟国に組み込まれるという受動性を持っていることは、形のうえで独立国になった日本の主権を制限し、自由を奪う問題だ。この条約は、沖縄、奄美大島、小笠原の諸島においてアメリカ軍の占領を継続し、千島列島を放棄し、国内に二千八百ヵ所のアメリカ軍使用地と施設を残すという軍事条約である。おれはこの『アカハタ』の復刊第一号の内容にはおおむね賛成だ」と。そしてメーデーに参加した悠太たち医学生は、警官隊と衝突して怪我したデモ隊の救護に奔走する。

あのデモには、日本に基地をつくるな、そして日本の基地からアメリカ兵が朝鮮に戦争に行くのを阻止しろという反戦運動の側面がありました。私は共産党とは距離を置いていたけれど、まだ戦争の記憶が生々しく、日本が在日米軍の基地になるのには断乎反対で、メーデーに参加しました。そこで、ああいう大変な事態に遭遇したわけです。

あの日、私は亀有セツルメントの労働者やセツラーとともにメーデーに参加していました。青木君と相談して救急箱に薬品を入れて、救急隊として参加したのです。しかしデモ隊は、目的地の日比谷公園に到着したあと、誰の指令だったのか、そのまま警官隊が警護している皇居前広場に侵入してしまった。そのあと態勢をととのえた警官隊とデモ隊とが衝突し、警官隊が催涙弾を発射して、それを機に一部で乱闘が始まった。催涙弾でも、直接身体に当たれば酷い怪我をします。血だらけの人も出てきて、デモ隊は興奮して警官隊に襲いかかるし、一方警官隊も棍棒を振り上げてデモ隊に襲いかかる。まったくの混乱状態となりました。私は自分が経験した血まみれの闘争の模様を『広場』にできる限り正確に写し取ったつもりです。

考えてみると、私の医学生時代というのは、教室で勉強したのはほんの最初のうちだけで、あとは社会のなかでの実践的な勉強でした。そうした経験は、医学部卒業後、精神科に行こうと決めたことにも大きく影響しました。

なぜ精神医学を選んだかというと、一つには、長年文学に親しんできた自分にとって、物語を織り上げる人間の精神現象に興味があったからです。それに、もし将来小説を書くような機会が訪れたとして、これから精神科医として経験することはきっと大きな財産になるだろうという考えも、頭の隅にありました。同じ小説好きでも、ふつうの文科の学生は、ほとんどが本しか読んでいなくて、医学生のように社会と切り結ぶことがない。以前、私と同世代のある仏文出身の人と話をしたら、私の小説を読んでびっくりしたというんです。つまり、自分は朝から晩までマラルメ[※33]を読んで過ごしていたから、セツルメントなんてのは聞いたこともなかった、と。私の場合は、文学に興味はあったけれど、解剖に初めて接したときと同じように、この目で社会をよく見たいという気持ちがあったんです。だからセツルメント運動に夢中になり、そして貧困というものが、いかに悲惨な状況を生み出しているかを自分自身の目で確かめたかったわけです。

私が考える小説というのは、まず自分が見て体験したものを素材にして書くことです。バルザック然り、スタンダール然り、フローベール然り。そのもっとも顕著な例が、十九世紀のロシアの作家たちです。チェーホフは流刑者の実情を知るためにサハリンまで出かけているし、トルストイも貧民のために自分の領地に病院を建てたり学校を建てたりしている。ドストエフスキーも、四年間シベリア流刑になり、自ら監獄生活を送りながら、犯罪者の世界をつぶさに観察している。そんなことも頭にあって精神科へ進み、さらには犯罪学を専攻することになるわけです。

もう一つ現実的な問題でいえば、医学生は、学部を卒業すると一年間の研修期間を経て、大学病院に入局する。ところが医局の助手のポストは各科十くらいしかないんです。たとえば、人気のある科などには三十人くらい入ってくるわけですから、ポストを得られなかった残りの二十人は、週二日くらい、いくつかの関連病院へ働きに行って、それでなんとか自前で食べていくしかない。私の予想では、精神科に来るのは一人か二人だろうから、早く助手になれるにちがいないと思った。ところが予想を裏切って、その年には精神科に七人も志望者がいた。穴場を狙ったつもりが、とんだ大外れでした（笑）。

一九五四年五月、医学部を卒業した加賀さんは同学部精神医学教室に入局。同年六月には医師国家試験に合格し、医師免許を取得している。そして、翌五五年十一月、東京拘置所医務部技官に就任する。

犯罪学を志す

医局で一番人気のあったのは内科で、四十人くらい志望者がいました。なぜ内科なのかというと、内科に行けばフルブライトの留学試験に受かりやすいのです。当時、医学、特に内科学の最先端を行っていたのがアメリカで、フルブライト奨学生になってアメリカに行くというのが医学生の夢でした。ところが、私はアメリカなどに行きたくなかった。そもそも英語の勉強を全然していない。その代わりフランス語は相変わらず続けていました。たとえば、持ち回りでそのときどきの外国の新しい研究論文を抄訳して紹介する抄読会というのがあるのですが、フランス語関係は大体私が翻訳を任されていました。

私が当番の抄読会のときに、クロルプロマジンという薬が統合失調症に効くということがパリ大学で発見され、その論文が発表されているという記事を紹介したところ、にわかに座がざわつきました。というのも、それまでは統合失調症に効く薬などないというのが常識だったからです。当時の統合失調症の治療法といえば、電気ショック療法、インスリンショック療法、それから作業療法というのが一般的で、薬物療法は存在しなかった。現在では向精神薬がない診療なんて考えられないけれど、あのころはそういう時代で、特に年長の偉い先生方は向精神薬の効果を信じていなかったので、その論文を紹介している私自身、説明しながらもどうにも居心地が悪かったのを覚えています。

新薬に対して否定的な雰囲気のなかで、内村祐之[※34]教授だけは向精神薬に興味をもっていらして、私にフランスの新しい文献を読んで内容を報告するように命じられました。内村先生は内村鑑三の長男です。奥さんの美代子さんは内村鑑三の弟子で、『内村鑑三全集』の監修もしていますが、先生御本人は父親にはあまり関心がないようで、「親父の宗教なんか大嫌いだ」としょっちゅういっていました（笑）。

内村先生は、大変な碩学でドイツ留学の経験もあり、ドイツ語が非常に堪能でした。ヤスパース[※35]の『精神病理学総論』やクレッチマー[※36]の『天才の心理学』なども訳しています。それから、北海道大学にいたころにはアイヌ研究もやっていて、アイヌ固有の〝イム〟の発作は集団ヒステリーの一つだという有名な論文も書いています。イムというのは、主に女性に生じるヒステリー状態です。たとえば、非常にしとやかで若くてきれいな女の人がいます。その女性に向かって長老が、「トッコニ（アイヌ語で蛇の意）！」というと、その女性が急に立って踊り出す。本人は踊っているあいだに何をしたか覚えていない。それは一種のヒステリーである、と内村先生は指摘されたのです。実は、私がのちに研究するようになる死刑囚にも同じ症状が多く、内村先生はそれを最初から見抜いていたのでしょう。私に、「刑務所のような閉鎖された集団的な世界では、イムと同じように、きっとヒステリーが多いよ。きみ、それを調べてみたらどうだろう」といったんです。

私が最終的に自分の研究課題を犯罪学にしたのは、セツルメントで悲惨な人たちを見たこと、ドストエフスキーの『死の家の記録』を読んだこと、そして、内村先生のそのひと言も大きかったですね。

東京拘置所に行くに当たって、私はまず、犯罪学者の吉益脩夫[※37]助教授に相談し、内村教授のところへ行って志願しました。週二日は休みで公務員として遇され給料をもらえるのだったら、こんな楽なことはないと思いました。しかし、もちろん実際にはそんなに楽ではありませんでしたが（笑）。

ともあれ、五五年の十一月から東京拘置所に通うことになりました。そして、これがその後の私の一生の進路を決めることになるわけです。

ある日、医局の掲示板に貼られた求人広告票のなかに、東京拘置所の医官募集のがあった。週四日の勤務で、毎週一夜宿直の義務がある。給料は大学病院の助手並で高くはないが、独身者の生活費には十分である。週二日大学の研究室に来る余裕もある。日曜日には好きな本を読む暇もある。ぼくの心は大いに動いた。どうせ犯罪学を勉強するのなら、実際の犯罪者を診るのが早道だ。さまざまな方向の生活に分岐して多忙極まる今の生活を整理して、落ち着いた生活を送る、よいチャンスではないかと思った。〔中略〕まず、田園調布の益田先生宅を訪ねて相談した。

「それはいい。ぜひ、行きなさい。拘置所は未決囚を収監する施設で、いろいろな種類の犯罪者と出会う機会が多い。今、松沢にいる淡路君なんかも、拘置所に勤めているあいだに放火犯の事例を集めて博士論文にしたのだ。彼に拘置所勤務の実際を聞いてごらんなさい」

松沢の淡路先生を訪ねてみると、やはり就職を勧められた。

〔中略〕

ぼくの決心は定まった。内村教授に意志表示をすると、「益田君もいいと言っているし、君が将来犯罪精神医学を研究するための第一歩としていいのじゃないかな。人間、好きな道に進むのが一番いい。頑張りたまえ」と励まされた。

（『雲の都』第二部『時計台』第二章「精神病院」より）

東京拘置所医務部技官

東京拘置所の医務部技官に就任した加賀さんは、同拘置所内で、三鷹事件の竹内景助、バー・メッカ殺人事件の正田昭、帝国ホテル宝石強盗事件のアメリカ人プロレスラー、マック等々[※38]に会う。その間も、日仏学院に通い、フランス語の勉強は継続していた。五六年夏には、アンリ・バリュック著『精神病の治療』（共訳、文庫クセジュ）を翻訳している。五七年二月には、フランス政府給費留学生試験を受験。先輩医師は六度目の挑戦でようやく合格するという難関だったが、加賀さんは一度で合格。四月一杯で東京拘置所を辞し、東大附属病院精神科助手になり、同年九月四日、フランスへ向け横浜港から出発する。

東京拘置所へ勤務するようになったのを機に、家庭教師はもちろんセツルメント通いもやめました。勤務日以外は脳研[※39]へ行って文献を読んだり、犯罪学における恩師、吉益先生の教えを受けるという、研究者としてはかなり充実した日々を送るようになりました。吉益先生は江戸時代の有名な漢方医・吉益東洞[※40]の家系で、日本の犯罪学を開いた先覚者です。内村先生同様、吉益先生も大変な博識で、ランボーやドストエフスキーの研究をするなど文学に非常に関心のある方でしたから、その点でも私は先生に恵まれていました。なにより、拘置所での見聞は犯罪学研究者にとって、まさに実例の宝庫のようなものです。

ある受刑者は毎日二百くらい俳句を作っているといって、俳句を書いた手帳を見せてくれる。句自体は平凡なもので決してうまくないのですが、毎晩、それだけ大量の俳句を作りつづけるというのは、どう考えても尋常ではない。話すことは筋が通っていても、感情の起伏が激しく、あるときは深刻な内容にもかかわらず笑っているかと思うと、次の日にはとめどなく涙を流しながら話すといった具合です。きっと同じような症状を呈している人はほかにもいるだろうと思い、午後三時過ぎの休憩時間を利用して、ゼロ番区――死刑囚には入所番号の一番最後にゼロをつけてあり、死刑囚たちが収監されている区域をゼロ番区といいます――へ行って、少しずつ死刑囚の診察をするようにしました。

そうやって毎日接するうちに、だんだんに死刑囚に魅せられていくというか、彼らのことをもっと知りたくなっていく。この拘置所に収容されている者は、ほとんどが強盗殺人、強姦殺人といった重罪を犯しているので、非常に乱暴な人間も多い一方、そうではない異色な死刑囚も少なからずいました。正田昭もその一人です。

ひと口に死刑囚といってもいろいろなタイプの人がいますが、それが、ドストエフスキーが『死の家の記録』のなかで描き分けている人間のタイプに見事に一致する。[※41]これにはびっくりしました。非常に乱暴な者、頭がいいけれどまったく罪の意識がない者、おとなしくて人のいいなりになる意志薄弱な者、それから、陽気でしょっちゅう歌を歌っている者もいる。ああ、これもドストエフスキー、あれもドストエフスキー……ドストエフスキーはほんとうに自分が見たことを書いたのだ、空想で書いているのではないということがわかりました。あらためてドストエフスキーの凄さを感じました。

フランス政府給費留学生試験

そんな忙しくかつ新鮮な日々に別れを告げて、フランスへ行くことになりました。それは、当時助教授だった萬年甫先生[※42]――小説では「千年さん」として登場します――がフランス留学からちょうど戻ってこられていて、私に留学を勧めてくれたからです。とはいっても、当時は、誰かが外国へ行くというと、家族や友だちが総出で見送りにくるという時代ですから、フランスに行くというのはかなり大変なことで、それこそ一生に一度行けるかどうか、という感じでした。また海外渡航が自由化になる前のことですから、外貨の持ち出しも限られていたし、為替も、占領後ずっと一ドル三百六十円で縛られていたので、日本円はとても不利でした。ですから、医局でも、誰かがドイツに行った、アメリカに行ったとなると、帰国後、必ず医局員の前で旅の報告会みたいなことをやっていたほどです。私自身も、フランスには幼いころから憧れていたし一番好きな国でした。それに、当時のフランスは精神医学の最先進国で、ちょうどジャック・ラカン[※43]が登場したころで、精神分析も盛んに行なわれ、向精神薬などの薬物療法の分野でもリードしていたので、いつか機会があればフランスに行きたいと思っていました。いつか行くだろうと思ってはいたものの、あまり現実味はありませんでした。もちろん、自費で行くなどというのはとうてい無理ですから、行くとしても、フランス政府給費留学生の試験を通るしか方法はない。

ところがその試験は非常にむつかしく、留学を勧めてくれた萬年先生自身、六回目の挑戦でようやく受かったくらいです。彼が受かったときは、みんなで盛大な送別会をやり、送り出したものです。その萬年先生が、一年の留学を終えて帰ってきて真っ先にいったのは——フランスの科学の進歩はめざましいものがある。それに比べて日本の文化、科学はひどく後れている。フランスに追いつくにはかなりの時間がかかるだろう、と。日本は敗戦からまだ立ち直っていなかったし、ルノーの最新の自動車工場などを目の当たりにすると、そう感じざるをえなかったのでしょう。加えて、もっとも身に沁みたのは円が安いことで、お金では非常に苦労したと盛んにいっていました。

そんな話をしているうちに、萬年さんが、「きみもあと五年くらい経ったら行けるようになるだろうから、いまのうちから試験を受けておくといい」といってくれたんです。そうか、実際にフランスへ行けるころにはもう三十歳を過ぎているんだなあ、と思ったことを覚えています。ともあれ、受けるだけ受けてみようと、その年の二月に日仏学院で行なわれる予定の試験を受けることにしました。留学志望者は、我々医者のほかに画家、音楽家――バイオリニストとフルート奏者がいました――などがいて、全部で二十人くらいだったと思います。そのなかから合格者は四人。これではとても受かるはずはないと思いました。なにしろ、みんな「私は三回目です」とか「四回目」だといっているので、萬年先生がいったことは正しいな、と。

ところが、実際にペーパー試験を受けてみたら、私にとっては実に易しい問題が出てきたんです。いまでもよく覚えていますが、こんな文章でした――フィンセントが南フランスに行ったとき、最初彼は健康で楽しんでいた。しかし、そのうち内面に悩みをもつようになって、あるとき友人と大喧嘩になった……。フィンセントというのはゴッホで、その友だちというのはゴーギャンでしょ。なんだその話か、これなら全部訳せる、と（笑）。次に会話の試験があって、幸運なことに、試験官は慶應大学の三浦岱栄《たいえい》先生と私が大学でラテン語を習った馴染みの神父の二人でした。三浦先生は、フランス精神医学の大家といわれていた方で、私も同じ精神科ですから、割と楽な気持ちで臨むことができたのです。実際に質問してきたのは、ほとんど神父さんのほうで、「いつころからフランス語をやっているのか」と訊かれ、「十四歳」と答えると、びっくりしていました。陸軍幼年学校のことをフランス語で「カデ cadet」というのですが、「なるほど、カデの出ですか」といって納得していました。

ともかく、私はそれまでに内藤濯先生に実践的なフランス語を習い、アテネ・フランセ、日仏学院にも通っていました。偶然にも、その神父はアテネ・フランセで教えていて、私も授業に出たことがありました。それを告げると、「ああ、あなただったのですか」と。加えて、医局に入ってからは、週に一回、フランス人のマダム※44の許に通っていました。私がマダムに日本語を教えて、私がマダムからフランス語を教わるということだったのですが、マダムの日本語の上達がはるかに速くて、結果的には私のほうが得した形になっていたのですが(笑)。ともあれ、そうした実践を積んでいたおかげで、会話に関してはあまり心配がありませんでした。

彼らが一番問題にしたのは、私がなぜフランス行きを志望するのか、その理由です。私は犯罪学を専攻していて、拘置所に勤めてもいる。だから、犯罪がどのような理由で行なわれるのかを知りたいと思っているんだといったところ、神父が、「あなたはどう思うのか」と訊いてきました。そこで、「それを習いにフランスへ行くのです」と答えたら、「それは、そうだな」と、大笑いでした。そんな和やかな雰囲気のうちに試験を終えることができたのは、運がよかったですね。

そこに至るにはこんな事情もありました。なにしろ、急遽試験を受けることになったのではほとんど準備をしていませんでした。腕試しとはいえ、きちんとした渡仏目的を書かなければならないので、とりあえず、例のクロルプロマジンの発見者であるジャン・ドレー[※45]教授の許で精神病の薬物療法を学びたいと書きました。先ほどもいったように、当時の療法といえばショック療法が主流で、たとえば電気ショック療法というのは、患者の額に百ボルトの電流を流すわけですが、その治療後、患者は意識がなくなり、てんかんとそっくりの全身痙攣《けいれん》が起こる。これはもっぱら若い医局員の仕事で、こんな残酷なものは早くやめたいとみんな思っていたんです。そこへクロルプロマジンという、統合失調症特有の幻覚症状をなくす作用があるという薬が登場した。我々若い医者にとってはまさに福音で、年長の先生方とはちがって、みんなすぐにその薬に飛びつきました。

内村先生の指導もあって、我々の研究室は、日本でもかなり早く向精神薬を使ったほうだと思います。最初はほんとうに効くのかと恐る恐るでしたが、投薬を重ねていくうちにその効果が証明され、ようやく日本でも薬物療法が導入されるようになったわけです。アメリカでもクロルプロマジンに対抗してレゼルピンという向精神薬を発明して売り出したのですが、クロルプロマジンのほうが優れているということがわかってきてやがて廃れてしまった。それほど、クロルプロマジンは画期的な薬だったのです。

向精神薬研究を留学目的としたいと吉益先生に相談すると、フランスはラカサーニュ[※46]、デュルケム[※47]といった有名な犯罪学者を輩出したところだから、犯罪学を学ぶための留学に書き直せといわれました。それで何人かの犯罪学者宛に手紙を出したところ、幸運なことにドレー教授から返事が来ました。彼は向精神薬研究のほか、犯罪学でもいくつかの注目すべき研究をしていたんですね。内村先生からも「きみはフランス語ができるから、どういうふうに薬を使うかを実際に見てきてほしい」といわれていたので、願ってもないことでした。そうやって、なんとか試験に臨むことができたのです。

試験から二週間ほどして合格通知が来ました。まさか一度で受かるとは思っていなかったのでなんの準備もせずにいた。ですから、そこからが大変でした。フランスへ出発するのは九月で、あと半年しかない。まず、やりかけていた死刑囚の調査研究の論文をそれまでに終えておかなくてはいけない。

その前年、死刑囚の研究をまとめていたところ、比較群（コントロール群）が必要だと気がついて、千葉刑務所に行って、無期囚の面接を五十名ほどして、死刑囚の面接記録と比較しました。そうしたら予想通り、死刑囚と無期囚とでは、同じく拘禁されていても状態が全然ちがう。東京拘置所にいたときにはむやみに暴れて発作を起こしていた者が、長期刑務所へ移送されると、猫のようにおとなしくなっている。少し呆けているのかなと思うくらい鈍い感じの人間になっていました。

これはドストエフスキーの言葉ですが、死刑囚というのは、明日死ぬかもしれないという恐怖に常にさらされているから、彼らには非常に濃密な時間が流れている。ところが無期になると、原則として死ぬまで刑務所で懲役囚として働かねばならず[※47]、その人生の時間は薄く引き延ばされる。だからヒステリーも起こらない。刑務所内の生活は毎日毎日判で押したように同じなんです。ドストエフスキーは『死の家の記録』で、ある囚人が毎日柵に印をつけていって一年経った、二年経ったと確認する場面を書いていますが、それと同じように、一生刑務所に入れられている者にとって、退屈することは何より苦しい。だから、退屈しないようにあらゆる感覚が鈍感になる。これもある種のノイローゼ、時間を薄められたことによるノイローゼです。

その二つを比較してみると、それぞれの出自、階層、犯罪内容に関しても、死刑囚と無期囚とではほとんど変わりはない。ただ、刑務所のなかにいる状況がまったくちがうだけです。それを発見してそのデータを吉益先生に持って行ったら、先生も喜ばれて、「面白い結果だから、はやく論文にまとめなさい」といわれました。

しかし渡航の準備もあって、論文をまとめる時間がなかなか取れませんでした。結局、研究のデータはフランスへ持って行ってまとめる、つまり、論文執筆は、フランスへ持ち越されることになったわけです。出発間際までそんな慌ただしい状態でしたが、なんとか、九月四日、横浜港からフランスへ向けて無事旅立つことができました。

※1　その後学制改革に伴い、尋常科は東京都立大学附属高等学校（二〇一一年に廃校）、高等科は東京都立大学（現・首都大学東京）に。

※2　南満洲鉄道株式会社の通称。一九〇六年、後藤新平を初代総裁として設立。鉄道経営だけでなく、炭鉱、製鉄、港湾、電力、牧畜、ホテルなど多様な事業を展開し、日本の満洲経営の中心的な存在となっていた。四五年八月、ソ連軍に接収された後、閉鎖された。

※3　ジョルジュ・デュアメル（Georges Duhamel 一八八四―一九六六）。フランスの作家。ヴィルドラックらとともに理想的共同生活を目指す〈アベイ派〉を結成、創作活動を始める。第一次世界大戦では外科医として従軍、数多くの負傷兵の手当をした。『パスキエ家の記録』（一九三三―四五）は全十巻からなる連作小説。日本では、長谷川四郎（一九〇九―八七）の訳がみすず書房から出ている（一九五〇―五二）。シベリア抑留から戻ったばかりの長谷川にとって、この仕事は貴重な収入源だった。デュアメルの来日は、一九五二年。

※4　監督：ジュリアン・デュヴィヴィエ、主演：ジャン・ギャバン。一九三七年制作、日本公開は三九年。

※5　監督：マルセル・カルネ、主演：ジャン＝ルイ・バロー。一九四五年制作、日本公開は一九五二年。

※6　監督：ジュリアン・デュヴィヴィエ、主演：マリー・ベル、フランソワーズ・ロゼー。一九三七年制作、日本公開は三八年。

※7　監督：佐々木康、主演：並木路子。一九四五年十月公開。

※8　監督：山本嘉次郎、出演：大河内傳次郎、志村喬ほか。一九四四年三月公開。

※9　監督：今井正、出演：原節子、杉葉子ほか。一九四九年七月公開。

※10　内藤濯（ないとう・あろう　一八八三―一九七七）。フランス文学者。東京帝国大学仏文科を卒業後、陸軍中央幼年学校、第一高等学校、東京商科大学（現・一橋大学）等で教鞭を執る。四四年、東京商科大学を定年退官した後は、自宅でフランス語教室を開くなどした。五三年に訳したサン＝テグジュペリ『星の王子さま』は、以後ロングセラーとなった。

※11　エディット・ピアフ（Edith Piaf　一九一五―六三）。フランスの国民的シャンソン歌手。代表曲に、「ばら色の人生」「愛の讃歌」等。

※12　一九一三年に創設。当初はフランス語中心の講義だったが、後にギリシャ語、ラテン語、英語等の講座もできる。戦後は日仏学院とともに、フランス語習得の語学教室として双璧をなす。

※13　ル・コルビュジエ（Le Corbusier　一八八七―一九六五）。フランスの建築家。主な作品（計画案）に、パリの救世軍本部（一九三三）、ニューヨーク国連本部（一九四七）等。

※14　坂倉準三（さかくら・じゅんぞう　一九〇一―六九）。建築家。ル・コルビュジエに師事し、モダニズム建築を実践。主な作品に、パリ万国博日本館（一九三七）、神奈川県立近代美術館鎌倉館（一九五一）等。

※15　ソヴール・カンドウ（Sauveur Candau　一八九七―一九五五）。カトリック司祭。南フランスのバスク地方に生まれる。一九二五年、パリ外国宣教会の司祭として来日。東京公教大神学校校長等を務めたが、三六年、本国に帰国、第二次世界大戦従軍中に重傷を負う。四八年、再来日し、五二年一月に開校した東京日仏学院の教頭に就任。松沢病院内の正田昭に洗礼を授けた。

※16　⇩二三二頁註53。
※17　大谷暢順（おおたに・ちょうじゅん　一九二九年生まれ）。真宗大谷派第二十四代法主・大谷光暢の次男。東京大学印度哲学科卒、同大文学部仏文科大学院修了後、フランスへ留学。ソルボンヌ高等学院卒、パリ第七大学で文学博士号取得。名古屋外国語大学名誉教授、財団法人本願寺文化興隆財団理事長ほか。著書に『ジャンヌ・ダルクと蓮如』『蓮如の「御文」』等。
※18　遠山一行（とおやま・かずゆき　一九二二年生まれ）。音楽評論家。府立高等学校（後の都立高等学校）文科乙類卒業後、東京帝国大学文学部美学美術史学科へ。学徒出陣の後、復学。同大大学院在学中から音楽評論を書き始め、注目を集める。音楽評論に新風を吹き込むと同時に、雑誌『季刊藝術』創刊に参加するなど幅広い分野で活躍。著書に『遠山一行著作集』（全六巻）等。
※19　⇩二二七頁註30。
※20　時実利彦（ときざね・としひこ　一九〇九―七三）。脳生理学者。東大医学部脳研究施設長、京大霊長類研究所教授等を歴任。実験脳生理学の手法を日本に導入したことで知られる。著書に『脳の話』『脳と人間』等。
※21　⇩二二九頁註37。
※22　椎名麟三（しいな・りんぞう　一九一一―七三）。小説家。旧制姫路中学三年生のとき家出をし、以後様々な職を転々とする。共産党に入党の後、逮捕。出獄後、聖書とドストエフスキーにを耽読する。「深夜の酒宴」は「展望」一九四七年二月号掲載。元共産党員の悲惨な生活を描き、実存主義を色濃く宿した作品。他の作品に『永遠なる序章』『自由

の彼方で』『美しい女』等。

※23 ⇩二三一頁註49。

※24 梅崎春生（うめざき・はるお　一九一五—六五）。小説家。応召後、佐世保の海兵団の暗号特殊兵になったのを始め、敗戦まで九州各地の基地を転々とする。このときの体験をもとに『桜島』を執筆（四六年十二月）、『暗い絵』と並ぶ戦後文学となる。主な作品に、『幻化』『ボロ家の春秋』等。

※25 十九世紀後半、英国で始まった貧民救済運動。日本では片山潜（かたやま・せん　一八五九—一九三三）が一八九七年に設立した「キングスレー館」を嚆矢とする。関東大震災後、東京帝大法学部の末広厳太郎、穂積重遠の両教授の指導の下、若手教官と在学生によって東京帝国大学セツルメントが設立された。翌二四年六月、東京・本所にイギリスのトインビー・ホールをモデルとした「ハウス」が落成、本格的に大震災の罹災者救護を目的として事業を開始する。以降、労働学校、消費組合、託児所等の開設、各種市民講座の開催等を通じて、帝大セツルメントは日本のセツルメント運動の中心となるが、徐々に当局の弾圧が強まり、三八年、閉鎖に追い込まれた。戦後の四九年八月末、関東地方を襲ったキティ台風により東京下町は浸水被害に見舞われ多くの被災者を出した。その救護活動をきっかけに、翌年四月、東大医学部の学生を中心に東大セツルメントが結成される。加賀さんは、その草創期に参画したことになる。

※26 主人公の小暮悠太の叔母、時田夏江は、女学校を出た後、帝大セツルメントの託児所でセツラーとして働く。恋人の菊地は、同じセツルメントのレジデント（住み込みのボランティア）。なお、「セツラー」とは、セツルメント運動に携わる人のこと。

※27 青木正和（あおき・まさかず　一九二七―二〇一〇）。財団法人結核予防会会長、結核研究所所長等を歴任。インターン修了後、結核予防会に入会。以後半世紀以上にわたって結核予防対策に携わった。著書に『結核の歴史』『結核を病んだ人たち』等。妻は随筆家の青木玉。

※28 野間宏（のま・ひろし　一九一五―九一）。小説家。京都大学卒業後、大阪市役所に勤める。一九四一年、補充兵として従軍、帰国後の四三年、思想犯として逮捕、監視付きで兵役に戻る。戦後の四六年、その体験をもとに『暗い絵』を発表、戦後文学の幕開けを告げる作品となる。主な作品に、『真空地帯』『青年の環』『狭山裁判』等。

※29 安部公房（あべ・こうぼう　一九二四―九三）。小説家・劇作家。東大医学部在学中に小説を書き始め、四八年、「終りし道の標に」を発表。これを機に医学を断念し、文学の道を志す。『デンドロカカリヤ』『赤い繭』で独自の文学世界を打ち出し、五一年、『壁――S・カルマ氏の犯罪』で芥川賞受賞。その後は、小説のみならず、演劇、映画、テレビなどの分野でも活躍。主な作品に、『砂の女』『箱男』『方舟さくら丸』等。

※30 加藤周一（かとう・しゅういち　一九一九―二〇〇八）。評論家・小説家。一九四〇年、東大医学部を卒業。専攻は血液学。敗戦直後、日米合同の「原子爆弾影響合同調査団」に参加した。欧米の思想から、中国の近代化論、日本の文芸に至るまで「知の巨人」として、戦後思想に大きな影響を与えた。『ある晴れた日に』は、「人間」一九四九年一月号～八月号連載（単行本は一九五〇年七月刊）。戦争に非協力的な態度を有する若き医師を主人公とした長篇小説。主な著書に『雑種文化』『言葉と戦車』『日本文学史序説』等。

※31 加藤周一、中村真一郎、福永武彦らが興した新しい詩の運動のためのグループ。

※32

一九四七年に『1946・文学的考察』、四八年に『マチネ・ポエティク詩集』を刊行。

一九四六年五月一日、三六年以来十年ぶりにメーデーが復活、皇居前広場には五十万人が参集した。以後、毎年皇居前広場でメーデーが行なわれていたが、五〇年五月三十日、皇居前広場で行なわれた人民決起大会で、米兵らへの暴行事件が発生、以後、皇居前広場での一切の集会が禁止された。五二年四月四日、総評（日本労働組合総評議会）を中心とするメーデー実行委員会は、来る五月一日のメーデーでの皇居前広場の使用許可を東京地裁に訴える。講和条約発効の二十八日、東京地裁は使用を認める判決を下すが、政府（吉田茂内閣）は高裁に持ち込み、時間切れのままメーデーを迎えることとなった。明治神宮外苑広場で行われた第二十三回メーデーは、十二時二十五分、五地区に分かれてデモ行進を始める。そのなかで、日比谷公園で解散するはずだった中央コースのデモ隊のうち都学連（東京都学生自治会連合）の学生を中心とする一団約二千名は、日比谷に着いたところで、「人民広場（皇居前広場）に行こう」と叫びながら、皇居へ向かって行進を始める。デモ隊は日比谷交差点付近で警官隊と小競り合いした後、馬場先門から皇居前広場に入ろうとしたところで警官隊と全面衝突。このときデモ隊は、途中、他のグループのデモ隊も合流し、五、六千名に膨れあがっていた。一方警官隊にも増援部隊が駆けつけ五千名に増員、警棒と催涙ガス、さらにはピストルでデモ隊に応戦、皇居前は暴動の様相を呈した。ピストルで撃たれたデモ隊の一名が死亡。デモ隊、警官隊合わせて千名以上の重軽傷者を出し、逮捕者も一千百二十三名を数えた。その後令状逮捕者も含めた一千二百三十二名のうち、二百六十一名が騒擾罪で起訴された（七二年十一月、東京高裁は、騒擾罪の成立を認めず、一部公務執行妨害等での有罪を除き、被告全員の無罪判決を下す)。

※33 ステファヌ・マラルメ(Stéphane Mallarmé　一八四二―九八)。ランボーと並ぶフランス象徴派の代表的詩人。主な作品に、『半獣神の午後』『ディヴァガション』『骰子一擲』等。

※34 内村祐之(うちむら・ゆうし　一八九七―一九八〇)。精神医学者。北海道大学教授、東京大学精神医学教室主任教授、松沢病院院長、国立精神衛生研究所長等を歴任。著書に『天才と狂気』『わが歩みし精神医学の道』等。

※35 カール・ヤスパース(Karl Jaspers 一八八三―一九六九)。ドイツの哲学者。初め法学を学ぶが医学に転向。ハイデルベルグ大学時代に精神医学に現象学的方法を取り入れた『精神病理学総論』(一九一三)を著し、精神病理学者として注目を集める。後に哲学に転じ、『現代の精神的状況』『真理について』等を刊行。

※36 エルンスト・クレッチマー(Ernst Kretschmer 一八八八―一九六四)。ドイツの精神医学者。人間の気質を、分裂気質、循環気質、粘着気質の三つに分類。それぞれが統合失調症、躁鬱病、てんかんの三つの病気と親和性があるとし、さらに体格も、それぞれやせ型・肥満型・強壮型(闘士型)の三つに相応するとした、性格の体質学的基礎の研究で有名。

※37 吉益脩夫(よします・しゅうふ　一八九九―一九七四)。精神科医。東京大学脳研究施設教授、東京医科歯科大学犯罪心理学研究室教授等を歴任。著書に『犯罪心理学』『犯罪病理学』『正田昭・黙想ノート』等。

※38 三鷹事件＝一九四九年七月十五日、国鉄(現JR東日本)中央線三鷹駅で、無人電車が突如車庫から走り出し、暴走。無人電車は駅構内を突っ切り、民家に突入、死者六名、重軽傷者二十名の大惨事となった。検察当局は共同謀議による計画的犯行として、三鷹

電車区の共産党員九名と同区検査掛の竹内景助（非党員）を起訴。共産党員九名は無罪、竹内は死刑が確定。バー・メッカ殺人事件＝⇩二三二頁註53。帝国ホテル宝石強盗事件＝五六年一月十六日、帝国ホテル地下の宝石商が五百万円相当の宝石を強奪される。犯人はジョン・マクファーランド以下五名。主犯のマクファーランドは、〝ゴージャス・マック〟のリング名のプロレスラーという触れ込みで来日したが、経歴は偽りで、海兵隊を除隊した〝不良外人〟だった。

※39 一九五三年七月、従来の医学部脳研究室（一九三六年開設）が東京大学医学部附属脳研究施設となる。九七年、廃止。

※40 吉益東洞（よします・とうどう 一七〇二―七三）。江戸中期の漢方医。門弟五百人以上といわれ、漢方医学に大きな影響を与えた。著書に『類聚方』『薬徴』『医断』等。

※41 無学だが几帳面で理屈っぽいアキム・アキームイチ、ふだんはニコニコしてすごく人好きのする男だが、酒を飲むと途端に凶暴になるタタール人のガージン、物静かでおとなしく、金が入ると白いパンや糖蜜菓子をむしゃむしゃ食べるシロートキン、苦役以外は何もやろうとせず聖書を盗んでも罪の意識のまったくないペトロフ……。加賀さんは、『小説家が読む ドストエフスキー』（集英社新書、二〇〇六）のなかで、医学生のころに読んだクルト・シュナイデル『精神病質人格』に書かれている分類型のほとんどが『死の家の記録』に出てくると書いている。

※42 萬年甫（まんねん・はじめ 一九二三―二〇一二）。精神医学者。東京医科歯科大学名誉教授。脳解剖学。著書に『脳を固める・切る・染める』『動物の脳採集記』等。

※43 ジャック・ラカン（Jacques-Marie-Émile Lacan 一九〇一―八一）。パリ・フロイト派の精神

分析学者。初め、高等師範学校（エコール・ノルマル・シュペリウール）で哲学を学び、後に医学に転じる。一九二七年から加賀さんの留学先でもあるサンタンヌ病院で精神科医として臨床に携わる。この間に、自我の成立を説いた〈鏡像段階〉の概念を打ち出す。戦後は、構造主義を代表する思想家として思想界に大きな影響力をもたらした。著書に『エクリ』『ディスクール』等。加賀さんは、日本にいち早くラカンを紹介している（⇩一七一頁）。

※44 『頭医者青春期』（一九八〇）では、「灰色の髪のやや太肉《ふとりじし》の大女」のマダム・シャンプランとして登場。『雲の都』第二部『時計台』では、二十五、六歳の肉感的なカトリーヌ・荒船になっている。

※45 ジャン・ドレー（Jean Delay 一九〇七—八七）。フランスの精神医学者。ピエール・ドニケルと共に、クロルプロマジンが統合失調症の症状改善に有効であると報告。精神病に対する薬物療法の時代を開いた。加賀さんがパリ大学附属病院に留学したときの担当教授。

※46 アレクサンドル・ラカサーニュ（Alexandre Lacassagne 一八四三—一九二四）。フランスの犯罪学者。「社会環境は犯罪人の培養基である。微生物は犯罪人に相当する。それを発酵させるのが社会である」とする環境学派の一人。

※47 エミール・デュルケム（Émile Durkheim 一八五八—一九一七）フランスの社会学者。ラカサーニュと同様、環境学派の犯罪学を提唱。著書に『社会学的方法の規準』『自殺論』等。

※48 無期刑を言い渡された者は、恩赦がない限り死ぬまでその刑を科される。ただし、刑の執行開始後十年が経過すること、また当該受刑者に「改悛の状」があること、この二つの要件を満たす場合に、仮釈放が許されている。

第3部 フランス留学

一九五七年九月四日、記念すべき日だ。なんて言ったところで誰もそう思いはしないだろうが、おれにとっては一生忘れられぬ日、船に乗ってフランスへ出発した日である。〔中略〕

T大の医局の連中がすこしに、母と弟が送りに来てくれた。台風が迫っているため強風で、一所懸命投げかわしては手摺に結びつけたテープはあっけなくちぎれてしまった。最初の寄港地は残念ながらまだ神戸。しかしもう日本と縁が切れた感じで、おれは横浜の港と街とを見送った。精神医になって丁度三年、二十代の若僧で臨床経験も未熟だし、殊勝にも学問せんものと始めた死刑囚の研究も中途半端、もっと日本でやるべきこと山のごとしと思ったのだが、外国、ヨーロッパ、フランスへの旅もたのしく、それに日本での猛烈無残に多忙な生活からも解放された思いで、おれはいい気分だった。

(『頭医者留学記』より)

辻邦生との出会い

フランス政府給費留学生の試験に合格した加賀さんは、一九五七年九月四日、横浜港からフランスの客船、カンボージュ号に乗ってフランスへ向け旅立った。復路はフランス政府から支給されるが、往路は自前。もりそば一杯二十円のころ、ツーリストクラスで二十万円、飛行機は三十万円という時代だった。同じ船に乗っていたのが、若き辻邦生[※1]。この出会いがその後の加賀さんの進路を大きく変えていくことになる。

いまでもよく覚えていますが、横浜港を出発した九月四日は大嵐でした。大嵐のなかを出航して、神戸に寄り、その次に香港、マニラ、サイゴン（現・ホーチミン市）と経由して、サイゴンには四日間滞在しました。ちょうどフランスはアルジェリア戦争[※2]の真っ只中で、当時フランスの植民地だったヴェトナムやカンボジアから兵隊を送り込むために、サイゴンからたくさんの兵隊が乗り込んできました。そのとき一緒に船に乗っていたのが辻邦生です。辻は私費留学でした。一方、彼の奥さんの佐保子さんは私と同じく給費留学生で、しかも船ではなく飛行機でした。あのころ飛行機で行くというのはすごく優雅なんですよ。私は二等船室でしたけど、辻は私費で金がなかったから一番安い四等、フランス語でアントロポーン（entrepont 四等船室で、海水面より下にあり、窓のない客室）というのですが、遠藤周作[※3]さんもたしかアントロポーン組だったと思います。その四等船室は船底の狭いところで窓もなく、そこに大量の兵隊たちが押し込まれていたわけです。兵隊たちに囲まれた辻は、「あいつらがうるさくて、よく眠れないんだ」と文句をいっていました（笑）。

　サイゴンに滞在してまず思ったのは、人種差別の激しさでした。船に乗るのも、一等、二等はほとんどフランス人で占められていました。それも一等は白人のフランス人で、二等は黒人系です。一等にはそのほか、華僑の大金持ちもいましたが、彼らは船の上でクレー射撃を毎日やったり、二等以下の人たちとは服装から何から明らかにちがっていました。それはサイゴンの町を歩いていても同じで、フランス人や中国人は実に威張っていましたね。これはもう少し後のことですが、紅海の入り口に面しているジブチも、当時はまだフランスの植民地で、そこへも寄ったのですが、ジブチの住民たちはすごく貧しい家に住んで、それこそ鞭で叩かれるようなかたちで働かされていた。そうした光景を見るにつけ、東洋の貧困と卑屈さ、それに対するヨーロッパ人の優越感を肌で感じました。

サイゴンに四日間いた後、インド洋に出て、赤道を越えるときに赤道祭というのがありました。船員が裸になって、酒を飲んで大騒ぎをするんです。なにしろ赤道を越えて輸送された酒には特別なラベルが貼られて高価になるので、酒を浴びるように飲んで踊り騒ぐのです。あれは大変面白かった。セイロン（現・スリランカ）のコロンボでは、拝火教徒（ゾロアスター教徒）の墓地に行きました。それはとてもユニークなもので、私は持参したカメラで盛んに写真を撮っていました。辻も一緒でしたが、彼はただ眺めているだけです。辻は、「写真なんか撮ったって、ものを書く人間にとってはなんの参考にもならない。言葉で書いておけばあとで参考になる。だからすべて言葉で書くんだ」とうそぶいていました。あのころの日本人でカメラを持たないというのは、よっぽど変わった人間です。みんなが首からカメラをぶら提げているなかで、辻だけが手帳をぶら提げていた（笑）。とにかくユニークな人でしたね。

船には、彼と同じフランス文学専攻の人がほかにもいましたが、誰も辻には近づかない。なにしろ、辻はフランス文学専攻なのに、船のなかではハイデガーの『存在と時間』とかトーマス・マンを原書で読んでいるのですから。「なんだドイツ語じゃないか」というと、「ドイツ語のほうがフランス語より精確で面白いんだ」と。まあ、変わっていました。私が医者だというと、最初のうち彼は、文学をわからない朴念仁だと馬鹿にしていたんです。ところが話してみると、私がサルトルやカミュなどを読んでいて、文学についてもけっこう知っているものだから、彼はびっくりして、話しているうちにどんどん親しくなっていきました。こっちはこっちで、彼のように文学以外のことにはまったく興味がなく、ひたすら文学に打ち込んでいるような人を初めて見たものですから驚きましたけれど、なぜか気が合って、毎晩、舳先《へさき》のほうに行っては、二人で横になって南十字星を眺めながらいろいろな話をしました。

いよいよスエズ運河を通ることになったのですが、運河を通るのに三日くらいかかるんです。その三日間を利用して、私はカイロに行ってピラミッドを見て、考古学博物館にも行きました。それまで見てきた、インドやジブチとは段違いに精密で高い文明をもった人々が三、四千年前のエジプトにいたということに感銘を受けました。そうした高度の文明が、どのようにヨーロッパの文明と交差しながらやがて衰えていったのかという筋道はわからなかったのですが、ヨーロッパ世界に入る前に、この目でエジプト文明を見ることができたのは、いい勉強になりました。

スエズ運河を通って、地中海を横断してマルセイユまで行くわけですが、海には夜も昼も実に多くの船が行き交っていて、それまでの東洋世界とは一変した景色に目を瞠《みは》らされました。そうしていよいよマルセイユに上陸です。そのとき感じたのは、こんなに素晴らしく豪壮な都市は、これまでの東洋にはなかった。日本の東京も見劣りしてしまう。すべて石造りで、しかもある規則性にのっとって統一性が図られている。小高い丘にはカテドラルがあって、そこに船乗りの守護神が祀られています。住吉神社の絵馬と同じように、航海の安全を祈願して船人たちがつくった模型が奉納してあるのですが、その模型が実に精巧で、技術の高さに感心しました。

マルセイユではそのほかに、デュマの『モンテ・クリスト伯』のエドモン・ダンテスが幽閉されていたシャトー・ディフ（イフ島）を見に行きました。あの監獄にはミラボーなども入れられていたのですが、地下の暗くて複雑な道の両側に監房が並んでいて、デュマが書いた通りの光景を目の前にして感激しましたね。辻に、一緒に行かないかと誘ったのですが、「あんな通俗小説。馬鹿馬鹿しい」といって行きませんでした（笑）。彼が夢中になって読んでいたのは、トーマス・マンでありバルザックであり、そういう作家たちですから。

私は、その後パリ大学医学部のサンタンヌ病院で研修を受けるために国際大学都市《シテ・アンテルナシヨナル・ユニヴェルシテール》※4の日本館に泊まり、辻たちは、モンパルナスの墓地近くのアパルトマンの一番上に二人で住むことになりました。辻は毎日図書館に通ってはフランスの古い小説を読んでいたし、佐保子さんも初期キリスト教の美術史を研究していましたから、こちらも図書館通い。ということで国立図書館に近いモンパルナスが便利だったわけです。そのアパルトマンには私もときどき遊びに行きました。

フランスでは新学期が始まるのは十一月ですから、学期が始まるまでのひと月間は、パリ観光をしたり、フランス語の学校に通ったりと、いわば留学の準備期でした。

十月の末、留学先のサンタンヌ病院を訪れてみた。地図を見ると日本館から遠くないので歩いて行った。モンスリー公園に沿って北上すると、左に監獄そっくりの高い塀、右に背低《せびく》の貧相な家並が続く。この高い塀がサンタンヌ病院であった。入口で門番に来意を告げると簡単に通してくれた。右にパリ市精神病者収容所の大きな建物があり、左の奥の小さな四角い建物がパリ大学精神科クリニックだった。〔中略〕朝は九時からだというので翌日、八時半に行き、提供された白衣に着替えて待った。この白衣の上から、前に大きなポケットがついた前掛けをしめる。まあ、まるで肉屋の恰好だ。フランス人医師は、さらにこの上に紺の外套を羽織る、つまり腕を通さずマントのように肩にかける。腕を通しても絶対に前のボタンをかけない。勢いよく歩くと、外套が後ろにたなびいていき、さながらスーパーマンか黄金バットだが、これが優雅なんだそうだ。

（『頭医者留学記』より）

加賀さんが留学したサンタンヌ精神医学センターは、パリ大学の附属病院、パリ管内の精神障害者を一時逗留させておく施設、そして大学病院とは別の一般市民のための病院、その三つを総称する名称。加賀さんはそのうち、パリ大学附属病院の留学生として五七年十一月から勤務することになる。

長い昼休みをもてあます

パリ大学附属病院では、毎週月曜か火曜に教授審査が行なわれます。そこは日本と同じで、新しく入院した患者について主治医が説明をして、それに対して教授が、どのような治療方針をとるかを指示していくわけです。幸いなことに、教授たちが話すフランス語と、専門用語を含めて聞き取ることは問題がなかったのですが、早口のフランス人同士の会話は聞き取りにくかった。あるとき、フランスが原子爆弾をつくったのはけしからんといって、被爆国の立場からフランス人の同僚と大いにやりあったことがあります。またあるときは、同じ彼が、ナセルがスエズ運河をフランスから奪ったのはけしからんというので、いや、あれはエジプトの土地の上を通っているのだから、当然権利はエジプトにあるんだとやり返したり、まあ、フランス人は議論好きですから、すぐに喧嘩になってしまうのですが、喧嘩できるくらい私のフランス語も通じました。

週のうち、月・水・金の三日間は、同じパリ大学附属のサルペトリエール病院のミショオ教授の許に通っていました。ミショオ教授は、ジャン・ジュネが服役したことで知られるパリ郊外のフレーヌ刑務所へ行って患者を診ていたのですが、その診察の模様を傍で見る機会も得られました。また、マリー・アントワネットが入ったコンシェルジュリ監獄の裏側に高い塀がありますが、その塀の裏には、サンタンヌには収容できないような攻撃的で乱暴な精神障害者を収容する施設があります。そこへミショオ教授が行って診察し、講義するのです。それに私も同行しました。つまり毎週、サンタンヌ病院、サルペトリエール病院、警視庁附属特別病院の三つを巡回していくことになったわけです。

フレーヌ刑務所では、まず、拘置所に送る前に本当に病気かどうかを精密に調べます。まず最初に若手の医師が診断を下し、その結果をミショオ教授に報告するわけです。そんな刑務所での様子を見ていると、バルザックの小説に出てくる山師ヴォートラン[※5]も、きっとこういうところに入れられていたにちがいないと思ったり、いろいろといい勉強になりました。当時は、アルジェリア戦争の最中ということもあって、多くのアルジェリア人が収容されていました。死刑あるいは無期をいい渡された者のなかには精神に異常を来す人も多く、東京拘置所のことを思い浮かべながら、「ああ、日本の死刑囚とまったく同じだ」と思ったものです。

大学で驚いたのは、世界各地から多くの留学生が来ていたことです。私のときには二十数カ国から留学生が来ていて、アジアやアフリカの旧植民地出身の人たちもけっこういました。面白かったのは、ある日エロトマニア（恋愛妄想）と思《おぼ》しき患者が病院にやってきたときのことです。エロトマニアというのは、要するに女性にまとわりついて、ストーカーみたいなことをすることで、そのために逮捕されたわけです。ドレー教授は、「これは典型的なエロトマニアだ」という診断をしたのですが、あるイタリア人が手を挙げて教授に質問するのです。「ぼくはエロトマニアだと思わない。だいたい男が女の人を見て後をつけないで歩くというのは礼儀に反する。それがどうして病気なんですか。これがエロトマニアだったら、我々の国の男は全部エロトマニアだ」と（笑）。そうするとドレー教授も困ってしまって、「あなたの国ではそうであろうけれども、フランスにはフランスの掟、習慣というものがあって、この程度の行動を起こした場合は、エロトマニアと見なすんだ」と。すると件のイタリア人も、「いや、そんなことといったら、ぼくもエロトマニアです」と、全然引かない。その場では決着がつかなかったのですが、あとでそのイタリア人に話しかけたら、本気で怒っていました（笑）。あのやりとりは面白かったですね。そこでわかったのは、この国では思ったことはなんでもいうべきだ、と。たとえ相手が教授であっても、おかしいと思ったらはっきりと異を唱える。逆に黙っていると馬鹿だと思われてしまう。私もなるべく自分の意見をいうようにしていました。

病院の診療は朝の九時に始まって、お昼の十二時になるとぱっと終わります。既婚者は昼食を食べに家に帰り、未婚者は病院の食堂で食べる。フランス人は昼でもワインを飲みますから酔っぱらってしまう。そうすると、食堂の隣にコーヒーを飲む場所があって、コーヒーを飲んで酔い覚ましをする。みんな煙草を片手にコーヒーを飲んで、そこでまた議論が始まるんですよ。コーヒーを飲む人がほとんどで、紅茶を飲む人はほとんどいませんでしたね。そのうち眠くなった人は仮眠室みたいなところで寝る。そうして四時になると、またぱっと働きに出る。つまり、昼休みが四時間もあるわけです。

ところが、私は昼間には酒を飲まないし、そういう習慣も知らなかったので、何もしないで暇を持て余すよりも、病室へ行って患者を診たほうが勉強になると思って、一時になると病院に戻って働いていたんです。そうやって十日ほどしたころ、看護婦長が私のところにやってきて、「あなたは外国人だから知らないだろうけれど、医者が午後病室に出てくるというのは、わたしたち看護婦に対して不審の念をもっているということです。だから、午後は礼儀として来ないのが普通なんです。ところが、あなた一人が来ているものだから、看護婦たちが自由にくつろげないで困っている。もし、あなたがドクトル並みに患者を診たいなら、午前中に診てください。午後はわたしたちがゆったりと勤務しているのであって、医者が来ればどうしても緊張してしまいます」と文句をいってきました。

そういわれるとしようがないので、近くの公園へ行って本を読み、四時近くになると病院へ帰るようにしました。そこで私は考えたわけです。よし、こうなったらフランスの現代小説を読破してやろう、と。サルトルの『嘔吐』に図書館の蔵書すべてを著者のABC順に読んでいく「独学者」という男が出てきますが、私もそれを真似て、リーヴル・ド・ポッシュ[※6]（ポケット文庫）のAから読み始めたのですが、当時はコレット[※7]が人気で、彼女の作品がやたらに多くて、Cで躓《つまず》いてしまった。結局、二年半の間にDまでしかいきませんでした（笑）。

フランスの習慣に慣れる

当時、私は日本館に住んでいたのですが、朝は近くの〈ベルギーの家〉という名前のベルギー人のやっている食堂で、カフェオレとクロワッサン。これはフランス人の朝食の定番で、大概の人がそれ以外は食べません。フランスでは三食のうち、昼食が一番豪華で時間もたっぷりかけます。もちろんワイン付きです。私は病院の食堂で昼食を済ませていました。四時に昼休みが終わって、八時まで勤務。昼が豪華な分、晩は割合簡素で、スーパ・ロニョン（soupe à l'oignon）、オニオン・スープですね、それで夕食を済ませてしまう人も多い。なぜなら、九時にはオペラが始まるから、簡単にしておくんです。パリではほとんどの人がオペラに行きます。しかも子ども連れで。しかし、オペラが終わるのは真夜中過ぎです。真夜中まで子どもを起こしているのですから、最初はなんという国だろうと思いました（笑）。しばらくしてわかったのは、フランスのお店はお昼から四時くらいまで閉まっていることが多いのですが、あれは昼寝しているんです（笑）。昼飯にワインを飲んでしまうから眠たくなる。で、目が覚めてから店を開けて、割合遅くまで店を開けている。昼寝はフランス語でシエストといいますが、このシエストというのは彼らにとってはすごく大事なものなんです。最初は不思議でした。大人と一緒に子どもも夜更かししているのに、翌朝彼らはちゃんと起きて学校に行く。我々大人だって、二時か三時に寝て九時に出勤するというのはかなりきついのですから。フランス人というのはなんと頑健なんだろう、と。ところが実際には、昼寝で睡眠時間を取り戻しているんですね。だから病院にも昼寝用のソファがあります。最初はそんなことはわからなかったので、行き場所がなく、公園へ行って、ベンチや芝生の上で昼寝している人たちを横目に見ながら、ひたすら本を読んでいたわけです（笑）。

そして、オペラが終わったころにはさすがにお腹が空きますから、家に帰る前にまたスーパ・ロニョンをちょっと食べる。もっとも、日本のオニオン・スープとは違って、肉も入っていて、かなり栄養もあります。たまにディナーに招待されることがあるのですが、そういうときはたいていで「十時に来てくれ」といわれます。すると私は、八時くらいにすでにスーパ・ロニョンを食べてしまっているので、「十時からまた食べるのは……」と正直にいうと、「馬鹿だな、きみは。ふつうディナーに招待されたら、スーパ・ロニョンなんか食べないでおくもんだよ」といわれてしまった。

夜は、オペラを観ない人は演劇を観ます。ラシーヌのような古典劇から現代劇まで、パリには小さい劇場が百いくつもあって、各劇場が年間を通して同じ芝居をやっています。私も、土曜日には必ず劇場へ行って、オペラか芝居を観ていました。

それから、最初戸惑ったのは、日曜日はすべての店が休みだということです。日曜日は安息日だから働いてはいけない。金を儲けるために働くなんてとんでもないというわけです。これはデパートもそうです。だから、デパートで何か欲しいものを買おうと思っても、ふつうの日に行かないと買えない。そうしたフランスの習慣にも徐々に慣れていきました。こうして外に出てみると、日本の生活が決して世界の標準ではないということもわかるようになりましたね。

フランドルへ

加賀さんの給費期間は一九五九年三月末で切れる。本来ならそこで帰国しなければならないはずおれは給費が切れ、近々帰国しなくてはならぬことを正直に打明けた。

「どうだろう」とノルドンは、鉄串の肉に大口で嚙みつくと、口の中を肉で一杯にしたまま話した。「ぼくの病院で働かないかね。北フランスの辺鄙なところだが……」

〔中略〕

パリより北上、二百四十キロのところにあるサンヴナンという村にノルドンの勤めるパド・カレ県立精神病院があった。ここらあたりはいわゆるフランドル地方である。〔中略〕炭坑と麦畑が、海より低いまっ平らな平野にひろがるだけの単調な景色で、歴史的建造物などはほとんどなかった。珍しかったのは二度の大戦で戦場となったため、あちこちに大きな軍隊墓地がみられたこと、廃炭を積みあげたボタ山が無気味にそそりたっていること、縦横に通じた運河を岸辺の機関車に曳かれた船がのんびり通っていくことであった。

（『頭医者留学記』より）

なのだが、加賀さんはいましばらくフランスに留まることになる。知り合いの教授の紹介でフランドル地方・サンヴナン村の精神科の病院に勤務することになったのだ。パリ大学の留学生からパ・ド・カレー県立精神科病院の内勤医《アンテルヌ》となり、留学は一年間延長された。ここでの生活をもとに書かれたのがデビュー作の『フランドルの冬』だ。

最初は、留学期間が終わったら帰国するつもりでいたんです。ちょうど東大の医局長から、「精神科の助手のポストが空いたから、帰ってこい」という連絡も入っていたので、帰ってすぐにポストがあるのはいいなと思い、帰国の準備をしていたところに、親しくしていたエンヌという、ボンヌヴァル精神病院の院長で高名なアンリ・エー[※8]の弟子が、「なにをそう騒いでいる」と訊いてきたので、日本に帰ることを告げました。すると彼が、「もう帰っちゃうのか、もったいないな。なんだったらぼくのところでアンテルヌとして働かないか?」っていうんです。アンテルヌ（Interne）というのは内勤医という意味です。日本語ではインターンと訳される場合もあるけれど、日本のインターンよりずっと待遇がいいし、ちゃんとした給料をもらえます。その上がメトサン・デ・ゾピトオ（Médecin des Hôpitaux）。これも日本語に訳しにくいのですが、医長といったところでしょうか。エンヌはその医長《メトサン・デ・ゾピトオ》だったわけです。

ここで、少し当時のフランスの病院のシステムを説明しておくと、フランスでは精神科医が目指す出世コースは二つあって、一つは、国立大学で外勤医、内勤医、医長、助手、助教授、教授とキャリアを積んでいく道。ドレーやミショオがそうですね。もう一つは、フランスの六角形の国土に五十くらいの県があって、各県に必ず男女それぞれの精神科病院が置かれていて、そこで臨床に従事して医長の資格を得る道。医長になると内勤医や看護師を国家の経費で雇うことができる。つまり人事権をもっているわけです。院長というのは、管理だけで人事権がないんです。それに対して医長は、治療の指示に関しても強い権限をもっているし、名望もある。だから、医長というのは極めて高いプレステージがあるわけです。だから、内勤医になると、みんな医長を目指してメディカ（Médica）という試験を受ける。医長になれば、一生左団扇《うちわ》だということですね。エーやエンヌはこちらの口です。

それまでエンヌがそんなに偉い人だとは知りませんでした。彼は、ドレー教授の最新の薬物療法を学ぶためにフランドルからパリに来ていたのですね。それまで私はエンヌとふつうにしゃべっていましたが、本来なら敬語を使わないといけないくらいの人だったんです。その彼が、「ぼくのところで働かないか」と誘ってくれたのです。彼の病院はパ・ド・カレー県の女子用の精神科病院ということでした。パ・ド・カレー（Pas-de-Calais）は「カレーの近く」という意味で、ドーバー海峡に近いフランス北部の県です。そこで考えました。いますぐ日本に帰っても、きっと毎日の忙しさに追われるにちがいない。パリには大分慣れたけれども、フランスの田舎を見るのも悪くないな、と。そこでエンヌの誘いを受けることにしたんです。

病院のあるサンヴナン村というのは、エドモン・ロスタンの『シラノ・ド・ベルジュラック』のアラスの戦い[※9]で有名なアラスとカレーの中間くらいのところで、ベルギー国境近くにある村です。パリから車で二時間ほどのきれいな村です。給料も月に七万フランと当時としてはかなりの高給で、内勤医用の寄宿舎があって、食費はタダだし、掃除もやってくれる。これなら、一年といわず三、四年いようかと思ったのですが、そのうちに飽きてしまった。やはり田舎だったんですね。オペラ劇場はないし、レストランの食事もまずい。フランドルというのは、フランス北部からオランダ、ベルギーにまたがる地域の名前ですが、土地がほとんど真っ平らで山がない。しかもオランダが有名なように、土地が海面より低いために少しずつ海水が流れ込んでくる。一年じゅう湿っぽいんです。

冬の寒さが厳しいせいか、みんな呑兵衛《のんべえ》で、日曜ごとに教会に行くわけですが、神父と友だちになればお酒がいくらでも飲める、といわれました。日本でもそうですが、神父には大酒飲みが多いのです。エンヌに最初にいわれたのが、「この辺の人たちが話すのはフラマン語で、フランス語はおまえより下手だから、心配するな」と(笑)。フラマン語というのは、要するにオランダ語に似たドイツ語系の言語です。患者さんのほとんどは近在の人たちで、たしかにフランス語は話せるのですが、下手というか、妙なアクセントがあって、語彙も乏しいし。まあ、多少聞きづらいところはあったにせよ、妙にかまえる必要がなかったので、医師としては診察するときに気持ちが楽でした。

患者の多くは統合失調症です。その症状は、当然ですが、私が日本で診たものとまったく同じでした。私がついたジャン・ドレーは、先にもいったように統合失調症の画期的な新薬クロルプロマジンの発見者ですが、その名声はフランスじゅうに鳴り響いていました。彼は、カンドウ神父と同じバスク人で、カンドウ神父の話をしたら、よく知っていました。ドレーはとてもお洒落で、医者が羽織る紺色の外套があるのですが、彼はその外套を袖に手を通さずマントのように肩に載せて颯爽と歩いていました。それに文学の造詣も深く、『アンドレ・ジイドの青春』という本も出して、「批評家文学賞」をもらっています。

あるとき、ドレーが「クロルプロマジンが発見されたとき」というタイトルで講演会をやったのですが、これが大変面白かった。

ある日、入れ墨をした悪漢みたいな顔つきの統合失調症の大男がドレーの病院にやってきた。どうも、男は大腸に癌があるらしく、日に日に痩せていく。それで外科に回した。そのころ外科では冬眠療法といって、身体の新陳代謝を抑えて出血を抑えるという療法があって、その療法を男に施した。その冬眠療法の薬がクロルプロマジンだったんです。男にクロルプロマジンを冬眠療法のために予備的に与えていったところ、それまであれほど荒れ狂っていた男が急におとなしくなって、よくいうことを聞くし、ニコニコしている。ドレーが偉かったのは、「これはちょっと変だぞ」と思って、講師のドニケルに、「あの患者をフォローしろ」と命じたんです。それで、その大男が精神科に帰ってきたときに、ドレーが「いろいろなものが聞こえていたといってたけど、あれはどうした?」と訊くと、「いまは聞こえなくなった」というんです。つまり、幻聴が消えたわけです。驚いたことに、統合失調症の症状が改善されている。これまでいろいろな薬を使ってみたけれど、どれも効き目がなかった。それなのにクロルプロマジンを使うと幻聴がとれる。こんなのは初めての経験だということで、ほかの患者にもクロルプロマジンを飲ませてみた。すると、どんどんよくなっていくわけです。それをもとにドレーとドニケルの二人の名前で発表したのが私が抄読会に紹介したあの有名な論文だったわけです。

九死に一生を得る

パリ滞在中の一九五八年五月、当時安田生命保険会社の役員だった加賀さんの父・孝次氏が渡欧。加賀さんは案内役としてともにヨーロッパ旅行に出かけた。

いま、新宿に明治安田生命ビル(旧安田生命本社、竣工・一九六一年)がありますが、父はそのビルを新築するのにヨーロッパへ視察に来たわけです。地下に劇場がある造りをはじめとして、あれは父たちがヨーロッパで得た知識を取り入れたものです。私は通訳兼ツアーコンダクターみたいな役割で、宿の手配などをやらされました。私が予約したホテルは父が気に入らず、「もっと立派なホテルにしろ」というのですが、いくら電話をしてもいいホテルはすべて満員でダメだったなんてこともありました。

私はその春、スペインを旅してきたばかりでしたが、これもいいチャンスと、ふたたび旅に出ました。そのとき回ったのは、ドイツ、スイス、イギリスで、まずフランクフルトからケルンを経由してベルリンへ行きました。当時のベルリンはまだ「壁」ができる前ですが、戦争が終わって十年以上経つというのに見渡す限りの廃墟で、これには驚きました。同じ敗戦国で空襲を受けたといっても、東京の場合は木造の家がほとんどですから、「焼けた」という感じなのに対して、ベルリンの街は「壊れた」という感じでした。徹底的に破壊されている。ミュンヘンの駅を降りたときも、同じ印象を受けました。ミュンヘンでは、新しい教会が一つぽつんと建っているだけで、見渡してもまともな建物は何もない。レーヴェンブロイ・ビールの酒場もバラックでした。戦争の被害の少なかったパリにいたので、あの何もないという光景に、あらためて連合軍の破壊がいかに凄まじかったかということを見せつけられた思いでした。地図を見れば、かつてそこに有名な建物があったらしいということはわかるのですが、そこに行っても何もない。これでは仕方ないので、ドイツ旅行は早々に切り上げました。

その点、スイスは見事なものでした。スイスの生命保険会社の建物は実に立派で、地下へ行くと自転車が二十台ぐらい置いてある。なんだろうと思ったら、停電のときに人力で自家発電するための発電機用だという。なるほど、用心深い国民だなと思いました。

そして翌五九年、フランドルへ行った年の夏、今度はひとりで旅行に出かけました。フランスでは八月になるとみんなヴァカンスでいなくなってしまう。エンヌのように医長《メトサン・デ・ゾピトオ》ともなると、たいていは山の高いところの避暑地に別荘をもっています。一度、エンヌの別荘の写真を見せてもらったことがありますが、何万坪もあるような立派なものでした。フランスにはあまり高い山がないのですが、それでも千メートルくらいになるとかなり涼しいですから、そこへ行く。ほかの内勤医《アンテルヌ》たちもさっさと避暑に出かけてしまって、みんな私に「よろしく頼む」といって、ある日気がつくと私ともう一人新しく来たギリシャ人の内勤医の二人だけになっていました（笑）。

しようがないので、二人で手分けして回診していたのですが、しばらくするとそのギリシャ人もいなくなってしまい、私一人で二千人もの患者を診ることになってしまいました。まあ、何かいってきたら薬の量を塩梅するくらいで、さほど大変なことではなかったのですが。その代わり、九月になったらヴァカンスをとることにしました。といって、どこへ行くという当てはなく、とにかく自動車で行けるだけ南に行ってみようと思いました。

自動車の免許を取ったのはフランスに来てからです。試験といっても、いきなり路上に出されて、指導員が指示するとおりに直進したり曲がったりするだけの簡単なものでしたが。たとえば、両脇に材木が積んであって狭くてとても通れそうにない道路を前にして尻込みしていると、指導員が、「いや、あれは車幅より三センチは広いから、おまえの腕前なら絶対いける。いっぺんああいうところを通れば自信がつくぞ」とおだてられてやってみたら、なんとか通れました。「よし」といって、後は簡単な法規の試験があり、おしまいです。わずか一時間くらいで免許が取れたんです。免許の期限はどうなるのかと思って訊くと、「おまえが死ぬまで大丈夫だ」って（笑）。ですから、いまでもフランスに行けばその免許が通用するし、その免許を見せると、「おお、そんな昔からフランスにいたのか」と感心されたりもします。

中古のルノーに乗ってまずグルノーブルまで南下し、そこからスイスを通ってイタリアへ行くことにしました。ヨーロッパの九月というのはもう秋です。朝早くグルノーブルを出ました。空気は爽やかだし、車も少ない。気分がいいものだからルノーをビュンビュンすっとばして、グルノーブルを北上してジュラ県のドールという村に差しかかった辺りで、少しスピードを出してグーッと右に曲がったんです。そうしたら目の前に黒い塊が飛び込んできた。二十頭ぐらいの牛の群です。それが道路を占領していて、先頭に鈴を鳴らしながら歩くかわいい牛飼いの少年がいる。このままではぶつかってしまうと、慌てて急ブレーキをかけた。ところが、ルノーは後ろにエンジンがあるので、ブレーキをかけた途端に前が持ち上がってしまった。しかもその先は絶壁です。「ああ、絶壁だ」と思ったときには崖下に落ちていました。五十メートルほど先に大きな岩があって、そこを目がけて落ちていく。

死ぬと思ったときに、まず頭に浮かんだのは、「ああ、人間の死というのは、こんなに簡単に訪れるものなんだ」と。第二に、死ぬと決まったときには案外怖くないものだと。怖い怖いと思ってもどうしようもないわけです。何をするかというと、周りの景色を眺める。ドストエフスキーの『白痴』のなかで、ムイシュキン侯爵がエパンチン家の従僕にギロチンのことを話す場面でほんとうに怖いのは、死を確実に知る瞬間だと語っていますが[※10]、私の場合、死を覚悟しても不思議と恐怖は感じませんでした。そうして、岩にぶつかったと思った瞬間、なぜかジャボーンと沼に落ちていました。気がつくと、上空に青い空が見えるじゃないですか。黒い岩と見えたのは、実は浅い沼だったんです。ともかく外に出ようと思ってドアを開けようとするのですが、今度はドアが開かない。車のなかに水が入り込んできてどんどん沈んでいく。ガンガンとドアを叩いているところに牛飼いの少年が現れて、ドアに縄を括りつけてそれを牛に引っ張らせて、開けてくれました。私はびしょ濡れのままその少年に礼をいうと、「実はこの前もあそこで一人死んだんですよ。あなたはよく助かった」といわれました。

まさに九死に一生を得たわけです。おまけにその少年は、牛に曳かせて車を道路まで引っ張り上げてくれました。試しにエンジンをかけてみたら、なんとか動いた。それを見た少年は、「これなら、次の村まで行けるでしょ」といって、そのまま行ってしまったんです。私も動顚していたのか、少年の名前も訊かず、まともなお礼の言葉もいえぬまま見送ってしまいました。私は、いまでもあの少年はもしかすると天使だったのではないかと思っています。それくらい不思議な体験でした。

気を取り直して、いざ車を動かしてみたら、さすがにシャーシか何かが歪んでいたのでしょう。ガッタン、ガッタンと、妙な音がする。それでも、ルノーの工場はフランスじゅうにあるので、きっとこの先の村に行けば大丈夫だろうと思い、だましだまし村まで動かしていきました。しばらくすると、案の定「ルノー」という文字が見えた。すぐにそこへ持っていき、「実はあそこで落ちたのだけれども、これを直してもらえるか」というと、工場の爺さんに、「また落っこちたのか。数日前の奴は死んだぞ。おまえはよく助かったな」と、少年と同じことをいわれました（笑）。

修理するのに三日くらいかかるというので、爺さんにこの村に宿があるかと訊くと、「一軒だけある。でも、そこの女将さんはしょっちゅう外国に行っているから、いまいるかどうか知らんよ」といわれました。そこはドールという村で、案内書を見ると、パストゥールが生まれたところで、生家が博物館になっていると書いてある。その博物館に行ってみると、係のお婆さんがいて、これこれこういう訳で宿を探しているんだというと、「宿の女将《おかみ》さんはあたしの親友だから、訊いてあげる」といってくれました。運よく女将さんがいて、部屋も空いていると教えてくれました。自動車が直るのを待っている三日間は、ほかにすることもないので、朝から晩まで博物館にいて、パストゥールの小さいときの手紙だとかなんだとか、すべて見て回りました。おかげパストゥールについてずいぶん詳しくなりましたよ（笑）。すべて見て回りました。

約束通り、三日目には車が直っていて、早速出発したのですが、しばらく走っていると、前方のトランクの蓋がいきなりポーンと持ち上がってしまった。車体が歪んだために、トランクの鍵がうまく閉まらなくなっていたんです。慌てて爺さんのところへ引き返すと、「そうだそうだ、そこを忘れていた」って（笑）。すぐに直してもらい、ふたたびスイスへ向かいました。

一年前に父を連れてスイスに行きましたが、今回は、ゲーテが『イタリア紀行』で通った道筋に沿ってイタリアへ行くことにしたんです。まずドールからスイスに入り、国境を越えてイタリアへ。イタリアに入るとすぐにガルダ湖畔のマルチェージネという街があるのですが、そこはゲーテが城のスケッチをしたというのでスパイに疑われたというので有名な街です[※11]。「ああ、ここでゲーテが捕まったのか」と感慨に耽《ふけ》りながら、その後も、ゲーテの追随旅行みたいなかたちで南へ下っていきました。ローマには一度旅行して、よく見て回ったし、車が多くて厄介なので、ローマは迂回して、イタリア東岸をアドリア海沿いに下っていき、長靴の踵《かかと》の付け根の部分にあるアルベロベッロという街まで行きました。アルベロベッロはトゥルッリという尖《とん》り屋根《が》の建物が有名で、どの家も三角錐みたいな屋根なんです。街を歩いていると、一人のおじさんが、「南に来る連中はみんなシチリアのほうへ行っちゃって、ちっともこっちに来ない。だから俺たちには全然カネが落ちてこないんだ」と文句をいっていました。観光客はみんな踵じゃなくてつま先に行ってしまうわけです（笑）。

私はさらに南下して、踵の先、アッピア街道の終点のブリンディジの街まで行きました。そこのユースホステルに行って、「私はこれからギリシャへ行くから、帰ってくるまでこの車を預かってくれ」と頼むと、「ああ、いいよ。そこに置いておきな」といってくれました。おまけに、どこどこを見るといいよと教えてくれて、とても親切にしてもらいました。観光客ずれしていないのが吉と出たようです。

ブリンディジ港から船でギリシャに渡ったのですが、お金を節約するために、船室ではなく甲板に寝ました。こっちのほうが安いんです。一カ月ほどかけて、バスでギリシャ各地の遺跡巡りをして、ふたたびブリンディジに戻ってきて、そこから車で一路フランドルを目指して帰路についたわけです。ところが、もう十月の末になっていたので、ゲーテも通ったイタリアとオーストリアの国境にあるブレンネル峠に差しかかると、雪が降ってきました。チェーンもなにもないので危ないとは思ったのですが、そのままなんとか事故もなく峠を越すことができました。いま思うと、無謀でしたね。雪の降る峠道をチェーンなしで平気で上がって行ったのですから。そこからパリを越して、サンヴナンに近づいたときに、また雪が降ってきました。チェーンをつけようかどうしようかと迷ったものの、もう少しで着くのだからとそのまま走っていたのですが、夜になって雪が激しくなってきた。その当時、雪が積もって車の排気管が詰まり、排気ガスが車内に充満して死んでしまうという事故がフランスのあちこちで起こっていました。その年はそれだけ雪が多かったんです。しかし、これも若気の至りですね。このまま行っちゃえと強引に走らせていたら、坂道でスリップして、曲がり角の雪溜まりにドーンとぶつかってしまった。幸い雪が積もっていたので衝撃が和らげられたのでしょう、怪我はありませんでした。

さて、困った。とにかく宿を探さなくてはいけない。すぐ傍にホテルがあったので、「泊めてくれ」と頼むと、「満員だ」といって断られました。部屋は空いているのですが、私が東洋人だと見て、断ったんです。当時はまだそういう時代でした。その点、行きのドールでいきなり行って宿に泊めてもらえたのは運がよかったんですね。

ほかに宿はないし、このままでは凍えてしまう。とりあえず動いていれば凍死はしないだろうと、車を道に置いたまま次の街まで歩いて行きました。エンヌには明日帰ると行っておいたけれど、このままでは間に合いそうもない。状況だけでも知らせておこうと、公衆電話から病院の門番に電話をして、「事故に遭ったので明日には戻れないとエンヌ先生に伝えてくれ」と頼んだんです。そしてまたとぼとぼと歩いて行くと、夜明け近くに向こうから車がやってきて、私の前で停まるとエンヌが現れました。「あそこから歩いてきたのか。それは大変だったね」といって、なんとか事なきを得ました。行きといい帰りといい、なんともさんざんな旅でした。

日本語欠乏症にかかる

旅行から戻ってきたときにはすでに十一月、暗く湿ったフランドルの冬が待ち構えていた。そしてこのころ、加賀さんの心には憂鬱な影が忍び寄っていた。

十二月の冬至の辺りになると、夜が明けるのが昼も近い十一時ころです。つまり、仕事が始まる九時にはまだ真っ暗で、やっと陽が出てきたなと思っていると、午後の二時ごろにはもう暗くなってしまう。冬の夜はほんとうに長くて、しかも天気が悪い。毎日のように雨か雪か霧です。どうにも憂鬱な気分が襲ってきます。「これはどうも鬱っぽいな」と自分でもわかっていました。エンヌに頼んで鬱病の薬を出してもらえれば少しは楽になったのでしょうけれど、どうしたものか、病院に来て以来、コバヤシは頻繁に偏頭痛の発作をおこすようになった。以前、ひと月かふた月に一回、それも体が疲労したときか天候の不順なときに限っておこっていた発作が、最近は週に一度のわりで起ってくるのである。ことに数日前からはじまった偏頭痛は、いつになく執拗で、常用の鎮痛剤もあまり役に立たず、頭蓋骨の内側を重苦しく動きまわっては、脳の勝手な場所をきりきりと刺していた。この病気のあるものは誰でも体験せずにはおれない、例の打ちのめされた虚脱感と憂鬱の中で、コバヤシは手当り次第の鎮痛剤を用い、半ばぼんやりとした意識をかきたてながら、どうにか日常生活を続ける有様であった。

(『フランドルの冬』より)

いい出すのはやはり憚られました。せっかくいい条件で病院に招いてもらったのに、冬の暗さに参ってしまったと告げるのも気が引けたんです。これは我慢するよりしようがないと思ったのですが、そのころはフランスでの生活も三年目に入っていて、日本語への飢えも出てきていたんですね。留学当初は、なるべく日本語でものを考えずにフランス語で考えるように自分を躾けていました。話すのもフランス語、ラジオを聴くのもフランス語、読むのもフランス語。それを二年以上続けていたことで、それまで抑えていた日本語への飢えが噴出して、日本語の文章を無性に読みたくなったんです。

そこで、日本から岩波文庫のトルストイの『戦争と平和』と『良寛詩集』を送ってもらいました。読んでみたら、うそのように気分がスカッとした。やはり日本語に飢えていたのだと気づいて、さらに漱石の小説や宮沢賢治の詩集などを送ってもらい、それを読んでいるうちに元気になりました。名付けて日本語欠乏症（笑）。日本語を読むことで見事に鬱の症状が治ったものですから、調子づいて「母国語には人間を癒す力を持っている」というような論文を書き始めたのですが、よく考えたら、自分のホームシックの言い訳のように思えて恥ずかしくなり、途中で辞めてしまいました。

結局、サンヴナン病院での生活は一年で終え、六〇年三月初め、帰国の途についた。

端的に言って、おれは小説が書きたくなったのだ。十年前と違うのは、おれには書くべきことが沢山あったことだ。おれが出会った数々の精神病者、犯罪者、死刑囚が、表現をもとめてうごめいていた。パリでの留学生活、そしてここフランドルの精神病院の経験と思いめぐらすと、おれにも何か書けそうな気がした。将来小説家になろうという明瞭な決心をしたわけではない。何か書きたくて、書けそうで、それだけだった。〔中略〕ノートに登場人物のスケッチを始めた。モデルはまわりにいる人々だ。〔中略〕削ったり書き足したり、全く別な側面から始めてみたりしているうち、一種の物語めいた流れが生れてきた。

（『頭医者留学記』より）

エンヌには、まさか小説が書きたくなったとはいえないので、「大学にポストができた、どうしても帰ってこいという」というと、「そうだな、おまえも一人でずいぶん寂しかったんだろうし、両親も待っているだろうから、いいよ」と、快くOKしてくれました。せっかくなので、アメリカに寄ってから帰ることにして、パリの飛行場からまずニューヨークへ飛び、その後、ボストン、フィラデルフィアなど一カ月近く見て回りました。

ボストンには、ちょうど東大の精神医学教室の先輩・大熊輝雄[※12]先生が留学していたので、大熊先生に電話をかけて、どこか安くていいホテルがありませんかと訊くと、「ああ、ぼくの家に泊めてあげるよ。うちは子どもが小さくてみんな一緒に寝かせているから、ひと部屋空いているんだ」といって、泊めてくれました。そのうえ、ボストンの精神科病院をいくつか案内してもらいました。そこで目についたのは貧富の差です。金持ちの入る精神科病院は、山あり谷ありの広大な敷地のなかに建っていて、病室も御殿みたいに立派で、そこに家族も一緒に寝泊まりできるようになっている。かと思うと、一方に極めて貧相な病院がある。この格差には驚きました。フランスは県立ですから、貧富の差はなく、実に平等なんです。大熊先生には、そのほかニューヨークとニュージャージーの病院も案内していただきましたが、なるほど、同じ精神科病院といっても、国によってずいぶん違うものだと、いい勉強になりました。

※1　東京大学仏文科で渡辺一夫に師事した辻邦生（一九二五―九九）は、卒業の翌五三年、東大で美術史を学んでいた後藤佐保子（一九三〇―二〇一一）と結婚、学習院講師を経て五七年から六一年まで佐保子とともに渡仏。滞仏中に「城」「ある晩年」「影」等の作品を執筆、帰国後、雑誌「近代文学」に連載した『廻廊にて』で第四回近代文学賞を受賞（六三年）する。妻の佐保子はパリ大学で博士号取得。帰国後は名古屋大学、お茶の水女子大学等で美術史を講じ、ビザンチン美術、ロマネスク美術関係の著作がある。

※2　一九五四年年三月、アルジェリアの独立を目指す、統一と行動のための革命委員会（CRUA）が結成され、十月にアルジェリア民族解放戦線（FLN）と改名し、十一月一日にゲリラ戦を開始して戦争が始まる。以後六二年三月、フランスとアルジェリア民族解放戦線の間で戦争和平協定が締結されるまで続いた。フランス本国とアルジェリアで国民投票が実施され、六二年七月五日、アルジェリアは独立を達成。

※3　遠藤周作（えんどう・しゅうさく　一九二三―九六）。小説家。父の転勤で中国・大連の小学校に通うが、一九三三年、神戸市六甲小学校に転校。カトリック信者の伯母の影響を受け、三五年洗礼を受ける。五〇年七月、フランスに渡りリヨン大学大学院で二年半過ごした後に帰国。『白い人』（五五）で芥川賞受賞。主な作品に、『海と毒薬』『沈黙』『死海のほとり』等。

※4　一九二五年、時の文部大臣アンドレ・オノラの提唱によって創設された、パリ大学をはじめとする首都圏の高等教育機関や研究機関に在籍する世界各国の学生や研究者に宿舎を提供し、あわせて文化・学術の交流を推進することを目的とした学術施設。日本館の正式名称は「パリ国際大学都市日本館――薩摩財団」。この名は、当時駐日フランス大使

だったポール・クローデルによる日本館建設提唱に対して、実業家の薩摩治郎八（一九〇一―七六）が三百五十万フランの私財を投じて建築し、大学都市に寄贈したことに由来する。

※5　バルザックの小説に登場する悪党。『ゴリオ爺さん』『幻滅』『浮かれ女盛衰記』の三作に登場する。脱獄犯からパリ警察の密偵に転身したフランソワ・ヴィドック（一七七五―一八五七）をモデルにしたとされている。

※6　フランスの老舗書店アシェット社が、一九五三年に刊行を開始した廉価なペーパーバック版のシリーズ。

※7　シドニー＝ガブリエル・コレット（Sidonie-Gabrielle Colette 一八七三―一九五四）。フランスの小説家。一九〇〇年、夫の名で出した『学校へ行くクローディーヌ』でデビュー。少年少女の性の目覚めを描いた『青い麦』（二三）のほか、『シェリ』『牝猫』などがある。

※8　アンリ・エー（Henri Ey 一九〇〇―七七）。フランスの精神医学者。サンタンヌ病院を経て、一九三三―七〇年、ボンヌヴァル精神科病院院長。世界精神医学会の創設に貢献し、事務総長、雑誌「精神医学の進歩」の編集主幹を務める。精神医学の主要な理論の一つ、〈器質力動論〉の提唱者。著書に、『精神医学エチュード』『ジャクソンと精神医学』等。

※9　『シラノ・ド・ベルジュラック』第四幕では、三十年戦争（一六一八―四八）最中の一六四〇年のアラスの包囲戦が舞台となっている。また、第一次世界大戦（一九一七）、第二次世界大戦（一九四〇）の二度にわたって、ベルギー国境に近いフランス北部の町アラスで、ドイツ軍との戦いが行なわれたことでも有名。

※10　ムイシュキンがエパンチン将軍の家を訪れた際、彼をうさんくさい客と見定めた従僕が

なかなか家に入れようとせず、押し問答の末、ようやく招き入れられる。その従僕に対してムイシュキンはギロチン刑の恐ろしさについてこう語る。《〔ギロチンで〕いちばん強い痛みは、おそらく傷じゃありますまい。もう一時間たったら、十分たったら、三十秒したら、今すぐに魂がからだから飛び出して、もう人間でなくなるんだということを、確実に知るその気持ちです。この確実にというのが大切な点です。ね、頭を刀のすぐ下にすえて、その刀が頭の上をするすると滑ってくるのを聞く、この四分の一秒間が何より恐ろしいのです。》（米川正夫訳）

※11　ドイツの文豪ゲーテは、一七八六年九月から八八年六月までイタリア旅行を行い、その記録は『イタリア紀行』として纏められている。八六年九月十四日、イタリア最大の湖、ガルダ湖畔の街、マルチェージネでゲーテが城のスケッチをしていたところ、スパイの嫌疑をかけられた。

※12　大熊輝雄（おおくま・てるお　一九二六—二〇一〇）。精神医学者。一九四九年、東京大学医学部卒業後、カリフォルニア大学、ハーバード大学へ留学。東北大名誉教授。日本睡眠学会代表幹事なども務めた。著書に『臨床脳波学』『睡眠の臨床』等。

第4部 『フランドルの冬』から『宣告』へ

ジャック・ラカンという若い人が颯爽と立って鋭い質問をした。この人が後にレヴィ＝ストロースやミッシェル・フーコーと並んでフランス精神界を代表する構造主義の大物になろうとは、おれは知らなかった。ただ、彼の『パラノイア精神病と人格』という論文が、若書きの博士論文にしては、立派なものであることは認めていた。それはエメという被害妄想をもった女の詳細な報告で、まるで小説を読むように面白かった。後年、おれはラカンの諸著作に読み耽り、その難解さに頭を悩ますことになるのだが、この時の彼の発言も、ミンコフスキイとは正反対の猛烈な早口で、しかも何だかボードレールの詩でも読んでいるように難しい単語がやたらと出、何が何だか聞きとれなかった。

（『頭医者留学記』より）

精神医学の歴史

加賀さんが二年半の留学を終え、日本に帰国したのは一九六〇年三月末。折しも三井三池炭鉱で第二組合が結成されたのを機に（三月十七日）、三池闘争[※1]が激化。翌四月には、安保反対の国会請願署名運動が始まり、六月十五日のデモ隊による国会突入に向けて安保闘争[※2]が高まりを見せていく。

わずか二年半の留守でしたが、その間に新しい家がずいぶん建って、我が家の周囲が活気のある町に変わっていたことにまず驚きました。そして安保闘争ですね。帰国早々、かつてのセツルメント運動の人たちと一緒になって、私もデモに出かけました。いまでも覚えているのは、劇団「民芸」の劇団員たちがトラックに乗ってインターナショナルを歌いながら通って行ったことです。私は学生時代、新劇のファンで、民芸や文学座の芝居をよく観ていました。だから、ああいう俳優たちまでがデモに加わっているのを見て、少し驚きました。そういう風潮だったのですね。私もしばらくは運動に関わっていましたが、六月十九日に安保条約が自然承認されたのを境に運動は退潮していきます。私もなにか目が覚めたような感じになって、フランスに行っている間に学んだことをきちんと整理して報告しなければならないと思い、早速その仕事にかかりました。

まずは「精神医学」という雑誌に、自分がフランスで学んだ精神医学の歴史や理論や治療法をまとめて執筆しました。その論文[※3]は後年、一九八五年六月に『フランスの妄想研究』（小木貞孝名、金剛出版）として上梓しました。「精神医学」をラテン語系の言葉で《psychiatrie》と名付けたのは、フランスの革命前夜に、それまで「魔女」として、すなわち犯罪者として監獄に入れられたり、火《ひ》炙《あぶ》りの刑に処せられていた患者たちを病院（ビセートル病院やサルペトリエール病院）に収容したフィリップ・ピネル[※4]です。

同じころ、ドイツでも精神医学の研究が開始されましたが、ひとたび病者と認定すると、彼らは性急に治療をしようとして、患者を水中に投げ込んだり、大砲の音で驚かしたりという「心理的」治療法を行なっていました。その急先鋒の医師がヨハン・クリスチアン・ライル[※5]でした。それまでの刑罰としての法的処置をライルは、脅しや拷問という「心理的」治療に替えたのです。

それに対してピネルは、治療よりも精神異常の分類に熱心で、一八〇九年に彼の出版した教科書では、躁病（marie）、鬱病（mélancolie）、白痴（idiotie）、精神錯乱（délire）の四つに分け、とくに最後の精神錯乱を重視したのです。彼はライルとは違って、精神錯乱者と対話を交わすことにより、その治療をも目指したのです。

ミシェル・フーコー※6の『狂気の歴史』を読むと、ピネルは牢獄に閉じ込められていた犯罪者を病院という高い塀のなかに閉じ込めただけだという批判をしています。しかし、精神医学の初期に彼が精神錯乱を見出し、まずは濃密な精神療法に努めた功績は認めてやるべきでしょう。サルペトリエール病院の正門前に、ピネルが精神障害者の鎖を解く銅像がありますが、精神医学の歴史においてピネルの果たした業跡はいまでも大きな意味をもつと私は思います。

私が留学している時期に、ジャック・ラカンがサンタンヌの精神医療センターにいて、週に一回、自分の学説を我々の前で話すセミナー※7みたいなことをやっていました。もちろん、そのときはこの人が後にフランス思想界を代表する思想家になるとは知りませんでしたが、とにかく頭のいい人だなあと思ったのはよく覚えています。

私がラカンを日本に紹介したのは帰国後すぐ、一九六〇年のことです。初期のラカンの学説は、精神分析のほか、フランスのサンタンヌ学派※8やドイツの精神医学の影響を受けています。同時に彼は、同じく精神分析学者であるラガーシュ※9とともに、ヤスパースなどの現象学を早くからフランスに紹介して、積極的にその学説を自己の体系に取り入れています。彼の学位論文

「パラノイア精神病と人格の関係」[※10]は、ヤスパースが嫉妬妄想について行なった古典的分類に従って、人格の発展と過程の二群に分けて先人の学説をたくみに整理しています。また、その第二部で詳細な臨床観察にもとづいて彼独自のパラノイア論を展開しました。[※11]

ラカンはパラノイア心因論を主張した上で、その治療も彼独特の心理療法によって可能であるといっています。詳しくは先の『フランスの妄想研究』という本に譲りますが、ラカンの所説は、ヤスパース流の現象学から出発してそれを乗り越えている点で興味深いのです。

私は、パリにいたあいだに、世界で最初の精神医学の本といわれるピネルの『医学・哲学的論考』（一八〇一）をまず読み、次いで十九世紀の精神医学関係の論文を系統的に読んでいきました。十九世紀の初頭、つまりフランス革命が終わるまでは、精神障害者というのは悪魔に取り憑かれたとして火炙りに処されていた。それが病気として認識されるようになってきたわけです。十九世紀から二十世紀にかけての論文を読んでいくうちに、一つの学問がどういうふうに成り立っていくのかという道筋がなんとなく見えてきました。やはり一人だけの力ではなく、ある人がある説を打ち出すと、それに対して批判する人が出てくる。するとまたそれを乗り越えようとして次の人が出てくる。そうやって次から次へといろいろな説が出てくる。精神医学の場合、最後に到達したのが統合失調症（旧名・精神分裂病）という概念だったわけです。そこに至るまでの道筋をずっと辿ったのが、私の「フランスの妄想研究」という論文です。

十九世紀を通して精神医学研究をリードしていたのはフランスですが、十九世紀末に、ドイツにクレペリン[※12]という天才が現れ、フランスの説とドイツの説とを折衷して「早発性痴呆（統合失調症）」という概念をつくる。いままで別々の疾患だと思われていたものが、一つの病気であったことがわかってくる。クレペリンは、それまでにフランス人が蓄積してきたさまざまな症例を使ったわけです。それを一つにまとめて早発性痴呆という概念にしたのは彼の功績です。その後、同じドイツからクレッチマーが出てくる。クレッチマーは、ある意味では精神分析的なものの考え方をしていましたから、クレッチマーの学説を重んじたラカンが精神分析の方向へ進んでいくのは、当然の成り行きだったんですね。

日本に帰ってきてから、一番親しく付き合った精神医学者は、『「甘え」の構造』の土居健郎[※13]先生です。土居先生は私より十歳ほど上ですが、ずいぶんいろいろなことを教わりました。私がフロイトを真剣に読み始めたのは土居先生の導きによってです。わからないところを土居先生に訊きながらフロイトの学説の深部を読んでいった。それがラカンを研究するときにすごく役に立ちました。

土居先生は、十年近く内科医をやった後に精神医学へ方向転換したのです。もちろん、私などより医学についての知識は抜群に豊富でしたが、精神医学という学問自体、日本ではまだ始まったばかりでしたから、こと精神医学域内ではほぼ対等に話すことができました。ただし、土居先生は東大の精神医学教室において、精神分析を研究する唯一の人でした。その当時の精神医学界では、精神分析は学問ではない、ただの民間療法だと見なされることが多かったんです。特に官学ではその傾向が強く、私の先生である内村祐之先生も、ヤスパースの反フロイト論に従って、フロイトが「無意識」とかなんとか勝手にいろいろな説を立てるのはいいけれど、なんの証明もできていないじゃないか、といっていました。

土居先生はアメリカに留学して、そこで精神分析を学んできたのですが、大体において、日本の官学の医学部は、森鷗外以来ドイツが本流ですから、土居先生のアメリカや私のようなフランスは傍流なんです。しかし、アメリカにはナチスから逃れたユダヤ人がたくさん亡命していたし、当時、精神分析を看板に掲げて病院を経営のできる唯一の国がアメリカでした。そこへ土居先生は留学したのですから、日本での精神分析のパイオニアといえます。

そうした四面楚歌的な状況のなかで、土居先生がヤスパース批判を始めました。サルトルが『存在と無』のなかでフロイトを激しく批判しているのは有名ですが[※14]、ヤスパースもまたフロイトに対してかなり批判的なことを書いている。サルトルもヤスパースも「無意識」というものを認めていない。東大のほとんどの先生方も同じです。そこで土居先生は、ヤスパース批判をしながら、フロイトの精神分析を擁護する論陣を張ったわけです。まさに孤軍奮闘です。私はその前にフロイトを読んでいたので、この精神分析というのは案外面白いと思っていました。

特に絵画の分析[※15]などは独創的な発想だし、神話の分析なども精神分析の手法でやってみると興味深いことが出てくるのではないかと思っていました。ですから、私は土居先生の数少ない援軍だったわけです。

そんなこともあって、土居先生が新しく本を出すときに、何かいいタイトルはないかと私に相談してきたことがありました。それで、「九鬼周造の『「いき」の構造[※16]』という本がありますよね。あの『構造』というのはいいんじゃないですか？」といったら、「それは読んでない。ちょっと読んでみるよ」と。しばらくしたら『「甘え」の構造』というタイトルになっていました（笑）。

ただ、土居先生もいっていましたが、精神分析という学問は、やはりまだ不十分なんです。ラカンはそれをなんとか完璧なものにしようと頑張ったのだけれど、それでもまだ十分ではない。まだ真理に到達していない分野なんです。ユングもそうです。ユングもまた、真理に到達していたとは思えません。

真理に達するというのは、なまなかのことではいかない。たとえば、統合失調症の原因はいまだに解明されていません。てんかんのように原因がわかれば、きちんとした対処ができるのですが、それができないのです。そのことを私は医者の一人として非常に残念に思っています。だから、最近こそ二週間に一日だけになりましたが、いまだに病院に行って治療に従事しているのは、私の心に医者という存在が否応なくあるからです。私は自分が医者だという気持ちから離れることはできません。したがって、長いものを書くと、つい主人公は精神科医になるんですね（笑）。

文学同人になる

帰国後、加賀さんは東大附属病院精神科助手となって、精神医学に関する論文を精力的に発表する傍ら、週一回府中刑務所に通って累犯受刑者たちの面接を行っていた。その帰りに、国分寺の辻邦生宅をよく訪れていたという。

当時、私は累犯者の研究[※17]をしていたので、累犯者を収監している東京の府中刑務所に週一回車で通っていました。そのころ辻邦生が国分寺に住んでいたので、府中の帰りによく彼の家に遊びに行きました。辻の家は森のなかにあって、二階が全部書斎、一階に風呂場と台所と応接間があるという不思議な家でした。ともかく、あのころは辻としょっちゅう会っていて、佐保子さんも交えて、三人でいろいろな話をしました。とてもいい思い出になっています。

ある日、辻から電話がかかってきました。立原正秋[※18]と新しい同人雑誌を立ち上げるので、つ実はこっそりと小説を書いている。それは偶然原稿用紙が目の前にあったからだった。三年前のある日、精神神経学会での発表のレジュメを書こうとして横書きの原稿用紙を前にしていたとき、ふとそれを縦書きの位置に直して書きはじめたのだ。「フランドルは冬だった」と書いたあと、おのれが小説家になったような意識状態となって書きつづけた。夜が白みそめたときに眠気が襲ってきた。数枚の〝小説らしきもの〟が出来ていた。ついに学会発表は取りやめて、その後も小説を書き継いだ。多事多端な臨床医の生活で、わずかな暇を見つけては、また夜の睡眠をけずっては、小説を書いた。成否は皆目わからない。ただ、書くことが楽しくて書いた。

（『雲の都』第三部『城砦』第一章「密室」より）

いては私も一緒にやらないかというのです。早速、新宿のバーに集まり、そこで初めて立原と会ったのですが、そのときはまだ名前も知りませんでした。後でわかりましたが、そのときすでに辻も立原も近代文学賞[※19]をもらっていて、私などからすると、二人とも雲の上の人でしたね。ともあれ、私も参加することになり、さて次の会合はどうしようかというときに、立原から電話がありました。辻と喧嘩したというんです。辻が立原の小説を通俗だと決めつけたことから大喧嘩になり、辻は同人から飛び出してしまったんです。おいてきぼりにされた私は困って、辻に辞めないでくれと頼んだのですが、彼は優男のような外見にもかかわらず、喧嘩っ早いんですよ（笑）。立原も喧嘩っ早い。両雄並び立たずで、結局私が一人取り残されたかたちになってしまったのですが、それでも私は同人として残ることにしました。まだ同人誌を立ち上げる前で、何人かの同人はすでに決まってはいたけれど、そのほか誰に声をかけようかという段階だったと思います。たしか、一九六四年、東京オリンピックの年の五月ごろでした。

同人雑誌は「犀《さい》」と名づけられ、創刊号が出たのは同じ年の十一月です。最初のメンバーは立原正秋、高井有一[※20]、岡松和夫[※21]、白川正芳[※22]、佐江衆一[※23]、金子昌夫[※24]、それから後に後藤明生[※25]が加わりました。私にとっては初めての文学仲間ですから、彼らと文学論を闘わせるのが新鮮で面白かったですね。後藤は露文出身ですから、ゴーゴリの話などをよくしました。『ディカーニカ近郷夜話』とか『外套』とか、それらを私も読んでいたのを知ると、明生は、医者がそんなのを読んでいるとはどういうわけだ、と訝《いぶか》しんでいました（笑）。「犀」は、集まるたびに人数が増えていったのですが、女性がけっこう多く、なぜか立原の周りには女性がたくさん集まっていましたね（笑）。

「犀」の大将は立原で、彼は雑誌は季刊にする、そして十号出したところでやめると最初から宣言していました。もうひとつ彼が一貫していっていたのは、日本では芥川賞を取らなければ作家として認められない、ほかの新人賞ではダメなんだ、と。そういう方針と同人誌という性格からして、載せる作品は短篇が中心となるわけです。私も、何か書けといわれるのですが、思いつくのは長篇ばかりで、短篇がなかなか書けない。どうにか創刊号用の短篇を何本か書いたのですが、全部ボツです。「おまえは実に小説が下手だ」と立原にいわれました。

それから合評会というのがあって、それぞれの作品を同人仲間で批評し合うんです。時には、藤枝静男[※26]、本多秋五[※27]、埴谷雄高[※28]といった顧問格の先輩作家が参加することもありました。私は「犀」にいた三年間に、三つくらいの短篇を書きましたが、合評会で大変な批判を浴びました。「こんなくだらないものをよく書くな」と、酷いいわれようです。立原を先頭に、合評会では激しい言葉が飛び交い、同人の女性などはトイレで泣いているのですが、私はいくら批判されても、あまり堪《こた》えなかった。自分ではさほどに悪い出来とは思わなかったし、自分が本当に書きたいのはこういうものではないんだという思いもあったからです。私が考えていた理想の文学は長篇小説で、リアリズムの小説でした。模範とすべき尊敬する作家は、十九世紀ロシアのトルストイ、ドストエフスキー、チェーホフ、レールモントフ……でした。ところが、そういう文学観は、「犀」ではまったく通用しなかった。外国の作品を読んで小説を書くなんてダメだ、日本の小説は自然主義、私小説でなければいけない。「きみも、自然主義小説、私小説を基準にして励め」と。それはそれで温かい忠告でもあったわけですが、どうも「犀」の人たちとはちがうのではないかという気持ちが徐々に強くなっていきました。

加賀さんが拠った同人雑誌「犀」は「近代文学」の山室静が発案して、同誌の若手が中心となって一九六四年十一月に創刊された。立原正秋の宣言通り、六七年十一月に全十号まで刊行したところで終えた。その間、同人の高井有一が「北の河」で芥川賞（六五年下半期）、立原正秋が「白い罌《け》粟《し》」で直木賞（六六年上半期）をそれぞれ受賞している。加賀さんは「犀」に拠りながら、辻邦生の紹介で同人誌の老舗「文藝首都」[※29]にも短篇を発表していた（「赤い指」一九六六年六月）。

そのころ、私は立原に隠れて辻と会っていて、彼を通じて「文藝首都」にも顔を出していましたが、当時は「文藝首都」出身の北杜夫[※30]が大変有名になっていたころです。北はすでに芥川賞を受賞していて、「どくとるマンボウ」シリーズや『楡家の人びと』も出ていましたね。会の集まりで、彼が話をするのを遠くで聞きながら、「自分もあの人のような立派な小説を書けるのだろうか」と憧憬の思いで見ていました。辻と北は、旧制松本高校で一緒でしたから仲が良く、辻は親友である北が「夜と霧の隅で」で芥川賞を取ったことを、我がことのように自慢していました。「犀」と比べると、「文藝首都」は芥川賞をさほど重視していなかったのですが、何回か会合に出ているうちに、こちらもどうも自分の書きたい小説世界とは違うみたいだな、と思うようになりました。

一方、「犀」の人たちとも、飲みに行ったり合評会をしたりという付き合いはしつつも、文学的にはだんだん距離を置くようになりました。そのなかでいい友だちとしてその後も長く付き合っているのが高井有一でした。高井も非常に読書家で、特に日本の近代文学に話が及ぶと私と話が合う。こっちは通学・通勤読書で大方の近代文学は読破していたので、それが大いに役立ちました。高井は当時からずば抜けて小説がうまかったのですが、それはすぐに芥川賞受賞というかたちで証明されました。高井が「犀」に発表した「北の河」で芥川賞を取ったのは一九六五年の下半期ですから、「犀」を創刊してすぐの受賞だったわけです。これは快挙でした。芥川賞は、文芸誌の新人賞を取った人のなかから選ばれるのがふつうですから、同人雑誌からいきなり芥川賞を取るなんていうことはまずないことです。おかげで、「犀」は一躍注目の同人雑誌になりました。

高井の受賞を祝って、新宿の〈茉莉花《まつりか》〉というバーで盛大な祝賀会をやったことはよく覚えています。会には、山室静[※31]、埴谷雄高、藤枝静男、本多秋五など、「近代文学」の先輩諸氏が集まってくれました。高井は恥ずかしがり屋ですから隅っこのほうにいましたが、立原は、天を衝く勢いで「次は俺だ!」って叫んでいました(笑)。高井の小説は、全体の流れは自然主義でありつつ、自分の母親のことを季節感を入れ込みながら迫力のある文体で書くという、立原が以前からいっていた芥川賞を取る「秘訣」を実践したものとして得意満面だったのでしょう。

それこそ、次は自分の番だと本気で思っていたのですが、実際に彼に回ってきたのは直木賞でした。当時の日記を繰ってみると、六六年三月二十三日に〈茉莉花〉で高井有一の祝賀会をやり、十月十日に〈銀座大飯店〉で立原の直木賞受賞の会をやっています。しかし、立原が心底欲しかったのは芥川賞でした。みんなが「直木賞おめでとう」といっても彼はあまり喜ばない。そのころから彼は、ひどく酒を飲んでは周囲の人にからんで喧嘩するようになりました。よほど鬱々たるものがあったのでしょう。

こんなことがありました。〈銀座大飯店〉での同人の祝賀会が終わって、二次会は新宿へ繰り出して〈茉莉花〉へ行こうということになったんです。すると立原が、「茉莉花はあまりにも品がない。別の店へ行こう」といい出した。しかし、その別の店というのが有名なヤクザが経営しているところだったので、酔っ払って行けば必ず喧嘩になる、ヤクザと喧嘩しても勝てるはずがないから、といって止めたんです。しかし、立原はまったく聞く耳をもたない。仕方なく一緒に入っていくと、案の定、立原は、その店の筋骨隆々のバーテンに向かって、「馬鹿野郎！　俺様を誰だと思ってんだ」とかいっている。そうしたら向こうも怒って、棒を持って「外へ出ろ！」となってしまった（笑）。

そこで私は一計を案じました。私は、前年の六五年四月から東京医科歯科大学の犯罪心理学研究室に勤め始めていて、精神科で患者を診たり講義をしたりしていましたから、バーテンに「東京医科歯科大学医学部犯罪心理学研究室助教授」という名刺を見せながら、「私は彼の主治医だが、あいつは頭が変なんだ。あんな奴に関わっても、なんの得にもならない」といったんです。それを聞くと彼は、「そうですね」とおとなしく引き下がってくれました。立原のほうは「どうした、早く出てこい」なんて頭に血がのぼっているのだけれど、バーテンは奥で笑っている（笑）。そんなイタズラで彼を助けたこともありました。

しかし、立原はよほど満たされなかったのでしょうね。その後も酔っ払うと、「あのとき直木賞を断っておけばよかった。断らなかったのは俺の人生における汚点だ」と、何度も何度もいっていました。ある日、新宿の〈火の子〉という店で立原がまたそういう話を始めたんです。そこへ入ってきたのが丸谷才一[※32]です。丸谷はそういういじけた話が大嫌いですから、これはまずいなと思っていたら、果たせるかな、立原は丸谷の前でベロベロに酔っ払って、「俺は芥川賞をもらうべき人材なのに直木賞をもらった、あのとき断ればよかった」といい始めました。それを聞いた丸谷は、「バカバカしいね、このグループは！」といって憤然と店を出て行った。丸谷とは辻と一緒に飲んでいたし、文芸雑誌で新人対談などもやっていて、私とはとても仲が良かったんです。このままではいけないと、私はすぐ後を追いかけましたが、もういなかった。その丸谷も亡くなってしまった。寂しいですね。

　そんな同人たちのなかにあって、加賀さんは長篇への志向が徐々に強まっていく。大学と医者の仕事の合間を縫いながら、サンヴナンの県立精神科病院での体験をもとにした『フランドルの冬』の第一稿を書き始める。

『フランドルの冬』の第一稿を千枚くらい書いたところで、辻に見せたんです。そうしたら「下手くそだな、これでは本にならんぞ」といわれました。これはずいぶん後になって佐保子さんから教えてもらったのですが、どうやら、そのとき辻本人は原稿を読んでいなくて、その感想は佐保子さんが読んでの批評だったらしい（笑）。もちろん、当時はそんなこと知りませんから、辻の（だと思っていた）批評を受けて始めから書き直しました。

そうして第二稿を書き上げたので、ものは試しと、新人賞に応募してみることにしました。しかし、応募するといっても、どこに応募していいのかわからない。さりとて「犀」の連中に訊くのもなんとなく気恥ずかしい。仕方なく、文芸雑誌を買い漁ってきて新人賞の応募要項を見るのですが、「文學界」も「群像」も、みんな応募枚数が四百字詰めで百枚以内と書いてある。ところが私が書いたのは千枚の長篇です（笑）。これは困ったと思っていると、文芸誌ではないけれど、筑摩書房の綜合雑誌「展望」が太宰治賞[※33]という新人賞を新設していて、そこに「枚数制限なし」と書いてあった。あっ、これにしよう、と（笑）。さらによく読むと締め切りが（六六年）二月の末とある。そのときは確かもう（六五年の）年末に近かったと思いますから、締切りまで三ヵ月くらいしかない。そんな短時間で千枚の原稿の手直しと清書をできるかどうか。当時私は結婚をして子どももいましたから、生活費を稼ぐために東京医科歯科大での仕事とは別に週一日はある精神科病院で働いていました。忙しくて、余分な時間はあまりありませんでした。仕事を終えて家に帰ると、ご飯も食べずにひたすら清書していった。結局、全体の四分の一、二百五十枚くらいまで清書したところで応募の締切り日が来てしまった。窮余の策として、「第一章」と書いてあるのを消して（笑）、二百五十枚くらいのものを完成品としたわけです。

清書が終わったのが締切りの前日です。郵送していたのでは間に合わないと思い、翌日神田小川町の筑摩書房まで原稿を届けに行ったのですが、どう探しても場所がわからない。通りがかりの人に「筑摩書房はどこですか」と訊いても「知りません」という返事しか返ってこない。締切り時間の五時はとうに過ぎて、もう六時になっている。せっかく一所懸命間に合わせようと思ってやってきたのだけれど、しようがない、来年にするか、と思って目の前を見ると、ちっちゃな木造の二階建てがあって、木の札に「筑」って書いてある。その前はもう何度も通っていたのですが、看板の字が薄れて、「筑」しか見えなかったんですね（笑）。

とりあえずなかへ入って、受付の女の人に、「太宰賞の応募作をもってきました」と告げると、彼女は時計を見て、「あら、もう締切り時間、過ぎてますよ」とけんもほろろなわけです。で、（笑）、「もう四時くらいから、ぐるぐるぐるぐる探し回っていたんですよ」と、ちょっと嘘をついて、なんとか受け取ってもらいました。それでもほんとうに持って行ってくれるか心配なものですから、電柱の陰から見ていたんです。そうしたら、お化粧を終えた彼女が、原稿をむんずとつかんで二階に上がって行きました。それを見届けて、ようやく安心して帰りました。

『フランドルの冬』を発表

それからしばらくして、筑摩から電話がかかってきました。太宰賞は桜桃忌（六月十九日）に発表の予定で、あなたの作品は最終候補に残った、と。ただし、同じ最終候補にものすごく小説のうまい強敵がいるから、あまり期待しないでくれ、というんです。「ふーん」と思いながらも、忙しさに紛れて、私は太宰賞に応募していたのを忘れていました。あまり期待せずにいたら発表の前日に電話がかかってきて、「残念ながら受賞したのは吉村昭[※34]の『星への旅』で、あなたのは次点だ」と。まあ、あれは四分の一だからしようがないな、というのが正直なところでした。それでも候補作として「展望」（同年八月号）に載せてもらえることになったんです。当時私は助教授でしたから、教授に黙って小説を書いていたことがわかるとまずいと思い、急遽「加賀乙彦」という名前をでっちあげました。ところが掲載号を見ると、「加賀乙彦（小木貞孝）」ってあるじゃないですか。あれには参りました（笑）。

これは後でわかったことですが、吉村さんはすでに同人誌の世界では有名な小説家で、私はそれを知らないものだから、こんなにうまい小説を書くのはどんな人なのか、顔くらいは拝んでおこうと思って授賞式に出かけてみました。そうしたら、授賞式に来ていた高橋和巳[※35]さんが私のところに来て、「あなたの『フランドルの冬』はなかなかいい作品だと思うけれど、変わった人物がつぎつぎに出てきて終わっちゃっていますね。つまり人物紹介だけで、ストーリーがない。あの後があるのでしょう」と訊くから、「実は全体の四分の一なんです」と明かしました。そこで高橋さんが、「展望」編集長の岡山猛さんに、「おーい編集長、これさ、まだ第一章なんだって（笑）。第四章まであるらしいよ」といってくれたんです。それを聞いた岡山さんが、続きを是非うちで出させてくれということになった。それで、一年ほどかけて七百枚くらいにして単行本を出しました。それが六七年の夏ですね。

翌六八年の二月に、太宰治賞の選考委員でもあった臼井吉見[※36]さんから、私の勤めていた病院に電話がかかってきたんです。最初、「ウスイって人から電話が入っていますよ」といわれたとき、「ウスイなんていう患者は知らないな」と。まさかあの臼井さんから電話がかかってくるとは思いませんからね。臼井さんの電話は、「あなたの『フランドルの冬』が芸術選奨文部大臣新人賞というのに決まりました」というものでした。その少し後でしたか、大岡昇平[※37]さんから電話があって、「おめでとう、というにはつまらねえ賞だけど、しかし賞っていうのはもらっとくもんだよ」という、「お上《かみ》嫌い」の大岡さんならではの〝お祝い〟の言葉をいただき、「はい、わかりました、もらいます」と答えました（笑）。大岡さんとは、前年の暮れ、ある新聞の「今年の三冊」という欄で大岡さんが『フランドルの冬』を褒めていただいたことから親しくさせてもらっていたのです。

授賞式の当日、久しぶりに辻邦生と会いました。森有正[※38]さんが『遥かなノートル・ダム』で芸術選奨文部大臣賞を受賞していて、本人は出られないので代理人として辻が来ていたんですね。辻が「おい、きみがなんでそこにいるんだ」って訊くものだから、「いや、ぼくは新人賞をもらったんだよ」と答えました。そうしたらひどく驚いていました。翌年、彼も『安土往還記』で同じ芸術選奨新人賞をもらうのですが、彼にしてみれば、旧制高校時代からひたすら文学修業一筋で励んできた自分を差し置いて、なんでおまえみたいなど素人が？　って思ったんでしょうね（笑）。辻が嫉妬していたぞと教えてくれたのは、埴谷雄高さんです。

『フランドルの冬』で第十八回芸術選奨文部大臣新人賞を受賞後の六八年五月、加賀さんは「展望」に「くさびら譚」を発表。同作は芥川賞候補となった。

芥川賞候補になっても、それほどうれしいという気持ちにはなりませんでした。むしろ、早く長篇を書きたいという気持ちのほうが強かった。それに、私が候補になった六八年上半期に受賞したのが、丸谷才一の「年の残り」と大庭みな子[※39]の「三匹の蟹」で、この二人には敵わないなというのが、正直ありました。どちらも素晴らしい作品です。短い小説であれだけ内容の濃いものを書くというのは、自分の書き方では及ばないのではないかと。

とにかく、私は長篇を書きたくてしかたなかったんです。ちょうど、新潮社で新人の長篇を次々に出版していくという企画があって、私にも声をかけてくれたので、まず「闇に立つ白き門」（「新潮」一九六八年六月号掲載）を書き、それをもとに三年くらいかけて書いたのが、長篇『荒地を旅する者たち』（七一年刊）です。ところが、これはほとんど評価されなかった。とてもショックでしたが、それでも長篇でやっていこうという気持ちには変わりありませんでした。

その次に書き下ろしで書いた長篇が『帰らざる夏』（七三年刊）です。これは幸い評価を得て、谷崎潤一郎賞をもらうことができました。いま読み返しても、『荒地を旅する者たち』がそんなにわるい小説だとは思いません。ただ、まだ小説として終わっていないんですね。あと三分の一くらい書けば、あの小説も立ち上がったのだと思います。長篇小説は最後が大事で、最後のところでそれまでの物語を立ち上げていかなければ、よい小説とはいえない。その点、『帰らざる夏』は最後の主人公が切腹するシーンがよかった。『荒地〜』にはそれが足りなかったんです。何度か書き直そうともしましたが、ほかの仕事に移ってしまって書き直せていません。

いま思えば、そのころから私の頭にあったのは、『永遠の都』や『雲の都』のような長大な小説だったんですね。そのための力試し、あるいは助走として『フランドルの冬』や『荒地を旅する者たち』を書いたともいえます。

埴谷雄高、大岡昇平、森有正

あるとき、辻が「これから埴谷さんの家に行くのだけれども、一緒に行くかい?」と誘ってくれたので、それについて行ったんです。吉祥寺の埴谷さんのお宅に伺うと、留守でした。辻が、「きっとパチンコ屋に行ったんだな。しばらくすれば帰ってくるだろうから、ここで待っていよう」ということで、家の前で二人で待っていました。すると、向こうのほうから両手に何やらいっぱい抱えた埴谷さんがやってきました。「今日は大成功だった」なんていいながら、戦利品の景品を見せてくれる。すると辻が、埴谷さんに「食事に行きませんか？　おごりますよ」っていうんですね。本来なら、大先輩である埴谷さんがいうことなのですが、辻は気にするふうもなく、私に「二人でおごろう」といって、近所の天麩羅屋に行って、一杯やりながら話をしました。埴谷さんもご機嫌でしたね。それからです、埴谷さんのお宅に行くようになったのは。私はそのころ吉祥寺病院に行っていて、埴谷さんの家はすぐ近くでしたから。

当時、『死霊《しれい》』がまだ中断されたままでしたから、「小説は書かないのですか」と訊いたところ、埴谷さんは、「小説だけは完璧でなくてはならない。評論なんていうものは書き流しでもかまわない。だからぼくは評論はいくらでも書くが、小説は一語一行すべて、すごく集中してないと書けないんだ。つまり、小説というのは悪魔なんだ。悪魔のようにすごい力ももっている。だから小説を書くときのために常に力を溜めているんだと」。「何をして溜めているんですか？」と訊いたら、「もちろんパチンコだ」（笑）。

埴谷さんといえば、やはりドストエフスキーですね。埴谷さんは戦争中に、ウォリンスキーの『偉大なる憤怒の書』[※40]という『悪霊』論を訳していますし、ドストエフスキーについての評論も数多く、実によく読んでいましたね。特に『カラマーゾフの兄弟』のなかの「大審問官」の宗教的な捉え方は埴谷さん独特で、私も共感を覚えました。

それから、藤枝静男さんが毎年秋になると浜名湖の畔の舘山寺《かんざんじ》温泉に親しい友人や後輩作家たちを集めて会を開いていました。たしか「浜名湖会」といったと思います。小川国夫[※41]、中野孝次[※42]、高井有一、本多秋五といった人たちに交じって私も参加していました。もうかなり晩年だったと思いますが、藤枝さんが少し呆け始めていて、突然、「俺はなんだ、何者なんだ」といい始めたんです。そうしたら埴谷さんが、「おまえは藤枝静男といって、なかなかの小説家だったんだぞ」っていうんです、藤枝さんは、「嘘いうな。そんな名前、聞いたことがない」などというのですが、埴谷さんは辛抱強く、「おまえは藤枝静男で、立派な奴なんだ。だから身体を大事にしろ」と優しく説いている。埴谷さんの藤枝さんに対する温かな友情に接して、あらためて埴谷さんの人間的な素晴らしさを感じました。

戦後派作家のなかで、いちばんお付き合いさせていただいたのは、やはり大岡昇平さんです。先にいったように、大岡さんが六七年の「今年の三冊」に『フランドルの冬』を挙げてくださったのをきっかけに、お付き合いが始まりました。以前から、大岡さんはもっとも尊敬すべき作家の一人でしたから、うれしかったですね。あるとき、「新潮」の坂本忠雄編集長と話していると、「いまから大岡さんのところへ遊びに行こう」というんです。こっちは普段着でしたし、心の準備もできていない。「ええ？　ちょっと待ってよ」と慌てつつも、ともあれ二人で大磯のお宅へ伺うことになりました。後から聞いたら、『フランドルの冬』が面白かったので、この作家に会ってみたいという大岡さんのほうからのお誘いもあったようでした。大磯のお宅はとても立派でしたが、近くに自動車道路ができて、自動車の音で潮騒の音が聞こえなくなったのが嫌だとおっしゃっていましたね。

大岡さんとはそのとき初めてお目にかかったのですが、実に話が合いました。あれこれ話しているうちに辺りはすっかり暗くなってしまい、帰ろうとすると、「いいじゃないかきみ、一杯やろうよ」と誘われ、奥様の手料理を肴に飲みました。ああいうところは実にスマートな人でしたね。ご自身もお忙しいはずなのに、私のフランスの話が面白いといって引き止めるんです。長いことフランス文学をやっていても、フランスの医者と日本の医者がどうちがうか、フランス人の普通の生活がどんなものかはわからないと、私の留学時代の話をとても興味深く聞いていていました。そして、日本人はフランス文学を尊ぶけれど、そこに隠れている神を見ていない。フローベール、モーパッサン、バルザック……そこには皆、神の世界があるのだけれども、日本人はそれを見逃しているし、それについての研究書を読まない。これが日本の仏文の悪い癖だ、といっていました。たしかそのとき、「きみはカトリックか」「いいえ、ちがいます。でも関心はあります」「そうか、そこが俺とのちがいだな」という話をしたのも覚えています。

その後間もなく、大岡さんは「幼年時代を過ごした成城に帰りたい」ということで、大磯から成城に引っ越された。成城の大岡邸では毎年正月二日に新年会が開かれていました。出席者は、同じ成城町内の大江健三郎、窪島誠一郎[※43]、太田治子[※44]、それに埴谷さんも吉祥寺から見えていましたね。その会がなかなか壮観なんです。

あるとき、大江さんがブレイク[※45]について話を始めたんです。そこへ大岡さんが大江さんに、「きみは、某々がブレイクについて書いたあの本は読んでいないだろう」と口を挟む。大江さんはすかさず「いえ、読んでます、ちゃんと」といって、「それじゃあ大岡さん、誰々のあれは読みましたか？」と逆に訊く。「読んでいるよ」「本当ですか？　あれはほとんど入手できないんですよ」「なにをいうんだ、ちょっと待ってろ」と、すぐさま書庫からその本を持ってくる。「ほら、赤線がいっぱい引いてあるだろう」って。それを見て、大江さんが「参りました」（笑）。

これがブレイクだけではなく、ダンテについても同じようなやりとりがありました。それを見てお二人の博識ぶりに驚嘆すると同時に、小説家とはいかにあるべきかということを間近で教えていただいた気がしました。

私が大岡さんの名前を知ったのは意外に早いんです。大岡さんは戦後すぐにバルザックとスタンダールの往復書簡[※46]を訳していて、そのころバルザックに夢中だった私は偶然古本屋でそれを見つけて買ってきて、いまでも大事にもっています。たとえば、スタンダールが『パルムの僧院』を書き上げたあと、バルザックが長い手紙を出します。全体としてはスタンダールを褒めているのだけれど、一箇所だけ、「きみの文章は軽すぎる。文章はもっと重々しく書くものだ」といっている。それに対してスタンダールは「あの小説は口述筆記で書きました。考える速度と書く速度がまったく同じなのです」と答えている。後年、大岡さんにそんな話をしたら、「そんな古いものを読んでいてくれたのか」と喜んでくれました。大岡さん曰く、「スタンダールとバルザック、両雄相対するところに目をつけて翻訳したけれど、まったく売れなかったね」(笑)。

小説家・大岡昇平を知ったのは、『野火』からです。「『野火』は宗教小説である。それは神を知らぬ男が、極限状況において神を発見する物語である」[※47]と私が書いたら、それを読んだ大岡さんは喜んでくれて、「あの教会の十字架を見ているというシーンは、すごく大事なんだよ」といっていました。自分が小説家になって、あらためて大岡さんの凄さがわかります。私が考えるフィクションとは、現実をより深く描くための手法であり、私はそういう小説を書きたいと思っていたのですが、大岡さんの小説はまさにそういう小説です。

私が『フランドルの冬』でいちばん力を入れて書いたのは、アルジェリア戦争で重傷を負い、復員してきてやがて自殺する医者(ミッシェル・クルトン)の話です。当時は、アルジェリア戦争の戦況が悪化し、ド・ゴールが出てきてなんとか終戦に漕ぎ着けて第五共和制ができる、という時代背景がありました。あの戦争は後のヴェトナム戦争と同じく、とても正義の戦争とはいえないものでした。アルジェリア戦争に徴兵された青年たち――当時フランスはまだ徴兵制度がありました――は、大義のない戦いのなかで大勢のアラブ人を殺したことに悩む。悩んでもその罪は消えない。それは神と異邦人の主題でもあるわけです。その意味では、大岡さんの小説とも通じるところがあったのではないかと思います。それだけに、受賞のとき、ご本人から電話をいただいたときはほんとうにうれしかったですね。

　大岡さんは小説家としてだけでなく、人間としてもしっかり芯が通っていた方でした。大岡さんが藝術院会員に推されたときに、「私は一兵卒で戦ったけれども、力足りなく捕虜となり、陛下のご要望に応えられなかった。そんな人間が藝術院の会員になるのは畏れ多い」という理由で辞退したのは有名な話です。ちょうどそのときの記者会見の席に私もいたのですが、新聞記者が帰った後、「うまいだろ」ってぺろって舌を出した（笑）。「この人は大物だ」と思いましたね。私なんか気が小さいから、断れなかったのですが[※48]（笑）。

　同じ第一次戦後派の武田泰淳[※49]さんが『富士』という小説を書いているときに、武田さんから私と対談をしたいといってきたことがあります。というのも、『富士』は富士山麓にある精神科病院の話ですから、精神科医である私にいろいろ話を聞きたかったんですね。「医者というのは、どんな人と結婚するんだ」とか、いろいろ質問されました。そのほか、同じ本郷の町内ということで木下順二[※50]さんとも親しくさせていただきました。

戦後派ではありませんが、森有正さんともよくお付き合いさせていただきました。留学時代には辻邦生と連れだって、しょっちゅう森さんの家に遊びに行ったものです。そんな縁もあって、森さんが芸術選奨文部大臣賞を受賞したときに、辻が代理となって出席したわけですね。森さんは基本的にはフランス暮らしでしたが、たまに日本に帰ってくると、必ず一ッ橋の学士会館に泊まるんです。すると私に電話がかかってきて、「牛乳を学士会館まで毎朝届けるように手配してくれ」というわけです。当時はまだ牛乳屋が牛乳瓶を各家庭に配達するという時代でしたからね。で、しばらくするとまた森さんから電話がかかってきて、「あの牛乳屋はダメだ。俺は起きてすぐ食事したいのに、遅くもってくる。別の牛乳屋を探してくれ」といってくる。私はしかたがないので、いろいろ探してくるのですが、ひどいときには三、四軒替えさせられたときもあります。そうかと思うと、入れ歯が割れてしまったので、すぐに入れ歯をつくってくれる歯医者を紹介しろ、と。私は、あの人なら大丈夫だろうと、医科歯科大学の友人を紹介して、森さんに「どうですか?」と訊くと、「ああ、ぴたっといったよ」と喜んでいました。「じゃあ、来週補正しますから」といったら、「ぴたっとなっているんだから、これでいいんじゃないの」と、補正をせずにパリへ帰ってしまった。本来は具合を見て補正しなくてはいけないのですが、森さんはそんな細かいことはどうでもいいという感じで、あの繊細精妙な文章とはちがって、案外大雑把な面もありました。

余談ですが、そのときの歯医者がよほど気に入ったらしく、森さんが「名人の歯医者がいる」とほうぼうに触れ回ったものだから、埴谷さん、本多秋五さんなどもその友人のところへ通い始めて、一時は、文学者のお偉方がみんな来るようになりました（笑）。

ともかく、森さんは変わった人でした。いつも上着の胸ポケットに、それも表と裏の両方にそれぞれ万年筆を十本くらいずつ挿している。だから、いつも上着の胸のところが膨れ上がっているんです。なんであんなにいっぱい挿しているのか不思議に思っていたのですが、どうもご本人はそれぞれ用途に応じて使い分けているようなんですね。

そうした先輩たちの人間性に身近に接することができたのは、非常にいい経験でした。

結婚、そして本郷へ

ここで少し時間を遡ることにする。加賀さんは留学を終えて帰国した翌月、後に妻となるあや子さんと出会う。『雲の都』の主人公・小暮悠太は四十歳まで独身を通し、初恋の千束《ちづか》と長い曲折の末に結ばれるという設定だったが、現実世界の加賀さんは、出会いからわずか半年で結婚に至っている。

台所の窓からは学生と機動隊の衝突がよく見えた。南の繁華街の方角からは装甲バスを横に並べて機動隊員が盾で防禦しながらじりじりと進んでくる。北の方角に押されてきた学生たちが突然勢いを取り戻した。後ろから援軍が喚声をあげつつ進んできたのだ。石を投げる。火炎瓶を投げて機動隊員を火達磨にする。〔中略〕学生たちが悲鳴を上げだした。「早稲田の連中」の後ろに機動隊が現れて、学生たちを挟み撃ちにしたのだ。大混乱になった。逃げ場を失った彼らがわが家の庭になだれこんで来た。屋根に登って逃げる。ついには雨戸を壊してガラス戸を割って土足で室内にまでなだれ込んできた。

（『雲の都』第三部『城砦』第二章「燃える学園」より）

たしか初めて女房に会ったのは、帰国早々の四月だったと思います。クラシックの音楽会で会ったのですが、いまから思うと、どうも母と母の友だちが仕組んだお見合いだったような気がします。私は日本にいたころは、しょっちゅう音楽会に行っていたのですが、母はそれほどでもありませんでした。その母から突然音楽会に誘われたんです。しばらく日本人の演奏を聴いていなかったので、行ってみようかと思い、一緒に出かけました。たしか演奏はＮＨＫ交響楽団だったと思いますが、そこで女房に紹介されたわけです。そのときなんとなく惹かれたんでしょうね（笑）。そこからときどきデートに誘うようになって、その年の十月に結婚することになりました。後でわかりましたが、女房の家は音楽好きの一家だったんです。姉さんはピアノをやっていて、女房は国立《くにたち》音大のバイオリン科ですから、一家みんなでよくオーケストラを聴きに行っていたらしい。まあ、音楽会が二人を結びつけたわけですね。

私が三十一歳で、女房は大学を卒業してすぐですから二十二歳かな。最初は、西大久保の私の実家で暮らしました。実家には母屋のほかに家が二つあって、一つは人に貸していたのですが、我々はそのうちの小さいほうに住むことになりました。弟たちは、私が留学しているあいだに、みんな結婚して家を出ていましたから、両親と我々夫婦の二家族が同じ敷地内で暮らしていたわけです。

この西大久保の家には七〇年まで住んでいましたが、その間に息子（六三年生まれ）と娘（六九年生まれ）が生まれています。私も両親もこの家には愛着があったのですが、結局引っ越さざるをえなくなりました。まずひとつには、自動車による排気ガス。ちょうど高度成長期とも重なっていましたから、モータリゼーションが急速に発達して、自動車の数が飛躍的に増え、自動車公害が騒がれ始めたころです。私の家の界隈も排気ガスに曝されて、ひどいときには外から舞い込む埃で家のなかが真っ白になってしまう。台所などは、拭いても拭いても埃が入ってきてどうしようもない。もうひとつ、これは六〇年代末になってからですが、学生運動が盛んになり、家のすぐ傍で、学生と機動隊がしょっちゅう衝突するようになりました。六八年十月二十一日の国際反戦デー[※51]には、新宿で大規模な衝突が起こり、機動隊に追われて逃げ場を失った全共闘の学生たちが、我が家の庭になだれ込み、土足で家に入ってきて大変な騒ぎになりました。このときの争乱は凄まじいもので、翌日庭を見たら、火炎瓶がいっぱい落ちていました。

それらに加えて、両親が住んでいる家の裏側に逆さクラゲ、連れ込み宿がいくつもできてしまった。これにも困りました。なぜそんなものができたかというと、ヴェトナム戦争の余波なんです。ヴェトナムから帰ってきた米兵の性欲を発散させる場としてあの辺りが利用されたわけです。だからお客はほとんどアメリカ人で、夜はひと晩じゅう大声で叫んでいるし、窓を開けっ放しでセックスをしている。朝になると、庭にゴム製品がいっぱい落ちているという有様です。そんなものだから、古くから住んでいた人はみんないなくなってしまう。いなくなると、そこがまた連れ込み宿になるという悪循環です。子どもを育てるには、なんともひどい環境です。

そんなこんなで、女房はすっかり嫌気がさしてしまい、両親もこんなところにいたら危ないと思うようになりました。それでとうとう家を売ることにしたんです。父は六〇年代半ばまで役員として会社に残っていましたが、さすがに寄る年波には勝てず、午後になると眠くなって、つい寝てしまう。それが問題とされて困っているんだとこぼしていましたから、早く会社を辞めたかったんですね。この家を売って老後の資金にしたいという思いもあったようです。父たちにとっても、いろいろ思い出の詰まった場所ですが、思い切って売りに出すことにしました。

地の利がよかったのでしょう、すぐに買い手がつきました。これは喜ぶべきことなのですが、正直、あまりの速さに両親も私もまだ心の準備ができていなかったんです。しかし売り渡しの話はどんどん進んでいき、我々も慌てて引っ越し先を探すことになりました。当時は、ちょうど都内にマンションが建ち始めた時期で、私が車を運転して、両親と女房とを乗せてあちこち見に行きました。それでも、なかなかこれというのが見つからなかったのですが、最後に父がこういったんです。「人間というのは、生まれたところで死にたいものだよ。ぼくは前田家の侍屋敷の跡地である東大のなかで生まれたのだから、あの辺りに何かいいところはないかな」と。

そこであの近辺を重点的に探してみたら、ちょうど売り出し中だった、いま私が住んでいるこの本郷のマンションがあったわけです。我々が見に行ったときにはまだ四階ぐらいまでしかできていませんでしたが、天井が高く頑丈な造りで、都心にしては静かで、近所には古くからの商店街があって買い物にも便利と、好条件でした。最上階は十五階ですが、あまり高いところだと停電のときなど困るだろうから、ある程度眺めもいい九階か十階ぐらいをと思っていたら、ちょうど九階と十一階の二部屋空いていました。完成が七〇年の秋ということで、完成したらそこに引っ越すことになったのです。

西大久保の家は、買い取った会社が庭を見て、「立派な庭ですね、これは保存しましょう」などといっていたのですが、結局、庭もなにもすべて潰されてしまいました。一階は小さいコンサートホールになって、室内楽をやったりしていました。私も一度見に行きましたが、嫌なものですね、かつての自分の家の面影がまったくないというのは。最近また行ってみたら、すでにコンサートホールはなく、韓国の新興宗教の教会になっていました。東京という町の移り変わりの速さをしみじみ感じますね。

三島事件と『帰らざる夏』

『帰らざる夏』の「作者のことば」として加賀さんは次のように書いている。「この小説を構想中に三島事件[※52]がおこった。それは私が小説中で書こうと思っていた出来ごとが、ふいに現実となったような驚きを私に与えた。三島事件は当時私の筆に影響し、緊張を与えた」。奇しくも、この三島由紀夫の割腹事件の起こった一九七〇年十一月二十五日が加賀さんの引っ越し当日だった。

その日はちょうどこの本郷壱岐坂のマンションに越してきた日でした。それで、電話機を繋げた途端に電話が鳴って、受話器を取ると「三島由紀夫が自衛隊に突入しました」という声が飛び込んできました。誰かと思ったら、某新聞の社会部の記者で、この事件の背景にはどうも精神医学的な問題があるのではないかと思うので、現場に来て取材してくださいというのです。すぐに女房に、「テレビはどこにあるんだ」といって、積み上げられた荷物の下のほうからテレビをなんとか取り出した。そこで初めて事件のことを知り、大変なことが起きていると思ったのですが、しかしまだ荷物の整理が全然ついていなくて、とても取材に行っている時間がない。残念ながら断りました。

そのころ私は、すでに小説を書き始めていましたから、授賞式などで三島さんを見かけることもあったのですが、直接的な付き合いはありませんでした。それに、大岡昇平さんと三島さんが犬猿の仲だったんです。大岡さんは、三島の文体は気取っていて、ああいう文体はダメなんだといっていたこともあり、そのころは三島さんの小説から遠ざかっていました。とはいえ、『仮面の告白』に始まって一時期は関心をもって読んでいた作家ですから、その人が自衛隊に突入して割腹したというのは、精神医学的にはもちろん個人的にも非常に興味がありました。

三島さんは私より四つ上ですけど、なぜ晩年の彼が軍国主義の思想に取り憑かれていったのかがよくわからなかった。私は戦時中に軍国主義に取り憑かれ、戦後それを全部捨てたわけです。彼は逆に戦後になって自分の思想として取り入れていく。そこがいまだに謎ですが、戦後文学者として私は彼を尊敬していたし、優れた才能の持ち主だと思っていました。それだけに三島事件には驚愕させられました。しかも、あの自衛隊の本部はかつての陸軍予科士官学校で、私が幼年学校時代にしばしば遊びに行って内部もよく知っているところです。そこで死んだというのはどういう意味なのか、と考え込みました。その後、事件について書かれたものを読み、研究もし、人と論争もしました。そのことがある意味で『帰らざる夏』を書く動機になっています。

戦後二十五年も経つのに、天皇のために死ぬという観念が三島さんのような人の頭のなかにいまだに色濃くこびりついている。これは一体なんだろうか、ということを調べていくうちに二・二六事件の文献に行き当たる。つまり、『帰らざる夏』という作品のいちばん底には三島事件があって、その上に二・二六事件、さらにその上に私の戦争体験があって、その三つが重なっているわけです。そして、自分なりの三島批判という意味で『帰らざる夏』を書いてみようと思いました。本が出たのは三島さんが死んで三年目くらいで、批判と同時に追悼という気持ちもありました。

『帰らざる夏』を書いていた二年ほどのあいだは、短篇を書く余裕もなく、書くのに夢中でした。陸軍幼年学校の跡へ行ってみたり、二・二六事件を調べたり、小説を書くための「取材」というものを初めてやったのもそのときで、小説の書き方の基本を自分なりに会得したな、という手応えを感じたのも、この『帰らざる夏』でした。そういう意味でも『帰らざる夏』は思い出深い作品です。

上智大学へ

本郷への引っ越しをした前年四月には、それまで勤めていた東京医科歯科大学医学部犯罪心理学研究室から上智大学文学部教育学科へ移っている。

医学部にいた人間が文学部に行くというのは大きな変化です。上智では精神医学と犯罪学という二つの講座を持っていましたが、そのころちょうど、精神医学者と心理学者とが一緒になって臨床心理学というものをつくろうという時期に当たっていました。私自身、両方に跨がって研究してきたので、橋渡し役としてそこから十年、臨床医学の仕事を続けていくことになります。精神医学の初歩的な講義の傍ら、無期囚と死刑囚の研究などについて話すと学生たちも興味を示してくれました。そのほかにも、学生を病院や少年院に連れて行って一緒に調査をしたり、患者に絵を描かせるアートセラピーをやったり、教師としても充実していた時期です。

学生たちは、私が小説を書いていることを知らなかったのですが、『帰らざる夏』が谷崎潤一郎賞を受賞し、それが新聞に載ったことでばれてしまった。朝、大学に行くと「谷崎賞、祝します」と黒板に書いてあり、みんなで万歳をしてくれました。

『フランドルの冬』を出して以降、なかなか小説を書く時間が取れなかったのですが、上智に移ってからは大分状況が変わりました。それまでいた医学部というのはまったく暇がないんです。学生時代もそうでしたが、毎日日程がびっしり詰まっていて、土曜日も出てくるのが当たり前です。それが文学部に行ったら、週に三日か四日の講義で、二日ぐらいは休める。それまでの忙しさからすると雲泥の差です。ようやく時間が取れて、休みの日には小説を書くことができるようになりました。日曜日を入れると週三日は小説の執筆に使える。もともと私は本をたくさん読んでいましたから、小説を書くために慌てて本を読み漁る必要もなかったし、自分の経験のなかからあるものを拾い出して小説にする、ということが割と自然にできたんです。

正田昭との出会い

加賀さんは上智大学文学部時代、小説家と研究者を兼業しながら執筆を続けていく。その間に『帰らざる夏』（七三年）、『頭医者事始』（七六年）等の作品を送り出すが、七九年の『宣告』は加賀さんの作家人生のなかでも大きな転機をなす記念碑的作品となる。小説のモデルとなった、「バー・メッカ殺人事件」の犯人・正田昭※53のことは、これまでも何度か触れられていたが、正田との出会いはその後、加賀さんの文学のバックボーンとなるキリスト教との出会いにも大きく関係していく。

私の母は父が生きているうちに洗礼を受けていました。家で聖書研究会みたいなものを開いていましたが、そのころは、私自身はあまりキリスト教に関心がありませんでした。私がキリスト教に大きく接近するようになったのは、やはり正田昭との出会いが大きかったですね。正田が一九五三年に起こした強盗殺人事件、いわゆる「バー・メッカ殺人事件」は、当時のマス

ぼくはAの日記、夢日記、手記、読書ノートをつぎつぎに読んでは要点をノートに控えた。彼をモデルにして小説を書きたいという思いが次第に強くなってきた。それとともに、以前、発表したぼくのフランス語の論文『日本における死刑囚と無期囚の犯罪学的および精神病理学的研究』の欠点がますます明らかになってきた。〔中略〕死刑囚Aの手紙や日記を、時間をかけてじっくり読んでいるうちに、論文の結論はあまりにも単純すぎると思えてきた。〔中略〕彼を死刑囚一般の特徴で概括すると間違ってしまう。ぼくは、彼の文章を読みながら、次第にAとは違って、小説のなかでのみ生きていく登場人物の姿を想像していた。

（『雲の都』第四部『幸福の森』第一章「音楽室」より）

コミを大きく騒がせた事件でした。なぜそれほど話題になったかというと、犯人が慶應大学の卒業生で、しかも美男子だったということがある。

事件が起きたのは、新橋の駅前にあった「メッカ」という店で、ダンスをしながら酒を飲むという、そのころ流行していた酒場です。ある日、その店の天井から血がポタポタ落ちてくるというので大騒ぎになり、天井裏を探したら死体があった。殺されたのは店の常連客で、正田もやはり常連でした。正田とその店のボーイら二人が共犯だったんです。事件が発覚したのは七月二十七日。殺人と現金四十一万円強奪で指名手配を受け、共犯の二人はすぐ捕まるのですが、正田はしばらく逃げ続け、ようやく十月に潜伏先の京都で捕まる。これも有名な話ですが、京都から東京へ特急つばめで護送されてくるときに、正田が「小生はただナット・ギルテー（無罪）を主張するつもりです。もし貴方たちが人の子なら、もう少し理解をもって、事実を事実として報道されますようお願いします」という手記を新聞記者に渡し、罪の意識などかけらもないとうそぶいた。それがまた大変なセンセーションを起こしました。

その事件を知って私がまず思ったのは、自分と同じ世代——私が一九二九年四月二十二日生まれで、正田が四月十九日生まれです——になぜあんなとてつもない犯罪を犯す人間が出てきたのか。そこに大いに関心を惹かれました。研修医であった私が犯罪学を研究しようという気持ちになったのは、正田の、あの逮捕のときのひと言が大きかったのです。

事件の翌年五月に、私はインターンを終えて精神医学教室に入りました。正田の精神鑑定をしたのが恩師の吉益脩夫先生で、たまたま私の同級生がその手伝いをやっていましたから、彼から正田についていろいろ話を聞いていました。いよいよ松沢病院で正田の精神鑑定が行なわれることが決まって、私も松沢病院に会いに行こうとしたのですが、外部の人は介入しないでほしいというので、そのときは諦めました。

その後私は東京拘置所の医務部技官になり、そこで初めて正田と会うことができました。それが一九五六年の四月です。拘置所は三階建てでしたが、二階の真ん中に普通の監房よりも太い鉄格子が嵌められた区域があって、それが、前にもいいましたが、死刑囚や重犯罪者が収容されている「ゼロ番区」です。その一角にある独居房の扉を開けると、眼鏡を掛けた色白の青年が現れ、非常に丁寧な物腰で、自分の寝ている布団を取って、「どうぞこれを座布団代わりにお敷きください」というんです。正田にはその年の十二月に東京地裁で死刑判決が下りましたが、その判決後も、特別変わった様子はありませんでした。正田には、ほかの死刑囚のような拘禁ノイローゼが見られなかったのです。それにまず驚いた。死を前にしている人間が、あれほど落ち着いているのはなぜか、と考えました。

正田昭は獄中でキリスト教に目覚め、五五年七月に、松沢病院で洗礼を受けた。洗礼を授けたのは第2部に登場したソヴール・カンドウ神父。加賀さんは、日仏学院でカンドウ神父にフランス語を習っていた。

日仏学院にはユニークな先生方がいましたが、そのなかでもカンドウ神父ほど面白い先生はいなかったですね。大変な勉強家で素晴らしい知識人でした。私は、仏文和訳、和文仏訳の両方を習っていて、漢詩をよくご存じの神父は、授業中に、何かというと漢詩を引用する。白楽天が多かったのですが、フランス語と漢詩の組み合わせというのがとてもユニークでした。そのカンドウ神父が正田昭に洗礼を受けさせたというのですから、不思議な縁です。たしか、正田と初めて会ったときも、神父のことをきっかけに話が始まったはずです。

しかし残念なことに、正田に洗礼を授けた二、三カ月後にカンドウ神父は亡くなられた。第二次大戦従軍中に戦車に足を砕かれ重傷を負い、戦後再来日したときに杖をついていました。歩くたびにものすごく痛むとおっしゃっていました。ほんとうはそのまま本国で療養していればよかったのですが、敗戦でうちひしがれた日本人の精神を救いたいと、大変な苦痛を押して日本にやってきたのです。

その後、私がフランスへ留学したため、一時、正田との交流は途絶えるのですが、帰国後、東大の助手を経て、東京医科歯科大学犯罪心理学研究室の助教授になったころ、ふたたび交流が始まります。たまたま医科歯科の先輩教授が日本犯罪学会の機関誌「犯罪学雑誌」の編集長だったので、私もその編集を手伝うことになったのです。その雑誌で、死刑囚の手記を載せようということになり、私が正田に手紙を出して原稿を依頼し、獄中の生活を綴る連載が始まったわけです。

連載は六四年から六七年まで続きました。その間、「今度書いた文章について、どこか直すところありますか」といったやりとりも含めて正田と頻繁に手紙を交わすようになり、時には、拘置所まで面会に行ったりもしました。そうしているうちに、単なる編集上の打ち合わせだけに止まらず、文学や宗教についてかなり濃密な内容の手紙を交わすようになりました。そのきっかけになったのが『フランドルの冬』でした。

出来上がったばかりの『フランドルの冬』を正田に送ったところ、彼から礼状が届きました。その日付が六七年八月十五日で、以後、六九年十二月八日まで二年四ヵ月にわたって書簡のやりとりが行なわれたのですが、それが突然打ち切られてしまった。六九年の十二月も半ば近くなったある日、私が正田に出した手紙が「名宛人見当たらず」として返送されてきたんです。おかしいなと思っていたら、正田と親しくしていたシスターからの電話で、九日の朝、正田が処刑されたことを知りました。実は、処刑の前日、正田から私宛の手紙が出されていたのですが、当時郵便局のストライキがあって、その最後の手紙が私の手許に届くまで一週間近くかかり、シスターからの電話の翌日にようやく届いたのです。それを聞いた私は、ひどい悲しみに襲われ、いくつかの新聞に、追悼文を書きました。

おそらくは、それらの記事を読んだのでしょう。翌七〇年の二月ごろに、姫路の女学校で英語の教師をしていたNさんという女性から手紙が来ました。「実は私は、正田昭さんと三年間文通をしていました。正田さんは先生のことを非常に高く評価していました。彼の手紙が私のところにありますが、お読みになられますか。正田さんの書かれた小説の原稿もありまして、先生に読んでいただきたいのです」と。

それから二カ月ほど後、私はNさんに電話をして姫路まで行くと、私の宿にダンボール箱二個分の手紙をNさんが運んで来てくれました。すべて正田からの手紙で、三年間分で四百五十通近くありました。つまり三日に一通の割合で書いていたわけです。しかもどれも長い手紙で、私が彼と文通したといっても、Nさんのものに比べればわずかなものだということがわかりました。

私が手紙を通して知っている正田昭は、熱心に神を信じ、少し取り澄ましたような真面目な人間というイメージでした。ところが、Nさん宛の手紙のなかの正田は、とてもユーモラスで明るい感じで、文体も私宛のようなかしこまったものではなく、くだけた口語体です。たとえば、獄舎の窓から見た、雀の雛《ひな》が卵の殻を破ってから大きくなって飛び立つまでの様子など、日常を事細かに書いて寄こしています。

加賀さんと正田昭との往復書簡を纏めた『ある死刑囚との対話』（弘文堂、一九九〇年）の巻末には、死刑執行の前日に、正田がNさんと母親に宛てた手紙も収められている。

その二つの手紙は、刑の執行の前日の夜から、刑場への呼び出しが来る一時間前まで書き続けられたものです。前日にはお母さんが最後の面会に来て、いろいろなご馳走を持ってきて食べさせようとしたけれど、「やはりちっともおいしくありませんでした。たべものは、心楽しいときにこそおいしいことがよく分ります」とあり、お母さんが帰った後、急に眠くなって寝てしまう。「死を前にした晩、早く、ねむいなんて、一寸した大人物になったようですが、ほんとはこれは疲れてるためです。〔中略〕で、ここらで一寸ひと休みしてみかんでも食べることにしましょう」。わずかな時間しか残されていないのなら、寝ないで必死に何かするのかと思うと、そうではない。眠いときには眠る、それが人間なんですね。

Nさんと会ってからしばらくして、今度は正田のお母さんから手紙が来ました。「昭は死ぬときに、自分の読んだ本と獄中日記は全部、加賀先生にあげてくれといっていました。もしよければ車で取りにきてください」と。お宅へ伺ってみると、これまた厖大な量の日記帳がありました。それを読むと、ここにもまた私の知らない正田昭がいました。日記のなかの正田昭は、まさに悩める人です。自分は一所懸命神を信じているふりをしているだけであって、ほんとうは神はいないのではないかと、ときどき思う。自分がこうした哀れな一生を送らざるをえないのは、やはり神がいないからではないか……といったふうで、神を疑う文章が多いんです。

人間というのはいろいろな顔を持っています。真面目くさった顔をしているかと思うと、お茶目で子どもみたいな人間にもなる。そうかと思うと、ひとりで悩んで「神はいない」と叫んでいる。こういう人間の変幻極まりない状態を、私は精神科の医者としてきちんと捉えていたのだろうか。正田の日記を読んで、そんな問いを突きつけられたように思いました。私と正田昭との付き合いは長年に及び、最後の三年間には濃密な付き合いをしています。にもかかわらず、結局、彼のことをわかっていなかった。そうであるなら、人間を理解するということを主題にして小説を書いてみよう。そうして書き始めたのが『宣告』でした。

『宣告』の執筆

『宣告』は、正田昭をモデルに、主人公の死刑囚が処刑されるまでの四日間を描いたものだが、小説を書いていくうちに、加賀さんは「イエス・キリストへの想いを強くして」いき、この作品は、自らの「信仰告白の最初の形象化」でもあったという。

私の場合、母親が聖書講読会をやっていたこともあって、キリスト教は割合近しい存在であったし、聖書を好んで読んでもいました。私が愛読していたのは、注釈が非常に緻密なことで知られているフランス語のいわゆる「エルサレム出版の聖書[※54]」ですが、それを読んでいて驚いたのは、旧約聖書には、「信ずる＝クロワール croire」という言葉がほとんど出てこないことでした。一方新約には、「汝の信仰《クロワール》、汝を救えり」（「マルコ」一〇章五二節、「ルカ」七章五〇節）という具合に、イエスの口から頻繁にクロワールという言葉が出てくる。では、「クロワール」とは何なのか。その疑問を解きたいと思ってキリスト教関係の本を読んでいったのが始まりです。

ことにその思いが強くなったのは、『宣告』を書き始めてからです。主人公は正田昭をモデルにしていますから、主人公の信仰の部分も正田の考えをなぞればいいのですが、私は一遍自分の心のなかに正田昭を生かして、そこから主人公を描いていったわけです。そのためか、小説を書いてるあいだは、自分が絞首台に上って吊るされるという夢を見て、いよいよ死ぬという瞬間、びっくりして目が覚めるということが何度もありました。不思議なもので、そういう夢をたびたび見るようになってからは、小説がリアリティのあるかたちで書けるようになりました。

最初は正田昭とは何者だったのか、果たして人間は他の人間を理解することができるのかという疑問から始まったこの小説が、だんだんと宗教の世界というか、神を信ずるとはどういうことなのかへ関心が移っていきました。そうするうちに、「クロワール」という言葉が、自分のなかでどんどん肥大してきて、途中から、「信ずる」ことを主題にして小説を書くという方向へ変わっていきました。

死刑囚というのは特殊な在り方のようですが、そうではなく、パスカルがいっているように「人間は生まれながらの死刑囚」なんです。つまり、ある日、人間は誰でも等しく神に呼び出されて死の宣告を受ける。私もパスカルと同じように考えました。死は神の命令によって行なわれるのであれば、死を乗り越えるためには神と対話しなくてはいけない、と。それで、キリスト教だけでなく、さまざまな宗教書を読み漁りました。たとえば、仏教の本とキリスト教の本を交互に読んでいきながら両側に積み上げていく。そこで点数をつけるわけです。たとえば「老い」に関して釈迦はきちんと語っているが、イエスはそれについては何もいっていない。その点は、釈迦のほうに軍配が上がる……。

そんなことをやっているんですよと、知り合いの門脇佳吉[※55]神父にいったら、「あなたは、この小説を書くときに〝信ずる〟という言葉をずいぶん使っていますが、でも、信ずるというのはそんなものではない。あなたにはまだ、宗教がわかってない」といわれました。門脇神父は

『宣告』を書いているときに、キリスト教についていろいろと教えを乞うた方ですが、どこか私の中途半端さを感じていたのでしょう。それをもっとはっきり私にいってくれたのが、遠藤周作さんです。彼は『宣告』を評して、「これは無免許運転のキリスト者だね。ほんとうのキリスト者はこういうようなかたちでは神を見ないはずだ。神が百パーセント存在することに少しの疑いもないというのが、クロワール、信仰である。もしかして神はいないのではと疑っているようでは、まだ免許は与えられない」と批判されました。

それでも私自身、『宣告』を書き終えたとき、ある山を越えた気持ちがしました。雑誌に連載したのは三年半ほどでしたが、その前に準備期間が五、六年あるわけですね。だから、私の四十代は、この小説一冊に全部使ってしまったという感じがします。

※1　石炭産業が衰退していくなか、三井鉱山は経営合理化と称して一九五九年から数千人規模の人員削減案を含む会社再建案を提出。十二月には千四百九十二人に退職を勧告、応じない千二百七十八人を指名解雇。総評に全面支援を受けた労組側はこれに反発、無期限ストに突入。対して財界から支援を受けた会社側は全鉱山施設をロックアウトして対抗。「総資本対総労働」と呼ばれた。六〇年三月十七日、一部労働組合員が三池労組新労働組合を結成して、スト離脱を表明。あくまでもストを主張する元の組合、旧労と対立を深めていくが、中央労働委員会の斡旋などもあって十一月一日スト解除を決定する。戦後労働運動の分水嶺をなす争議といわれた。

※2　一九五一年に締結された日米安全保障条約は、五八年から改定条約の交渉が始まるが、新条約は日米の軍事同盟的色彩が強まったとして、五九年三月二十八日、社会党、総評らを中心とした安保改定阻止国民会議が結成される。同会議は、五九年四月の第一次全国統一行動に始まり、市民・学生・労働者を含めた広範な反対運動を展開していった。六〇年五月十九日、岸信介内閣による強行採決により運動はさらに激化、〝六・一五統一行動〟においては、五百八十万人が参加。夕刻からは全学連主流派の学生約七千人が国会南通用門から構内に突入し警官隊と衝突、このとき、東大生・樺美智子が死亡。六月十九日午前零時、全学連など二万人のデモ隊が国会を取り巻くなか、新条約は自然承認された。二十三日、条約発効とともに岸内閣は退陣を表明、これを境に反対運動は収束していった。

※3　論文「フランスの妄想研究」は、雑誌「精神医学」第二巻八号──十二号（一九六〇年）まで、五回にわたって連載された。

※4　フィリップ・ピネル（Philippe Pinel 一七四五—一八二六）。フランスの精神医学者。ビセートル精神病院の医員として精神疾患者の閉鎖病棟からの開放を実践するなど、近代精神医学の創始者と称される。著書に『精神疾患に関する医学＝哲学的論考』（一八〇一）等がある。

※5　ヨハン・クリスチアン・ライル（Johann Christian Reil 一七五九—一八一三）。ドイツの精神医学者。著者『精神的方法による治療法の促進への寄与』（一八〇八）のなかで精神医学（Psychiatrie）という言葉を用いた。

※6　ミシェル・フーコー（Michel Foucault 一九二六—八四）。フランスの哲学者・歴史家。ポーランド、スウェーデン、ドイツなどで精神医学の臨床経験をする。最初の著書は『精神疾患と人格』（一九五四）、続いて『狂気の歴史』（六一）『臨床医学の誕生』（六三）などを刊行。哲学の著作としては『言葉と物』（六六）『知の考古学』（六九）等がある。

※7　ラカンは一九五三年から七九年までの二十六年間にわたってセミネール（セミナー）を行なっていた。その記録は年度ごとにまとめられ、全二十六巻が刊行されている。

※8　サンタンヌ病院精神科教授のアンリ・クロード（一八六九—一九四六）を中心とするフランスにおける精神医学の学派。前出のアンリ・エーもこの派に属していた。ラカンは、一九二七年から同病院で精神科医としての活動を始めた。

※9　ダニエル・ラガーシュ（Daniel Lagache 一九〇三—七二）。フランスの精神医学者。精神分析学派の大家。著書に『精神分析の理論と実践』『恋愛妄想病』等。加賀さんは、留学中に学会でラガーシュの謦咳に接している。

※10　邦訳は、『人格との関係からみたパラノイア精神病』（宮本忠雄、関忠盛訳、朝日出版社、

一九八七）

※11　「フランスの妄想研究」のなかで、加賀さんは、ラカンのパラノイア論を次のように解説している。

《「（A）自罰パラノイア（paranoïa d'auto-punition）と復権パラノイア（paranoïa de revendication）は諸精神病の中で特異なグループを形成している。これらパラノイアはいわゆる熱情機制によって惹起されるのではなく、人格発達が「超自我」の発生段階に停止するためにおこる。（B）パラノイア精神病の広大な領域はクレペリンの方法論の確実さによってその臨床的意義を保持している。まったく逆な道を通ってではあるが、厳密に心因的病因論によってパラノイア領域の独立性をわれわれはたしかめえた。（C）われわれの具体心理的分析はクレペリン流パラノイアの心因反応機制や概念機制のみならず、パラフレニーとパラノイド精神病の実に得体の知れない機制にも照明をあてうるものである。（D）われわれの方法をより不調和な（discordant、まとまりがない。ふつう分裂病に対して用いられる）精神病に適用するにしたがって、器質過程はますます明らかとなり、生活葛藤に対する反応はますます了解不能となる。しかしますます昔にさかのぼっていく人格発達の固着は本質的な重要さをもってくる。固着は第一次ナルチシズムの段階と密接な関係がある。この段階の不十分な人格機能を「前人格的な情動異常」（anomalies affectives pré-personnelles）とよぶこととしたい。（E）この研究で二つの症状が前景に出ていて病因論の解明に役だったが、同時に疾病論、臨床、予後の解明にも重要であることがわかった。この二つの症状とは「心気妄想念慮」と「同性愛的意味をもつ妄想内容」である。（F）かかる研究は精神病全体の合理的分類、了解的病因論、的確な予後判断さらには現在まで絶望的であった治療にまで貢献しうるのであろう」

ラカンは以上のようなパラノイア心因論を主張し、その治療も彼独特の心理療法によって可能であるといっている。彼の学説は単なる心因論ではなく、人格の発達過程を詳しく分析した点が特徴がある。彼によれば、「人格という現象」は人間的に了解可能である。この現象をみるのに、個人的、構造的、社会的の三つの観点があるが、人格は第三の社会的観点より研究されねばならない。この観点からみて初めて人格の了解性、人格発展の持続性、自我の理想化、社会緊張的などが明らかにされるのである。ラカンの所説はヤスパース流の現象学から出発してそれをのりこえている点で興味ぶかい。》

※12 エミール・クレペリン（Emil Kraepelin　一八五六―一九二六）。ドイツの精神医学者。一九一七年、ミュンヘン大学に精神医学研究所を設立。精神疾患の様態を、早発性痴呆と躁鬱病の二つに分類。現代精神医学の基礎を築く。作業量と経過時間の相関関係を用いた適性検査、クレペリン・テスト（内田＝クレペリン精神作業検査）でも知られる。

※13 土居健郎（どい・たけお　一九二〇―二〇〇九）。精神医学者。東京大学医学部を卒業後、アメリカのメニンガー精神医学校、サンフランシスコ精神分析協会に留学。帰国後、聖路加国際病院神経科医長。東京大学医学部教授、国際基督教大学教授、国立精神衛生研究所所長等を歴任。七一年に刊行した『「甘え」の構造』は、代表的日本人論としてロングセラーを続けている。

※14 サルトルのフロイト批判は有名だが、一九五〇年代後半、フロイトに関する新資料（アーネスト・ジョーンズ『フロイトの生涯』等）が刊行されたことで、サルトルのフロイトに対する評価が肯定的に変わった。五八年、アメリカの映画監督ジョン・ヒューストン

がフロイトに関するシナリオをサルトルに依頼し、サルトルは二つ返事で承諾した。シナリオはその年末ヒューストンに渡されるが、ヒューストンはいくつかの書き直しと削除を求めた。サルトルは譲歩して改めたが、結局彼のシナリオは大幅に変更され、六二年『フロイト』と題されて上映された。サルトルは自分の名前をクレジットから削除するよう要求、シナリオはその後刊行された（原著一九八四年、邦訳『フロイト〈シナリオ〉』西永良成訳、人文書院、一九八七）。

※15 たとえば、「レオナルド・ダ・ヴィンチの少年時代のひとつの思い出」では、『モナ・リザ』『聖アンナと聖母子』について論じている。そのほか、ミケランジェロの『モーゼ像』、シェイクスピアの『リア王』についての言及等がある。

※16 九鬼周造（くき・しゅうぞう　一八八八―一九四一）が一九三〇年に刊行。日本人独特の美意識を現象学的に考察した書。

※17 加賀さんは、この研究を「累犯受刑者の犯罪学的・『反則学』的研究」（石川義博氏との共著）として纏め、一九六四年、日本精神神経学会賞（森村賞）を受賞している。

※18 立原正秋（たちはら・まさあき　一九二六―八〇）。小説家。丹羽文雄主宰の「文学者」に拠り、創作活動を始める。「薪能」「剣ヶ崎」の二作が芥川賞候補となるが受賞には至らず、「白い罌粟」で直木賞受賞。

※19 雑誌「近代文学」は一九四五年十二月創刊（一九四六年一月号―六四年八月号。通巻一八五冊）。創刊同人は山室静、本多秋五、平野謙、埴谷雄高、荒正人、佐々木基一、小田切秀雄。文学者の戦争責任や旧プロレタリア文学運動の評価を巡って、中野重治ら「新日本文学」とのあいだで「政治と文学」論争を展開した。一九六〇年、「近代文学賞」を

創設、受賞作は、第一回、吉本隆明「アクシスの問題、転向ファシストの詭弁」（六〇）、第二回、立原正秋「八月の午後」その他の短編、草部和子「硝子の広場」（六一）、第三回、清水信「作家論シリーズ」（六二）、第四回、辻邦生「廻廊にて」（六三）、第五回、中田耕治「ボルジアの人々」、龍野咲人「火山灰の道」（六四）。

※20 高井有一（たかい・ゆういち　一九三二年生まれ）。小説家。七五年に専業となるまで、共同通信文化部記者と作家を兼業。主な著書に、『夢の碑』（芸術選奨文部大臣賞）『この国の空』（谷崎潤一郎賞）『夜の蟻』（読売文学賞）『立原正秋』（毎日芸術賞）『高らかな挽歌』（大佛次郎賞）『時の潮』（野間文芸賞）等。

※21 岡松和夫（おかまつ・かずお　一九三一―二〇一二）。小説家。一九五九年、「壁」で文學界新人賞を受賞した後「犀」に参加。主な著書に、「志賀島」（芥川賞）『異郷の歌』（新田次郎文学賞）『峠の棲家』（木山捷平文学賞）等。

※22 白川正芳（しらかわ・まさよし　一九三七年生まれ）。文芸評論家。一九六二年から「近代文学」に「埴谷雄高論」を連載して、注目を浴びる。主な著書に、『吉本隆明論』『埴谷雄高論全集成』『囲碁の源流を訪ねて』『埴谷雄高との対話』等。

※23 佐江衆一（さえ・しゅういち　一九三七年生まれ）。小説家。最初「文藝首都」に拠り、六〇年、「背」で新潮社同人雑誌賞受賞。「繭」をはじめ五度の芥川賞候補に推挙される。主な著書に、『北の海明け』（新田次郎賞）『黄落』（ドゥ・マゴ文学賞）『江戸職人綺譚』（中山義秀文学賞）等。

※24 金子昌夫（かねこ・まさお　一九二九―二〇〇五）。文芸評論家。『加賀乙彦短篇小説全集』全五巻（潮出版社、一九八四―八五）の全巻解説を執筆。主な著書に、『山川方夫論』

『蒼穹と共生──立原正秋・山川方夫・開高健の文学』『牧野信一と小田原』等。

※25 後藤明生（ごとう・めいせい　一九三二―九九）。小説家。早稲田大学露文科在学中の五五年、「赤と黒の記憶」が「文藝」の全国学生小説コンクールに入選。卒論は「ゴーゴリ中期の中篇小説」。以後、出版社勤務の傍ら創作を続け、六八年、専業に。主な著書に、『夢かたり』（平林たい子文学賞）『吉野大夫』（谷崎潤一郎賞）『首塚の上のアドバルーン』（芸術選奨文部大臣賞）等。二〇一二年、未完長編小説『この人を見よ』が発表されて話題となった。

※26 藤枝静男（ふじえだ・しずお　一九〇七―九三）。小説家・眼科医。四七年、「近代文学」に処女作「路」を発表。「近代文学賞」は藤枝が匿名で提供した年間五万円を基金として設立されたもの。六六年、「近代文学」の同人仲間を浜名湖に招待、以後「浜名湖会」として八八年までほぼ毎年開催された。主な著書に、『空気頭』（芸術選奨文部大臣賞）『愛国者たち』（平林たい子文学賞）『田紳有楽』（谷崎潤一郎賞）『悲しいだけ』（野間文芸賞）等。

※27 本多秋五（ほんだ・しゅうご　一九〇八―二〇〇一）。文芸評論家。「近代文学」創刊同人。戦時中から書き継がれていたトルストイの「戦争と平和」論は、『「戦争と平和」論』として戦後の四七年に刊行。当時高校生だった加賀さんに大きな影響を与えた。主な著書に『物語戦後文学史』（毎日出版文化賞）『古い記憶の井戸』（読売文学賞）『志賀直哉』（毎日芸術賞）等。

※28 埴谷雄高（はにや・ゆたか　一九〇九―九七）。小説家・評論家。「近代文学」創刊同人。同誌創刊後に発表された「死霊」は第四章で中断（四九年）、七五年、長いブランクを経

て第五章を発表、大きな話題を呼んだ。以後、死の直前まで書き継がれ、全十二章（構想）のうち、第九章で未刊のまま終わった。政治評論も書き、「吉本千年、埴谷万年」と、全共闘世代に、吉本隆明とともに教祖的存在とされた。主な著書に、『不合理ゆえに吾信ず』『幻視のなかの政治』『ドストエフスキイ――その生涯と作品』『影絵の世界』等。

※29 一九三三年一月、保高徳蔵主宰で創刊。徳蔵の死後は妻のみさ子が引き継ぎ、六九年十二月号まで刊行（七〇年一月、「終刊記念号」）。創刊時の編集顧問は、広津和郎、直木三十五、谷崎精二、宇野浩二等が名を連ねていた。同誌からは、芝木好子、大原富江、北杜夫、なだいなだ、佐藤愛子、中上健次等の作家を輩出。同人雑誌の黄金時代を築いた。

※30 北杜夫（きた・もりお　一九二七―二〇一一）。小説家・精神科医。歌人・斎藤茂吉の次男として生まれる。旧制松本高校時代に辻邦生を知る。二人の当時の交流は、『若き日の友情――辻邦生・北杜夫往復書簡』（二〇一〇）に詳しい。戦後、精神科医の傍ら「文藝首都」に拠り小説を発表、早くから才能を評価されていた。主な著書に、『夜と霧の隅で』（芥川賞）『楡家の人びと』（毎日出版文化賞）『輝ける碧き空の下で』（日本文学大賞）、《どくとるマンボウ》シリーズなど。

※31 山室静（やまむろ・しずか　一九〇六―二〇〇〇）。文芸評論家・翻訳家。「近代文学」創刊同人。北欧の文学や神話についての著作も多い。主な著書に、『北欧文学の世界』『アンデルセンの生涯』（毎日出版文化賞）『山室静著作集』（平林たい子文学賞）、訳書に、『タゴール詩集』ラーゲルレヴ『ニルスのふしぎなたび』トーベ・ヤンソン『ムーミン谷の冬』『たのしいムーミン一家』アストリッド・リンドグレーン『ロッタちゃんのひっこし』等。

※32 丸谷才一（まるや・さいいち　一九二五―二〇一二）。小説家・評論家・翻訳家。一九五二年、篠田一士、菅野昭正、川村二郎らと季刊同人雑誌「秩序」を創刊。創刊号に短篇「ゆがんだ太陽」を発表。以後、小説、評論、翻訳の各分野で旺盛な活躍を続けた。雑誌「海」六九年十一月号では、加賀さん、辻邦生とともに「われらの文学と方法」というシンポジウムを行なっている。主な著書に、『年の残り』（芥川賞）『たった一人の反乱』（谷崎潤一郎賞）『忠臣蔵とはなにか』（野間文芸賞）『新々百人一首』（大佛次郎賞）『輝く日の宮』（泉鏡花文学賞）、訳書にグレアム・グリーン『不良少年』ジェイムズ・ジョイス『ユリシーズ』（共訳）『若い藝術家の肖像』等。

※33 一九六四年創設。六五年の第一回は該当作なし。加賀さんが応募したのは六六年の第二回。当時の選考委員は、石川淳、井伏鱒二、臼井吉見、唐木順三、河上徹太郎。七八年の第十四回で賞は一時中断するが、九八年の太宰治没後五十年を機に筑摩書房と三鷹市の共同主催の形で復活した。

※34 吉村昭（よしむら・あきら　一九二七―二〇〇六）。小説家。学習院大学を中退後、繊維関係の団体に勤務しながら『文学者』『Z』などの同人誌に参加。第四十回、四十一回、四十六回、四十七回と芥川賞候補となるが受賞に至らず、「星への旅」で太宰治賞受賞。下積み時代の苦労は、夫人の津村節子『瑠璃色の石』に詳しい。主な著書に、『戦艦武蔵』『ふぉん・しいほるとの娘』（吉川英治文学賞）『冷い夏、熱い夏』（毎日芸術賞）『破獄』（読売文学賞・芸術選奨文部大臣賞）『天狗争乱』（大佛次郎賞）等。

※35 高橋和巳（たかはし・かずみ　一九三一―七一）。小説家・中国文学者。京都大学で吉川幸次郎に師事、立命館大学を経て京都大学助教授となるも、大学紛争の最中、学生側と

教授会との狭間に立ち懊悩、大学を辞する。その心情に全共闘世代が共感、大きな支持を得る。主な著書に、『悲の器』『我が心は石にあらず』『憂鬱なる党派』等。

※36
臼井吉見（うすい・よしみ　一九〇五―八七）。編集者・評論家・小説家。古田晁、唐木順三とともに筑摩書房の創設に関わり、四六年創刊の雑誌「展望」の初代編集長を務める。文芸評論でも活躍、故郷の地を舞台に近代日本の足跡を辿った小説『安曇野』（全五巻、谷崎潤一郎賞）を著す。川端康成の自殺の原因を辿った「事故のてんまつ」（「展望」七七年五月号）は物議を醸し、同誌が売り切れるという事態となった。

※37
大岡昇平（おおおか・しょうへい　一九〇九―八八）。小説家・評論家。京都大学在学中に、河上徹太郎、中原中也らと同人雑誌「白痴群」を創刊。その後スタンダール研究に没頭。太平洋戦争末期に応召、フィリピンで捕虜となる。その体験をもとに書いた『俘虜記』（横光利一賞）『野火』（読売文学賞）が大きな評価を得る。後出の芸術院会員辞退は、七一年十一月。その他の著書に、『花影』（毎日出版文化賞・新潮社文学賞）『レイテ戦記』（毎日芸術賞）『中原中也』（野間文芸賞）『事件』（日本推理作家協会賞）等。

※38
森有正（もり・ありまさ　一九一一―七六）。哲学者・フランス文学者。初代文部大臣森有礼の孫。一九四八年、東京大学仏文科助教授に就任、五〇年、フランスに留学。そのままフランスに留まり、大学を辞職。「経験」を軸にした哲学エッセイで、多くの読者を得る。主な著書に、『デカルトの人間像』『パスカル――方法の問題を中心として』『ドストエーフスキー覚書』『遥かなノートル・ダム』（芸術選奨文部大臣賞）『バビロンの流れのほとりにて』『経験と思想』等。

※39
大庭みな子（おおば・みなこ　一九三〇―二〇〇七）。小説家。夫の転勤に伴い、五九年

から赴任先のアラスカへ、当地で小説を書き始める。デビュー作の「三匹の蟹」は、群像新人賞・芥川賞を受賞。主な著書に、『がらくた博物館』（女流文学賞）『寂兮寥兮（かたちもなく）』（谷崎潤一郎賞）『啼く鳥の』（野間文芸賞）「海にゆらぐ糸」（川端康成文学賞）『津田梅子』（読売文学賞）『浦安うた日記』（紫式部文学賞）等。

※40 A・L・ウォリンスキイ著、埴谷雄高訳『偉大なる憤怒の書――ドストイェフスキイ「悪霊」研究』（一九四三年、興風館）

※41 小川国夫（おがわ・くにお　一九二七―二〇〇八）。小説家。一九四七年、二十歳でカトリックの洗礼を受ける。五三年、「近代文学」に「東海のほとり」を発表、渡仏。帰国後、『アポロンの島』（私家版、五七年）、島尾敏雄に激賞される。主な著書に、『試みの岸』『或る聖書』「逸民」（川端康成文学賞）『悲しみの港』（伊藤整文学賞）『ハシッシ・ギャング』（読売文学賞）等。

※42 中野孝次（なかの・こうじ　一九二五―二〇〇四）。小説家・評論家・ドイツ文学者。七二年『実朝考』でデビュー、以後、小説から評論・翻訳、古典から外国文学まで幅広い分野で執筆活動をした。九二年の『清貧の思想』はベストセラーとなり、「清貧」が流行語となった。その他の著書に、『ブリューゲルへの旅』『麦熟るる日に』『ハラスのいた日々』等。

※43 窪島誠一郎（くぼしま・せいいちろう　一九四一年生まれ）。無言館館主。父・小説家の水上勉とは二歳のときに生き別れとなり、三十五歳のとき再会を果たす。七九年、長野県上田市に信濃デッサン館を設立、九七年、分館として戦没画学生慰霊美術館・無言館を開設した。主な著書に、『父への手紙』『「無言館」ものがたり』（サンケイ児童出版文

化賞）等。

※44　太田治子（おおた・はるこ　一九四七年生まれ）。作家。父は太宰治、母は『斜陽』の主人公「かず子」のモデル、太田静子。主な作品に、「津軽」（婦人公論読者賞）『心映えの記』（坪田譲治文学賞）等。

※45　ウィリアム・ブレイク（William Blake 一七五七―一八二七）。イギリスの詩人・画家。大江健三郎の『新しい人よ眼ざめよ』は、ブレイクの詩を軸に展開されている。

※46　『小説論――「パルムの僧院」をめぐって』バルザック／スタンダール著、大岡昇平訳。創元社百花文庫、一九四七年刊。

※47　「大岡昇平における私と神――「野火」をめぐって」（「展望」一九七〇年九月号、後に『文学と狂気』筑摩書房、一九七一に収録）。

※48　加賀さんは、二〇〇〇年、日本藝術院会員になっている。

※49　武田泰淳（たけだ・たいじゅん　一九一二―七六）。小説家・中国文学者。東京大学在学中に竹内好と知り合い、「中国文学研究会」を設立、会誌「中国文学月報」を創刊。四三年『司馬遷』を刊行、敗戦時は、堀田善衞とともに上海にいた。富士山麓に別荘を持ち、近所に別荘のある大岡昇平と親交が深かった。その模様は、泰淳の妻・百合子の『富士日記』に詳しい。大岡昇平同様、藝術院会員に選出されるも固辞。主な著書に、『蝮のすゑ』『富士』『快楽』（日本文学大賞）『目まいのする散歩』（野間文芸賞）等。

※50　木下順二（きのした・じゅんじ　一九一四―二〇〇六）。劇作家。東京・本郷に生まれ、旧制五中、五高の熊本時代の十年間を除いて、本郷界隈に暮らし続けた。大岡、武田同様藝術院会員に選出されるも固辞。主な作品に、「夕鶴」『子午線の祀り』（読売文学賞、

毎日芸術賞）『ドラマの世界』（毎日出版文化賞）『ぜんぶ馬の話』（読売文学賞）『本郷』等。

※51　一九六八年十月二十一日、「国際反戦デー」に全国で三十万人近くが集会やデモに参加。しかし、集会を許可されなかった新左翼各派約一千人が新宿駅構内に突入。周囲の群衆も含めた一万人以上がその流れに合流し、機動隊に向かっていった。駅構内、駅周辺は騒然となった。

※52　一九七〇年十一月二十五日朝、『天人五衰』最終回の原稿を書き終えた三島由紀夫は、森田必勝ら楯の会会員四人とともに、陸上自衛隊市ヶ谷駐屯地に向かう。東部方面総監室を占拠した後、午後零時、三島は自衛官の前でクーデタを促す演説をするが、その言葉に耳を傾ける者はなく、三島と森田は総監室に戻り割腹自殺を遂げた。この行動について三島は、私信で「純粋に憂国の情に出でたる」ものと記した。

※53　正田昭（しょうだ・あきら　一九二九―六九）。六人きょうだいの末っ子として、大阪で生まれる。父親はカリフォルニア大学で法律を学び、帰国後結婚して、商船会社や電力会社に勤めるが、正田が生後五カ月のとき死亡。父の死後、長兄は暴力をもって一家を支配下に置いた。幼い正田は、兄や母への不信の念を強めて自殺を考えたこともある。慶應義塾大学経済学部に入るが、ある女性との恋愛に悩む。卒業を控えて肺浸潤が発覚、一流企業への就職を諦める。証券会社に入るも、そのころから多額の金を浪費し、乱れた生活を送る。浪費生活が祟り生活は困窮。客から預かっていた株券（二十万円相当）を無断で売却、会社を解雇される。返済金に窮した正田は、金融業兼証券外務員の殺害を計画。一九五三年七月二十七日、仲間二人とともに、新橋駅前のバー・メッカで外務

員を殺害、現金四十一万円のほか腕時計などを強奪。同年十月、潜伏先の京都で逮捕される。一審（五六年十二月）、二審（六〇年十二月）、三審（六三年一月）とも死刑判決。六九年十二月九日、刑が執行された。六三年四月、群像新人賞に応募した「サハラの水」が最終五篇に残る。賞は逸したが、「群像」同年九月号に掲載。六四―六七年、加賀さんの編集により獄中手記を「犯罪学雑誌」に連載、後に『黙想ノート』（みすず書房、一九六七）として刊行。他の著書に『夜の記録』（聖パウロ女子修道会、一九六八）、また、望月光神父の勧めにより福音書の文語訳を試み、「マルコ福音書」（六八年十一月）「ルカ福音書」（六九年十二月）のガリ版刷りを知友に配る。正田の死後、翻訳は望月神父に引き継がれ、七七年、正田昭・望月光共訳『聖福音書』（発行・望月光）として刊行された（加賀乙彦『死刑囚の記録』中公新書、一九八〇、より）。

※54 ドミニコ会修道会が聖書研究のためにエルサレムにつくった「エルサレム聖書学院」は、フランス語圏カトリックの学者の総力をあげて聖書の翻訳に着手し、一九四八年から五四年にかけて分冊を順次刊行。五六年には、分冊を一冊にまとめて刊行。詳細な脚註と学問水準の高さをもって、すぐれた翻訳として高い評価を受けている。また従来、聖書の翻訳はプロテスタント系の学者の研究が圧倒的にリードしていたが、カトリックの聖書研究という点においても特筆すべき業績とされている。

※55 門脇佳吉（かどわき・かきち　一九二六年生まれ）。神学者・イエズス会司祭。禅などの東洋の宗教にも造詣が深く、上智大学東洋宗教研究所所長も務めた。著書に、『道の形而上学――芭蕉・道元・イエス』『禅仏教とキリスト教神秘主義』『パウロの中心思想――霊の息吹の形而上学』等。

第5部

いかにしてキリスト教徒となりしか

「神父様、わたしのような悪いことばかりをしてきた人間でも、主は許したまうでしょうか」

「あなた、自分が罪深い人間だと心の底から思いますか」

「思います。盗み、虐殺、殺人、虚言、欺瞞、そうして最大の罪は、心弱く、時の権力に、時代に、流されていき心ならずもの行為に走ったことです」

「それならば主は許したまうでしょう」

「すべての罪をですか」

「はい」

「しかし、それでは虫がよすぎます。わたしはまだ充分に罰せられてない気がします。すくなくともわたしは幸福にはなれません。幸福になっては神に申し訳がありません」

奥田神父はわたしを説得しようと努めた。主はすべてを許したまうと言った。おれは帰房して四福音書を注意深く読み、もう一度読み返し、さらに読み返した。七度目には非常に意地悪く、イエスの失言や落度を見つけてやろうと疑いつつ読んだ。だが、ついにイエスはただの一度も間違った発言をせず、その行為は完璧だった。それは実に不思議な発見だった。


（『湿原』「春の氷」より）

座禅とアイススケート

『宣告』は雑誌連載完結から七カ月後の七九年二月に単行本が出る。上下巻合わせて二段組み八百ページという大部にもかかわらず累計五十万部に及ぶベストセラーとなり、第十一回日本文学大賞を受賞。『宣告』刊行の翌三月、教鞭を執っていた上智大学を辞し、文筆に専念することになった。

『宣告』を書き終えたときに、大学を辞めようと思いました。四月になれば五十歳になる。果たして自分はあと何年くらい生きられるだろうか、と。仮に二十年だとすると、小説を書く時間があと二十年しかない。そう思い至ったときに大変なショックを受けたのです。もっと早くから書き始めていれば、書きたいものをもっと書けていたはずだ……と。私が初めて小説を書いたのは四十歳近くなってからです。大江健三郎さんのように早くから小説を書いてきた人に比べると、持ち時間が少ないと、いささか焦りが出てきた。それで大学を辞めたのです。

それでも、上智時代は恵まれた環境でした。幸運なことに、当時の文学部の部長がフランクルの『夜と霧』を訳された霜山徳爾※1先生で、霜山先生は陰に陽に私に暇をつくってくれて、小説を書く時間ができるように配慮してくださったのです。それに、『宣告』を書くためにはカトリックのことを知らないと書けないのですが、上智はもともとイエズス会が開設した学校ですから、当然神父が大勢いる。なかでも、先ほどの門脇佳吉先生と大変仲良くなり、先生にはいろいろとキリスト教について質問させてもらいました。おかげで、カトリックの神父の生活などもわかり、聖書もきちっと読むようになりました。最初は小説を書くためということでしたが、これを機縁にあらゆる意味でキリスト教との接触が始まり、私のなかに潜んでいたキリスト教への誘《いざな》いが呼び起こされることになったわけです。

　門脇神父は上智の東洋宗教研究所の所長でもあり、道元、親鸞など鎌倉仏教にもすごく詳しい方です。ご自分で座禅もやっておられて、大学の図書館で座禅会を開いたりしていました。私はそのころ道元に興味をもっていたので、門脇神父の座禅会にも参加していました。それが神父と接するようになった最初です。座禅を組んでいて、ある日気がつきました。外国人の神父はみんな背筋がピンとしているのに、座禅で鍛えている門脇神父以外の日本人の神父は猫背気味の人が多い。年齢もみんな、同じ四十代、五十代なのに、日本人のほうが老けて見える。これはなぜなのか、と。そこで、背筋のピンとしている人たちに訊いてみると、水泳をやったりマラソンをやったり、みんな運動をしている。「ああそうか、じゃあ私もなにか運動をやろう」と思い立ったわけです。

そう思ったとき、本郷のマンションのすぐ近くに後楽園のアイスリンクがあることに気がつきました。日曜日にリンクへ行ってみたらけっこう空いている。係の人に訊くと、リンクでは初歩的なスケートの指導をやっているということなので、それじゃあと通い始めたわけです。三級くらいになってなんとか滑れるようになると、今度は欲が出てきました。もう少し、ちゃんとした先生について指導してもらいたい、と。そこでヴェテランの佐藤友美先生を紹介してもらい、一週間に一時間だけ教わることになったんです。

教わってみると、自分の滑り方が間違っていたことに気づきました。それまでは手をスピードスケート選手のように動かして滑っていたのですが、両腕を動かしてはいけないと、佐藤先生に指摘されました。なるほど、教わったとおりにすると、実になめらかに滑れるようになりました。それからバックを教わり、だんだんに上達していく。そのうち、コンパルソリーといって、決められた図形に沿って滑っていく競技をやるようになりました。これはスピードを争うものではなく、一人でできるし、私のような年寄りに向いた競技なんです。図形によって難易度がちがうのですが、一番易しいものから初めて徐々にレヴェルを上げていくのです。

途中から女房も一緒にスケートをやるようになって、リンクが開く朝の十時に二人で後楽園へ行く。まだ誰も滑っていないから氷の状態がすごくいいんです。図形を描くにも具合がいい。それで一時間くらい滑る。大学の講義のない日に、週に二、三回通っていました。結局、スケートは二十五年間、七十歳くらいまで続けました。

おかげで、脚の筋肉が鍛えられて、友だちと山登りをしても全然疲れない。大学の仲間も、「近ごろ血色がいいね。若くなったね」といってくれたり、健康維持には大変役立ちました。ただし、筋肉がつきすぎて座禅が組めなくなってしまった（笑）。結跏趺坐《けっかふざ》の趺坐ができない。門脇先生に、これこれこういう理由で座禅会を辞めざるをえなくなったと伝えると、「惜しいけど、健康も大切だから、あなたの思った通りにやりなさい」と許してくれました。

そんなこともあって、私の小説のなかにはスケートがよく登場するし、『スケーターワルツ』※2という少女がスケートを主人公にした小説もあります。トルストイの『アンナ・カレーニナ』にも、キティという少女がスケートをやるシーン※3が出てきます。実際、ヤースナヤ・ポリャーナの入り口には大きな池があって、冬には凍った池でみんなスケートをしていたんですね。おそらくトルストイ本人も滑っていたにちがいないと思い、トルストイがスケートをやっている写真はないのかとロシア文学者の原卓也さんに訊いたんです。「そういう問題提起をしたのはきみが初めてだ」といって、いろいろ調べてくれましたが、結局見つかりませんでした。

専業作家になる

そんな具合にして、上智時代は大学の教師と運動をやりながら小説を書いていったわけです。七三年に『帰らざる夏』を書き、そこから七年かけて『宣告』を書いた。『宣告』は日本文学大賞を受賞したのですが、その発表は五月で、大学を辞めた三月にはまだ賞はもらっていませんでした。きっと心配だったのでしょう、霜山先生に、「あんたの小説は地味で、あまり売れるとは思えない。大学を辞めて、子ども二人を育てていけますか」といわれたのを覚えています。まあ、どうなるかはわからないけれど、そのときは、とにかく自分には時間がない、それだけが頭にあったんです。

幸い女房も、その決断になにもいいませんでした。「あなたがやりたいなら、やってみたらどうですか」、そういう態度でした。それでも、ほんとうに筆一本で食べていけるかどうか、完全に自信があったわけではありません。大学を辞めるには、かなりの覚悟がいりました。なんとも頼りない船出ではありましたが、『宣告』がベストセラーになったおかげで、いいスタートを切れたのは、とても幸運でした。まあ、パスカルがいうように、人間、一遍ぐらい人生は賭けるものだ、ということですね（笑）。

いま振り返ってみると、五十代の前半は、それまで書きたかったものをどんどん本にしていくという多産な時期でした。そして五十六歳のとき、『湿原』[※4]という小説を完成させました。主人公はカトリックの女性で、彼女が元犯罪者の男と愛し合うようになる。主人公は北海道の厚岸《あっけし》の近くに生まれて、幼いときから湿原を見ながら育つのですが、厚岸の近辺には釧路湿原、厚岸湿原、霧多布《きりたっぷ》湿原と、湿原が多くて、植物と動物の宝庫なんです。私も取材で何度も訪れました。実に素晴らしいところです。『湿原』という作品の主題のひとつは自然を描くことで、もうひとつは人間が底なし沼みたいなところに落ち込んで愛が殺されていくという、そういうふたつの主題が重なったタイトルです。

『湿原』を書いているときに感じたのは、リアリズムということをもう一度考え直そうということでした。ちょうど『宣告』の主人公を書くときに四苦八苦したように、ある人間をリアリズムで書く場合には、単に細部を描写するだけでなく、人間という存在そのものの秘密を明らかにしなければならないのではないか、と。そうすると必然的に神の問題、クロワール、すなわち「信ずる」ことの問題へと行き着き、いまだにこの問題が解決されていないことに気がついたんです。

『宣告』の連載が始まるのが一九七四年十二月（掲載は七五年一月号）以降、専業作家になるまでは夜、父が悠太に是非話しておきたいことがあると言うので、遺言かなにかと思いカセットレコーダーを持っていき、父に会った。父の話は昔のこと、旧制高等学校時代の思い出、病院のICUの苦しみと、とりとめない。最後に「生きることは苦しく、死ぬことは簡単だね」と言い、話すことに疲れはてて眠りに入った。

(『雲の都』第四部『幸福の森』第一章「音楽堂」より)

日曜日の朝、五時すこし前にM病院から電話があった。若い当直医の声で、母の自発呼吸が止まったが人工呼吸器をつけますか。今、手動で人工呼吸をしているところです。心臓は動いていますという。悠太はとっさに「お願いします」と言い、その直後に、自分は母の意思に反する行為をしたと気づいた。

(『雲の都』第四部『幸福の森』第二章「幸福の森」より)

ほぼこの作品にかかりきりだった加賀さんだが、七九年三月に大学を辞してから精力的に作品を書き始め、八四年には、『加賀乙彦短篇小説全集』全五巻が刊行される。その間、小説、エッセイ含めて作品名を挙げると、「カフカズ幻想」「ドンの酒宴」『死刑囚の記録』「十五歳の日記」「教会堂」「イリエの園にて」「新富嶽百景」「事故」……。七九年六月に書き始めた書き下ろし長篇『錨のない船』を八二年四月に刊行。八三年には、『湿原』の新聞連載が始まっている。作家としての充実期を迎えた加賀さんだが、この間に、ご両親を亡くされている。

父の死

父が亡くなったのは一九七七年三月です。前年の暮れ、突然倒れました。母から、父の様子がおかしいから来てくれという連絡があって駆けつけたら、父が便所に座ってハアハアいっていました。脈を診たらすごく乱れていたので、これはいけないと、秋葉原にあった三井記念病院に連れて行きました。検査の結果、心筋梗塞で即入院です。手術をして冠動脈を広げる必要があったのです。日本で初めて冠動脈バイパス手術が導入されたころでしたが、幸いなことにそれを導入した医師が三井記念病院にいたのです。後に、その医師と会ったとき、「あなたのお父さんに日本で何例目かの冠動脈のバイパス手術をしましたよ。私のところへ来てくれてよかった」とおっしゃっていました。手術は成功したのですが、入院中に吐血し、胃を調べてみたら癌が見つかりました。癌からの出血でした。心臓のほうばかり調べていたのでわからなかったのです。ちょうど上智で教えながら『宣告』の連載をしていたころで、病院に泊まり込んで原稿を書いていたのを覚えています。

倒れたのが七十三歳、亡くなったのが七十四歳のときです。あのころの医学では、七十歳以上の人には手術は危険だということになっていました。いまでは百歳でも大きな問題がなければ手術をしますが、当時、高齢で癌が転移している父のようなケースでは、無理して手術をしないというのが一般的でした。その病院でも、心臓だけをきちんとしてお帰しします、という判断でした。手術のおかげで心臓の具合はよくなり、父は正月に家に戻ります。正月に家族みんなが集まったのですが、父は食欲がほとんどありません。胃に癌があり、すでに転移も始まっていましたからね。癌のことは、弟たちは知っていましたが、母にはいえませんでした。ほんとうはいうべきだったのでしょうが、母の気持ちを思うと、いえなかった。母は何も知らないので、「どうして食べてくださらないの、私の料理が不味《まず》いの」といい、父は「食べたくないものは食べたくない！」などといって、よく喧嘩していました。なんとも複雑な正月でしたね。

家でふた月ほど療養した後、三月十四日に父が亡くなるのですが、亡くなる前の晩、父が私に、突然、昔の話をするんです。「人生というのは大変なものだ。ぼくなどはひどい近眼で戦争に行けなかったが、友だちは大勢戦争で死んでいる」というような話を延々とする。なんでこんな話を急に始めるんだと訝って、あまりしゃべると疲れるから、もう寝たら、といったくらいです。

翌朝、父のところへ行くと元気で、なんともないというので大学へ行きました。ちょうど三月の卒業判定会議（卒論についての協議）の時期で、会議中の午前十一時ごろ、家から「父が亡くなった」という電話が入りました。

あのときは、自分でもみっともないくらい狼狽《うろた》えました。ひとつは、癌の手術をしなかったことへの罪の意識からです。無理をしてでも手術してあげるべきだったのではなかったか。もうひとつは、昨晩、父が突然話し始めたときに、もっと親身になって聞いてあげればよかったと……。

父はあまり文学には関心がなく、私の作品も読んでいませんでした。母は、私が医者よりも小説家のほうに傾いていくのを喜んでいましたが、父は「ちゃんとした医者になれ。おまえは小説でちょっと有名になったようだが、いつまで小説を続けるんだ。医者は辞めたらダメだ、食えなくなるぞ」といっていました（笑）。医者はきちんとお金を稼げるが、文学なんていつダメになるかわからないという固定観念があったのですね。

父の死後、母に抑鬱の症状が出始めました。毎年正月には家族みんなを集めてご馳走を食べるのが恒例だったのですが、父の亡くなった翌年の正月、母はその集まりをやめるといい出したんです。それも鬱の現れですね。母のいう通りにしてはいけないと思い、是非やったほうがいいと母を説得して、我々兄弟と孫たちを集め、以後も毎年続けました。母は、長年の伴侶を失って、独りでいることに耐えられなかったはずなのに、その思いとは裏腹な行動に出たのですね。なるべく独りにしてはいけないと、間遠になっていた孫たちにも、日曜日はおばあちゃんとご飯を食べよう、といって母のところに来させるようにもしました。

母の死

母が亡くなったのは、父の死から六年半後の八三年の十月です。その年の七月十一日夜九時半過ぎ、信濃追分の私の山小屋にいちばん下の弟から電話がありました。「母のところへ行ったら新聞が溜まっていて様子がおかしい。急いでなかに入ったら、便所の前で母が倒れていた」と。突然のことで動顚しましたが、ともかく一刻も早く駆けつけようと、激しい雨のなか、泣きながら追分から東京まで車を飛ばしました。

東京に着いたのは午前零時過ぎでした。それまでの経緯を聞いてみると、母はクモ膜下出血で、すぐにかかりつけの医者に連絡したところ、その医師の手には負えないということで、父の手術をした秋葉原の三井記念病院へ運んだのですが、満床だというので、なんの診察もされないまますぐそばの上野の病院に搬送されたそうです。

私は上野の病院に着いて、先生の診立てがどうかを訊くと、「先生は昨日から重症患者の手術があって、まだ診ていません」というんです。「そんなバカなことあるか！」と思わず怒鳴りました。クモ膜下出血ですから、すぐに手術をしていたら出血を止めることもできたはずです。それを二人の医者が診察することなく十時間近くも放って置かれたわけです。私はあまりのことに呆れて、すぐ三井記念病院にいる友人の医者に電話をしました。彼は「そりゃ大変だ、救急車を回すから、いますぐ来てくれ、ぼくも行くから」といってくれ、私も救急車に同乗して病院に向かいました。

前の晩、満床で断られたといいますが、大きな病院には必ず特別な患者のための予備のベッドがあるんです。友人はそれを都合してくれたのです。すぐにCTを撮ったら、出血がかなり広がっていて、手術も難しい状態でした。そのまま入院し、意識の戻らぬまま十月十日に亡くなりました。

もし、前の晩に私が友人の医者に連絡を取っていれば……。いくつもの不運が重なったわけですが、悔やんでも悔やみきれません。

もうひとつ、悔やまれるのは、母が亡くなった日の朝、当直医から電話がかかってきて、「お母様の呼吸が止まりました。いま必死に蘇生をしていますが、人工呼吸器はつけますか？」と訊かれたとき、私はとっさに「是非お願いします」といってしまったことです。実は、父と同じころに亡くなった女房の父親が、最期には人工呼吸器をつけていたのですが、それを見てきた母が、私にこういったんです。「私が死ぬときには人工呼吸器はつけないでほしい。あんな残酷なことは私にはしないでほしい」と。それなのに、度を失った私は母との約束を忘れてしまったのです。

亡くなった後に、母は洗礼を受けていたことがわかりました。そのことは亡くなるまで誰も知らなかったのです。教会にはよく通っていたみたいで、そのころ家族の誰にも相談せずに、ひとりで洗礼を受けたようです。

葬儀は母の遺志に従って教会で行ない、生まれて初めて教会での葬儀を経験しました。生花を飾っただけのミサでしたが、なんて美しい葬儀なんだろう、と感動しました。カトリックの奥深さを目の当たりにしました。その後カトリックと仏教の比較をしていたときには、いつも母の美しい葬式が頭にありました。

しかしなぜ母がキリスト者になることを決心したのかわかりませんでした。友人にキリスト者が多くいたようですし、聖心女学院時代の話をすることもありましたから、素地はあったのかもしれません。母の死後、母の遺品を整理したのですが、洗礼を受けたことについてはどこにも書いていない。子どもたちにいっても、どうせわからないと思っていたのでしょうか。

母が亡くなって四年後に私も洗礼を受けることになりますが、私の受洗には母の影響もあったのかもしれません。

洗礼へいたる道

五十八歳のある日、門脇神父に、「先生、非常に苦しい」と告げました。トルストイやドストエフスキーの小説のなかに、神を知らない人が、神を信じている人間に対して「神ってのはどこにいるんだ、いるなら見せてみろ」といって嘲笑うような場面が出てきますが、私が夢中になってロシアの小説を読んでいた少年時代には、単純に神様がいると思っていたんです。ところが一遍その存在を否定してしまうと、世の中のことがうまく認識できなくなる。信仰をもたないことがだんだんと苦しくなってきました。そこで門脇神父に、私が疑問に思っていることを質問させてくださいとお願いしたわけです。

すると、傍で話を聞いていた女房が、「わたしを置いてかないでよ。わたしも関心がある。いままであなたが神父さんと話をしているのを聞いてるし、あなたの読んだ本もいくつか読んでみた」といいます。彼女は東洋英和というミッションスクールの出身でしたから、聖書もよく読んでいました。それじゃあ二人一緒にということで、九月初めの四日間をかけて、信濃追分の私の山小屋に神父に来ていただいて、私がキリスト教に関してわからないと思う事柄を質問したわけです。[※5]

当時の日記には、「九月三日　追分駅。門脇佳吉神父様と四日間対話をする。女房もその気でいる。神父様より午後一時半からお話をうかがう」とあります。まず原罪、聖霊、悪、選民（イスラエルの民がどうして神に選ばれたのか）などから始まり、二百項目くらい質問しました。そのとき神父がもってこられたのは新約聖書一冊だけでしたが、神父は結局それを一度も開かずに、私のすべての質問に詳しく答えてくれました。たとえば、「復活」というのは、死んだ人間が生き返るのですから非常に不思議なことです。「新約聖書にはイエスの行なった奇蹟が種々限りなくありますが、あれは実際にあったことだと考えてよいのでしょうか？」とか、あるいは「悪魔は実在するのか？」「天使は実在するのか？」とか。ただ、「神に直接語りかけられるという経験は神父様におありですか？」という質問だけは、「それだけはお答えできません」とおっしゃいましたが（笑）。

そんな丁々発止のやりとりを丸二日間続けました。ともかく朝から晩まで質問攻めでした。後年門脇神父から、「あのときのあなたたちはすごい迫害者だった」といわれましたが（笑）、そうだったんでしょうね。私は科学者なので、神の存在をどう証明できるのか、そして聖書に出てくる多くの奇蹟は事実なのかそれとも比喩なのかとか、なんでも理詰めで考えるところがありますから。

最後の質問は「最後の審判」についてでした。「それがなければイエスの存在価値がないでしょう」と神父さんがおっしゃり、そういうものかなあと思ったのを覚えています。そして、三日目のお昼ごろ、いくらでも湧いて出てきた質問が、突然、水を最後の一滴まで出しきったかのように、なくなってしまった。質問帳を調べてみても、すべて訊いており、訊き漏らしもなかった。外を見たら空が曇ってきて、影をつくったかと思うと、ふたたびサーッと晴れて日が差してきた。そのとき、もはや自分はイエスについて何も疑うことがない。イエスについていくことがほんとうの真理だと感じました。それは不思議なことというより、うれしいことでした。何かを飛び越えたんですね。

実際に、いまでも教会に行くとうれしい。教会へなぜ行くかというと、うれしがるためなのです。なにか良きことがある、と思う。それと同じようなことがその瞬間に起きたんですね。自分にはイエス以外に信ずるものは何もないということ。イエスを信じるというのは、心がパッと明るくなるような、大変喜ばしいことだということ。うまくいえませんが、そういう気持ちでした。女房もまったく同じ気持ちになっていたそうです。

そのとき神父が聖霊の話をされました。聖霊とは一般的な解釈では、神が人間になにかを伝えるためのもの——ある種の郵便物の如きものです。神父はこういいました。「風は思いのままに吹く。あなたはその音を聞いても、それがどこから来て、どこへ行くかを知らない。霊から生まれた者も皆そのとおりである」（「ヨハネによる福音書」第三章八節）。ここでいう霊というのは生命みたいなものですね。風と同じように、人間はどこから来て、どこに生まれて、そしてどこで死ぬかはわからない。あの言葉に私は非常に打たれました。同じようなことを荘子は「人の天地の間に生くるは、白駒の隙を過ぐるが若《ごと》く、忽然《こつぜん》たるのみ」といっている。これもなかなかに含蓄がある言葉ですが、ヨハネの風の譬えは秀逸です。

神父のその言葉を聞いて、ある嵐の日を思い出しました。台風が来て、庭にあったカラマツはほとんど倒れてしまったのですが、大きな栗の木——奇しくも、そのときまさにその栗の木の下にいたのです——だけはどっしり立っていた。台風がどこから来たのかわからない。しかし台風は木を倒しながら、確固として存在している。ものすごい力をもった風、それこそが聖霊だ、と。嵐の後、木の倒れ方を見て、ちょうど私の家が風の通り道になっていたことを知りました。

うまくいえませんが、それが私に「訪れた」んです。パッと開けたんです。疑わなくなった。「イエスよ、ひとつでも嘘をいったら赦さんぞ」という気持ちで（笑）、ずいぶん意地悪く新約聖書を読み直しましたが、イエスの言った言葉で、私が「これは間違いだ」と思ったのはひとつもなかった。この人なら信じてもいいと得心できたときに、私を長年悩ませてきたクロワールの問題が、百パーセント解決したんです。

それから三人で昼食を食べて、食べ終わってから神父に「あなたたちは洗礼を受けていいですよ」とお許しが出ました。

信州での「質問会」から三カ月半ほど経った、十二月二十四日、クリスマスイヴに、加賀さんは夫人と一緒に正式に洗礼を受けた。その際、洗礼式に立ち会って証人となる代父母の役を担ったのが、かつて加賀さんの無免許運転を叱責した遠藤周作夫妻だった。

洗礼式は上智大学の十番教室というういちばん大きな教室で行ないました。そこには聖歌隊もいて、上智の神父様たちが大勢集まっておられ、私たちは十人くらいの方といっしょに洗礼を受けました。洗礼式には幼年学校からの友人である磯見辰典[※6]も、夫妻で来てくれました。

カトリックでは洗礼を受けるとき代父母が必要なので、私たちは遠藤周作夫妻に頼みました。遠藤さんは私たちが洗礼を受けることを大変喜んでくださり、お礼代わりに、一緒にフランス料理を食べました。その席で、遠藤さんは私にこういったんです。「とてもうれしいが、しかし大変だぞ。洗礼を受けるとなると、授けるほうも準備をしなくてはいけない。大きな盥《たらい》が必要で、それになみなみと水を入れる。しかもそれは氷の入った水だ。きみはパンツ一枚になって、そのなかにザブンと突き落とされる。きみはそのぐらいの覚悟ができているか？」

そんな話は聞いたことがないと思いましたが、「たしか、大正時代に刊行された『基督信者宝鑑』[※7]という本にはそういう話が出ていた気がする」とおっしゃって、続けて、「その次に頭に氷を載せて、蠟燭で少し焼く。そこへ塩をすり込む。これがまた痛い。この二つの試練を、きみは耐えられるか？　それから三日間は、きみは教会に入ってはいけない。門の前に立って、悪魔祓いをしなくてはいけないのだ」と脅すんです。

そんなこともやるのかと驚いている私に、「嘘よ」と隣の女房がいいました。遠藤さんは、「嘘じゃありませんよ、奥さん。あははは」なんて笑っている。嘘だったんですね（笑）。「しかし、いまのきみの恐怖におののく顔はよく覚えておくよ」なんていって喜んでいました。それが、遠藤さんが私についたいちばん大きな嘘です。

洗礼式では、遠藤さんが私の後ろに立ち、奥様が女房の後ろ、そしてそれぞれ肩に手を置いてくれます、そして私たちが蠟燭に火を灯すのですが、あのときの遠藤さんの大きな、温かみのある手は忘れられません。不思議なほど、とても温かい手でした。

式の後、門脇神父主宰の東洋宗教研究所でお祝いをしました。遠藤さんのおかげで信者になった矢代静一、三浦朱門（曽野綾子さんはその日は見えておらず、後でお祝いしてくださいました）などが集まってくれました。それから、東大時代にお世話になった土居健郎先生――土居先生も若いころからの熱心なクリスチャンでした――や、大勢の友だちが来てくれて、とてもいい日でしたね。遠藤さんは「さあ皆さん、ここにまた、私にたぶらかされた人がやってきました。おめでとうございます」などといって、満座を笑わせていたのが印象的でした。

私の洗礼名はルカ[※8]で、女房はテレジア[※9]（テレーズ）です。私がルカを選んだのは、福音書を書いたルカは医者で、私は作家専業となってからも、ずっと医者を続ける気持ちがあったからです。大学や病院に属してはいませんが、当時もいまも、ある私立精神科病院で定期的に患者を診ています。テレジアは二人いて、一人は大きいテレジアといわれ、いろいろな神秘的体験があります。もう一人は二十二歳くらいで亡くなった人で、祈りが届くという逸話のある、祈りの聖人です。だから祈りが神に届くように、テレジアの洗礼名を選ぶ人が多いのです。実際のところ、女房はテレーズの若く美しい顔で決めたらしいのですが（笑）。

洗礼を受けてから私の生活の基盤になるものが変わりました。女房といっしょに教会へ行くことが、二人にとっての大きな喜びになりました。そういうことはこれまでにはなかった大きな変化でした。そしてなにより、ものを書いてると自然に何らかのかたちでキリスト教が出てくる。ちょうど、水が低いところに流れるような感じで、自然にキリスト教へと流れていく。

もちろん、キリスト教を宣伝するような文章を書いているわけではないのですが、どこか作品の根本のところにキリスト教があるんですね。

私の小説の登場人物のなかには、神を求めて悶える人間が必ずひとりかふたり出てきて、その人たちの苦しみ、迷いがひとつの主題になっています。私は宗教がなかったら人生は闇だと思っています。これまたパスカルですが、「神はいないと考えれば、これほどつまらない人生はない」。もちろん信仰の世界を表現することは非常に難しい。逆にいうと、そういう難しいものを書くことに生きがいを感じるわけです。

死刑制度について

東京拘置所の医務部技官として死刑囚と面談し、『宣告』で死刑囚の内面を濃密に描いた加賀さんは、現行の日本の死刑制度は決して犯罪の抑止力になっていないことを早くから訴えていた。また、判決が下されてから刑の執行までの時間が曖昧なことも、死刑囚への心理的負担を大きくしているとも。加賀さんもよく引く、パスカルの『パンセ』には次のように書かれている。

《ここに幾人かの人が鎖につながれているのを想像しよう。みな死刑を宣告されている。そのなかの何人かが毎日他の人たちの目の前で殺されていく。残った者は、自分たちの運命もその仲間たち人間にとって確実な未来は死という出来事しかない。死以外のことは起ったり起らなかったりしうるが、死のみは絶対確実に起るのだ。しかし、この絶対確実な死も、いつおこるかわからないという留保つきだ。死刑囚のように明日何時に殺されるという宣告は、常にはおこらない。〔中略〕自然の死には予告がない。神は――近木〔拘置所の医官で精神科医〕は神という言葉で漠然と宇宙の調和を思い浮べた――人間に予告のない死しか与えなかった。ひとり人間のみが死刑宣告という殺人法を考案し、同胞に死を予告する。

（『宣告』より）

と同じであることを悟り、悲しみと絶望とのうちに互いに顔を見合わせながら、自分の番がくるのを待っている。これが人間の状態を描いた図なのである。》（『パンセ』一九九、前田陽一・由木康訳、中公文庫）

日本では、死刑の判決を受けてから、普通は五年以内に執行されることが多いのですが、判決に執行の時期が明記されているわけではありません。だから、死刑の判決を受けても、いつ執行されるかわからない。すべては時の法務大臣の裁量次第です。そしてまた、死刑囚のうちの誰に執行されるのか、法務大臣以外は知ることができない。死刑囚の側からいえば、自分がいつ死刑の執行を受けるかわからない。たとえば、三年以内とでも期限が切ってあれば、もう少し心が落ち着くわけです。しかし、帝銀事件[※10]の平沢みたいに死刑確定後三十年も刑が執行されなかった人もいますし、一年くらいで執行される人もいます。現行の日本の死刑制度のいちばんの欠陥は、法務大臣というひとりの人間、しかも国民が直接選んだのではなく政党が選んだ人物が執行命令書に署名することで刑が執行されることとです。人間、いつ死ぬかわからないことほど、怖いものはない。だから死刑囚は皆、明日、自分の番が来ると思うことにして、生きているあいだに何かをしておこうと、毎日を忙《せわ》しく生きることになるのです。

それから、無期囚と死刑囚のあいだには刑事上の刑の軽重はないんです。そのときの裁判官の判断によって、死刑になったり無期になったりする。無期というのは、一生刑務所にいて、懲役刑に服さなくてはならない。これはひどく残酷なことではないか、死刑囚は刑が執行されればそれ以上は苦しまずに済むのでそのほうが人道的ではないかと、最近そういう意見をいう人が多いようですが、実際の死刑囚、無期囚と長年接してきた私からすれば、無期囚というのは十年くらい経つと、刑務所に一生いるということに対して悩まなくなる。慣れてしまう。ある意味では、感情が鈍感になって一生ここにいることを苦しまない。それが現実なんです。死刑制度についてはさまざまな意見がありますが、まずは、実際の人間を見て、そのことを深く受け止めてから判断して欲しいと思います。

※1　霜山徳爾（しもやま・とくじ　一九一九―二〇〇九）。臨床心理学者。ゲシュタルト心理学全盛の戦前より、いち早く臨床心理学を学ぶ。戦後、ドイツに留学してボン大学で哲学博士号を取得。フランクルの『夜と霧』の訳者として名高い。主な著書に、『人間の限界』『人間へのまなざし』『素足の心理療法』。訳書に、アダム『カトリシズムの本質』フランクル『死と愛』メダルト・ボス『東洋の英知と西欧の心理療法』（共訳）等。

※2　筑摩書房、一九八七年刊。主人公の町井美也子は東京の大学で心理学を学ぶ女学生。幼児期からスケートになじんでおり、大学の部活とスケートクラブでスケートの練習に励む。

※3　《反対側のコーナーのあたりにいた彼女〔キティ〕が、深いスケート靴を履いた細い足をおぼつかなそうに動かしながら、見るからにこわごわと彼〔リョービン〕のほうへ向かって滑ってくるところだった。ロシア風の服を着た少年が一人、身をかがめてむやみに両腕を振りながら彼女を追い越した。彼女の足取りは頼りなかった。紐でつるした筒状のマフから両手を抜いて万一に備えて身構えながら、すでにリョービンを見分けてこちらに顔を向けていたが、そこには彼に向けた愛想笑いと自分のへっぴり腰への照れ笑いが浮かんでいた。最後のカーブを回りきると彼女は軽やかな足でトンと蹴りを入れ、まっすぐシチェルバツキーのところまで滑ってきた。》（『アンナ・カレーニナ』第一部第九章より。『アンナ・カレーニナ1』望月哲男訳、光文社古典新訳文庫）

※4　一九八三年五月―八五年五月、朝日新聞連載。八五年九月、単行本刊行（上下巻、朝日新聞社）。主人公の自動車整備工・雪森厚夫は、スケート場で出会った女子大生の池端和香子に仄かな恋心を抱くなど、ここにもスケートの場面が登場する。

※5　この「質問会」について門脇神父はこう記している。「第一日目、午前十一時頃別荘に着

きました。着いてすぐ話を始めようと、私は私なりに、ちゃんと準備をしておりました。キリスト教の中心的な柱をいくつか立て、その柱を一回ずつお話しようと思っていました。ところが、初めに何か質問がおありになればと思い、／「質問がありませんか」／と申し上げたところ、質問ぜめにあってしまいました。／後で伺うところによれば、先生は有名な『質問魔』だったのです。／結果から言えば、先生と奥様の質問だけを受け、私の準備した説明は少しも必要ありませんでした」（『加賀乙彦　キリスト教への道』みくに書房、一九八八）。

※6　磯見辰典（いそみ・たつのり　一九二八年生まれ）。歴史学者。一九六一年から九九年に退官するまで上智大学で教鞭を執る。著書に『パリ・コミューン』『鎌倉小町百六番地――昭和はじめの子どもたち』等。

※7　浦川和三郎（うらかわ・わさぶろう　一八七六―一九五五。カトリックの司祭）が著した、キリスト教信者の平生実践すべき徳行などを説いた本（一九一九年刊）。

※8　「ルカ福音書」と「使徒行伝」の著者。パウロの伝道旅行に同行して、初期キリスト教会の姿を伝えたことで有名。「コロサイ書」において、「愛する医者ルカ」（四章十四節）と出てくるところから、古来、ルカは医者であるとされている。

※9　大テレジア＝一五一五―八二。「アビラのテレサ」「イエスのテレサ」と呼ばれる。スペインのカスティリヤ州アビラに生まれる。二十歳のときにアビラ城外の女子カルメル会の修道院に入る。昔の原始会則によるカルメル会の再生を目指し、跣足カルメル会を創始。神秘家としても知られる。一六二二年、列聖される。著書に『自叙伝』『完徳の道』『霊魂の城』等。小テレジア＝一八七三―九七。「リジューのテレーズ」「小さき花のテレジア」

※10

「幼きイエズスと尊い面影の聖テレジア」などと呼ばれる。ノルマンディー地方のアランソンで生まれ、後にリジューに移住。姉のカルメル会入会をきっかけに神秘体験が現れ、十五歳でカルメル会に入会。神へ近づくただ一つの道は「小さき道」であるとして、その小さき道を示すことが自分の指名だとした。一九二五年、列聖される。主な著書に『幼いイエズスの聖テレーズの手紙』『小さき聖テレジア自叙伝』等。

一九四八年一月二十六日午後三時頃、東京都豊島区長崎帝国銀行椎名町支店に東京都の防疫班の腕章をつけた中年男性が、行員に赤痢の予防薬と偽って青酸化合物を飲ませ、十二人を死亡させ、現金約十六万円余と小切手を奪った。同年八月二十一日、北海道小樽のテンペラ画家・平沢貞通（当時五十六歳）が逮捕された。一審の第一回公判で捜査段階の自白をひるがえし無実を訴えたが、五五年四月、最高裁で死刑が確定。死刑確定後も無罪を訴えたが、八七年五月十日、獄中生活三十九年、刑の執行のないまま、九十五年の生涯を終えた。

エピローグ

大河小説の完結

二〇一二年七月、『雲の都』の第四部『幸福の森』、第五部『鎮魂の海』が同時に上梓された。『永遠の都』から四半世紀を経て、九千枚におよぶ大河小説が完結した。

私は『永遠の都』『雲の都』を書くために作家になったような気がします。ああいうかたちでのリアリズム小説というのは、日本にはほとんど存在しません。長大にして多くの人物が入り乱れている。そのなかに中心となる一人の人物——その人物は自分に近い場合もあるし、遠い場合もある——が歴史のなかで動いていく。そんな小説を書いてみたかったのです。明治以降の日本は、日清戦争、日露戦争、第一次世界大戦、日中戦争、第二次世界大戦と、多くの戦争に関わってきました。私自身、思春期までが戦争の時代で、それ以降は平和の時代でした。

しかし、平和といってもそれは国内だけのことであり、外に目を向ければ、朝鮮戦争、ヴェトナム戦争、湾岸戦争……生々しい残酷な出来事はいまだに続いています。

私が体験したことについて、いまの子どもたちには、なかなかわからないだろうけれど、大きくなって私の小説を読んでくれたら、こういう子どもがかつていたんだ、ということはわかってくれるはずだ。若い人に読んで欲しい、そういう小説を書きたい。それが『永遠の都』を書き始めた動機です。

まず幼年時代の戦争体験を書くことにしたのですが、私が自覚的に外界のことを意識したのは二・二六事件でしたから、そこから始めることにしました。実際、昭和十年辺りのことは割とよく覚えていましたから。そして、登場人物は皆、実際に私がよく知る人物たちがモデルになっています。三田の祖父、母と母の妹（小説では、初江と夏江）、母の叔母一家の娘たち（小説では四人姉妹ですが、実際は六人姉妹）など、幼年時代の私の周囲にいた人たちを中心にして物語が構成されています。

『永遠の都』の冒頭は、主人公の悠太が、幼稚園の同級生の千束という少女に幼い恋心を抱いていて、彼女の後を付けているうちに帰り道がわからなくなって母親が心配する、そういう場面から始まります。そして『雲の都』の最後は、千束の死で終わっています。悠太は初めて恋をした千束と自分の関係を生涯大切にして、その千束が死に、自らの死を予感するところで小説が終わるわけです。

といっても、最初から『永遠の都』の続篇を書くつもりはありませんでした。なにしろ、『永遠の都』だけでも完結するのにまるまる十二年かかったのですから。『永遠の都』を書き終えたときの「新潮」の編集長は前田速夫さん――その前が坂本忠雄さん。二人ともとても優秀な編集者で、私は編集者に恵まれていました――で、前田さんから是非とも続篇を書いてくれという依頼がありました。しかし、私はもう疲れ果てていたし、出すべきものはすべて出し尽くしたという気持ちもあったので、いったんは断りました。でも前田さんは決して退かず、夏になってから、信濃追分の山小屋までやって来ました。それで、例の栗の木の下で二人で話しました。前田さん曰く、戦争中のことをあれだけ書いたのだから、戦後をどう見たかというのも必要だ。それに、戦後は歳をとっていて時間の流れが早いからすぐ終わりますよ、と（笑）。それでも、自分としては『永遠の都』を書き切ったことで満足していましたから、その気はないと断りました。首を縦に振らない私を見て、いったん引き下がろうと思ったのでしょう、前田さんは、「ここにいると押し付けがましいでしょうから、帰ります」といって帰って行きました。

彼が帰った後、あれだけ真剣にいってくれるのだから、なにか応えなくてはいけないと思い、整理したばかりだった『永遠の都』の資料を見てみると、使っていない資料がまだたくさんあることがわかり、これを使えば一本くらい小説が書けるかもしれないなと思ってしまった。それが間違いの元だったわけです（笑）。もうひとつに、ちょうどドナルド・キーンさんの『日本語の美』という本を読んでいたら、「二十世紀の日本について書くべき小説はまだ書かれていない」という記述[※1]が目に飛び込んできました。私も常々キーンさんと同じように思っていたし、これは誰かがやらなければならないと思ったのです。そこで「よし、キーンさんに認めてもらえるものを書いてみようか」と奮起する気持ちになりました。

そんなことも相俟って、夏が終わり秋になるころ、ようやく書いてみようかという気持ちになりました。やはり、戦争のことだけでなく、戦後の日本の姿を書いて若い人たちに伝えることは、小説家の義務だろうという思いがあったからです。そのことを前田さんに伝えると、大変喜んでくれました。

そして、翌年から書き始めたのですが、前田さんの予想とはちがって、こちらもまた十二年という歳月を要してしまいました。それぞれ四千九百枚と四千百枚で、合わせてちょうど九千枚です。実は、『永遠の都』を三千五百枚まで書いたとき、米川正夫訳の『戦争と平和』が三千五百枚だったということに気づき、それを超えることにちょっとしたスリルを感じました。まあ、あくまで枚数だけの話ですが。そのとき全部で四千枚くらいにはなりそうだという予感はありましたが、まさかこれほど長くなるとは思いませんでした。

これを書いているあいだは、巡礼とペトロ岐部の取材以外にほとんど外国へも行かず、夢中になってひたすら書いていました。書いているあいだはほんとうに楽しくて、ちっともイライラしなかった。で、気がつくと八十歳になっていました。八十歳の誕生日を迎えたとき、これはとんでもないことだと思いましたね。普通、八十歳ともなれば、たとえ死んでも「天寿を全うした」といわれる年齢です。なのにまだ小説が終わっていない。はたして完結できるのだろうかという不安も過《よぎ》りました。

そうしていま、なんとか無事書き終えることができました。なんとも不思議な気持ちです。よく生きていたな、よく書き終えたな、と。ただ、この小説については、書くことに困ったということがまったくありませんでした。書くことは、自分のなかから自然にいくらでも出てきたのです。書くべくして書いたという感じです。次に書くべきことは自然に出てきたし、書き直しもほとんどありませんでした。『宣告』などはずいぶん苦しんで、迷って、書き直して、書き直して、大変な努力を要しましたから、あのときとは大きく違いました。まあ、ちょっと長すぎましたが（笑）、『永遠の都』『雲の都』私にとって特別な小説であることを、いまひしひしと感じています。

「ペトロ岐部」への挑戦

大長篇を書き終えたいま、そろそろ次の仕事にかかろうと思っています。ひとつは、オペラ。ある音楽家と共同でオペラの台本を書いていて、これは是非とも完成したい。もうひとつは、プロローグで話したペトロ岐部を主人公にしたキリシタン物です。この何年間か、私は彼の足跡を求めてギリシャからトルコ、トルコからシリアと、あの辺りをずっと回ってきました。

ペトロ岐部はローマでイエズス会員として養成を受けた後、リスボンに行きます。私は、彼が見たであろうポルトガルの不思議な森も見てきました。そこにはコルク樫が密生している森で、その樹皮を剝がしてコルクにするんですね。樹皮を剝がすと、そこから血のような真っ赤な樹液が出てくる。その剝がされて真っ赤な木が辺り一面に立っているのは、なんとも異様な光景で、ペトロ岐部も、さぞかし不思議に思ったにちがいありません。

ポルトガルで司教となり安楽な生活を送っていたところに、日本で島原の乱が起き、三万人ものキリシタンが殺されたという情報がペトロ岐部のもとに入ってきます。すると彼は、日本の信者たちを助けなくてはいけないと矢も楯もたまらず、ふたたび長い苦難の旅を経て日本に帰ってくる。日本に着いてからは、役人に追われながらも東北まで逃げ延び、最後は水沢で捕まってしまう。そこから江戸に送られて、柳生但馬守から査問を受けます。時には将軍家光も直々にその査問に立ち会いました。しかし、激しい拷問にかけられても、ペトロ岐部は頑として信仰を捨てませんでした。あの強さはどこから来ているのか。ペトロ岐部は人物が大きすぎるし、信仰が深すぎるんです。しかし、なんとかそこに迫り、リアリズムをもって彼の信仰の世界を書くところへ到達したい、と数年前から書く準備をしてきたものです。

それをいま、書き始めていて、思いの外順調に筆が進んでいます。これを完成させることで、私の文学は完結するだろうと思っています。

※1　『日本語の美』（中央公論社、一九九三）。この文章に続けて、こう書かれている。「『夜明け前』のような偉大な小説でなくても、何回も激動した二十世紀の日本の姿を伝えるような小説を書いて欲しい。このような小説は日本人のためだけではなく、世界中の読者のためになるものであろう。〔中略〕私は普通の歴史小説が嫌いである。大河ドラマになっても文学になりがたい。が、生き残っている日本人が覚えている過去――満州事変からの日本近代史――を背景にした小説は文学になるばかりか、どうしても必要なものだと思う」。『永遠の都』『雲の都』は、まさしくここでいう「激動した二十世紀の日本の姿を伝える」小説といえよう。

あとがき

この本は私の初めての自伝である。わが生涯についての、増子信一さんの問いに対して私が正直に答え、それに註をつけ写真を示し、年譜を補って成ったものである。結果として、ありのままの自伝になった。最近、『永遠の都』と『雲の都』という自伝的長編小説を上梓したが、この二つの作品は、自伝ではなく、あくまでフィクションに力点を置いた小説である。あれらの長編を読んだ読者から、加賀乙彦は、あんなに奇妙な男であったのかという質問が絶えなかったので、小説と自伝とは、全く違った態度と方法で書かれたものだと、はっきり言明しておきたい。

小説はどのように書いてもよいという自由な世界である。その自由のさなかに、小説家は、独自の物語と文体と思想で作品を書き上げる。さまざまな物語は縦の時間軸と横にのびる空間軸とをもって、読者を惹き付け、楽しませなくてはならない。さらに、私の場合、そこで提示される世界は、現実世界を独特のリアリズムでもって描き出すという制限をつけている。せっかくの小説の自由を、不自由にする理由は、過度の自由が私の生きてきた時代を描く邪魔になるからだとしか答えられない。

二〇一三年の四月の誕生日に八十四歳になる。自分はなんと言う奇妙な戦争と平和と、自然の大災害と原子爆弾と原発災害の時間を生きてきたことかと不思議に思う。その謎は解けないが、それらの存在が人々を苦しめ、滅亡の予告をしている事実からは逃げ出せない。そこに国の歴史と自分の一生を描いていくリアリズム小説の要請を覚えるのだ。自然災害であろうが人災であろうが、それが確固として存在していたという証言が私の文学であると思っている。

私は東京に生まれ、そこで大学までの教育を受け、そこで医師として働き、一九六七年、三十八歳の時より小説を発表し始めた。私にとっては、東京はもっとも親しい故郷である。作品の多くがこの大都市を舞台にしていることは私の運命であると思っている。

加賀乙彦

1929年（昭和4年）

4月22日、東京市芝区三田綱町（現・港区三田二丁目）にある母方の祖父が経営する野上病院にて出生。本名小木貞孝。父・孝次、母・米の長男。その後、豊多摩郡西大久保一丁目（現・新宿区歌舞伎町二丁目）に住む。

1936年（昭和11年）**7歳**

2月、二・二六事件。4月、淀橋区立大久保小学校に入学。

1941年（昭和16年）**12歳**

4月、尋常小学校から国民学校初等科に改称、六年生となる。12月、太平洋戦争勃発。

1942年（昭和17年）**13歳**

3月、母と伊勢旅行。4月、東京府立第六中学校（現・都立新宿高校）に入学。

1943年（昭和18年）**14歳**

4月、名古屋陸軍幼年学校に第四十七期生として入学。

1945年（昭和20年）**16歳**

5月、東京大空襲で野上病院が消失。8月、太平洋戦争終結で幼年学校より復員。9月、第六中学校に復学。11月、都立高等学校（現・首都大学東京）理科に入学。

1949年（昭和24年） **20歳**
4月、東京大学医学部医学科に入学。

1951年（昭和26年） **22歳**
9月、サンフランシスコ講和条約締結（52年4月発効）。

1952年（昭和27年） **23歳**
5月、血のメーデー事件。

1953年（昭和28年） **24歳**
3月、同大学を卒業、一年間インターン研修。
7月、東京・新橋で「バー・メッカ殺人事件」（10月、犯人の正田昭、京都で逮捕される）。

1954年（昭和29年） **25歳**
5月、東京大学医学部精神医学教室に入局。
6月26日、医師国家試験合格により、医師免許証を取得。

1955年（昭和30年） **26歳**
11月、東京拘置所医務部技官となり、一年半の間死刑囚や無期囚に数多く面接する。

1957年（昭和32年） **28歳**
2月、フランス政府給費留学生試験を受験。翌月合格通知が届く。5月、東京大学附属病院精神科助手になる。9月、横浜港を出港、精神医学および犯罪学研究のためフランスに留学。10月、マルセイユ着。パリ大学附属サンタンヌ精神医学センターで勉学。

1958年（昭和33年） **29歳**
5月、父・孝次が渡欧し、ともにヨーロッパ旅行。

1959年（昭和34年） **30歳**
4月、北フランスのパ・ド・カレー県立サンヴナン精神科病院にて医師として勤務。9月、ヨーロッパを車で旅行、途中で交通事故を起こし、九死に一生を得る。

1960年（昭和35年） **31歳**
3月、サンヴナン病院を辞し、帰国の途へ。帰途アメリカに立ち寄り各種精神科病院を見学。帰国後、東京大学附属病院精神科助手に復職。同月28日、「日本に於ける死刑ならびに無期刑受刑者の犯罪学的精神病理学的研究」で医学博士号を取得。長篇「フランドルの冬」の稿を起す。4月、安保反対の国会請願署名運動が始まり、安保闘争が激化。10月31日、南部あや子と結婚。

1963年（昭和38年）**34歳**

12月19日、長男・多加志が生まれる。

1964四年（昭和39年）**35歳**

5月、「犀」同人となる。同人に立原正秋・高井有一・後藤明生・佐江衆一・金子昌夫・岡松和夫・白川正芳らがいた。同月22日、「累犯受刑者の犯罪学的および「反則学」的研究」で日本精神神経学会賞「森村賞」を受賞。11月、「犀」創刊。

1965年（昭和40年）**36歳**

2月、「犀」二号に「象」発表。3月、東京大学精神科助手を辞し、4月、東京医科歯科大学医学部犯罪心理学研究室助教授となる。

1966年（昭和41年）**37歳**

6月、「文藝首都」に「赤い指」発表。8月、「フランドルの冬」が太宰治賞次席として「展望」に掲載され、これを第一章とする長篇の執筆に取りかかる。10月、「犀」七号に「蚤」発表。12月、「南北」に「ゼロ番区の囚人」発表。

1967年（昭和42年）**38歳**

8月、長篇『フランドルの冬』刊行。9月、「三田文学」に「傾いた街」発表。11月、「犀」終刊。

1968年（昭和43年）**39歳**

4月、『フランドルの冬』で第十八回芸術選奨文部大臣新人賞受賞、『現代のエスプリ第三十号　異常心理』を編集、「概説・狂気への視点」「漱石の神経衰弱」を執筆。5月、「展望」に「くさびら譚」発表、後にこの作品は第五十九回芥川賞候補となる。6月、「新潮」に「闇に立つ白き門」を発表、これをもとに長篇「荒地を旅する者たち」を書き上げるべく稿を起す。

1969年（昭和44年） **40歳**

4月、上智大学文学部教育学科心理学専攻教授となり、犯罪心理学と精神医学の講座を担当。6月、「新潮」に「最後の旅」、「展望」に「風と死者」発表。7月、短篇集『風と死者』を刊行。8月、「婦人之友」に「春の町にて」発表。9月、「文藝」で遠藤周作・椎名麟三・武田泰淳と座談会「宗教と文学」。11月8日、長女・真帆が生まれる。

1970年（昭和45年） **41歳**

7月「文學界」に「夢見草」発表、「國文學・解釈と教材の研究」増刊で吉田精一・吉行淳之介と座談会「性と文学」。8月、「文藝」に「遭難」発表、「三田文学」で大庭みな子と対談「外国体験と小説」。9月、「人間として」に「制服」発表。11月、新宿区西大久保より文京区本郷に転居。三島由紀夫が割腹自殺。

1971年（昭和46年） **42歳**

5月、書き下ろし長篇『荒地を旅する者たち』刊行。6月、「文學界」に「雨の庭」発表、評論集『文学と狂気』刊行。この年、長篇「帰らざる夏」に着手。

1972年（昭和47年） **43歳**

1月、「海」に「夜宴」発表、この作品を母体として後に長篇「宣告」が書かれる。

1973年（昭和48年） **44歳**

4月、「文芸展望」に「異郷」発表。7月、『帰らざる夏』を書き下ろしで刊行。この夏、長篇「宣告」の構想を練る。10月、書き下ろし評論『ドストエフスキイ』刊行、同月『帰らざる夏』で第九回谷崎潤一郎賞受賞。11月、「新潮」に「砂上」発表。12月、「すばる」に「雪の宿」発表、「海」で大岡昇平と対談「作家の体験と創造」。

1974年（昭和49年） **45歳**

1月、評論集『虚妄としての戦後』刊行。2

月、随筆集『現代若者気質』刊行。3月、「文藝」に「残花」発表。4月、「文藝展望」に評論「愛と戦争の構図・『迷路』」発表、これは「日本の長編小説」と題して十回にわたる連載第一回で、以後二年半の間日本の近代小説を集中的に読む。7月、「毎日ライフ」で「頭医者事始」連載開始。9月、「文學界」で磯田光一の「体験・持続・散文精神」(「文學界」八月号)に答え「三島由紀夫とドン・キホーテ」。11月、『死刑囚と無期囚の心理』刊行。この年、信濃追分に山荘を建て、随時執筆の場とする。

1975年(昭和50年) **46歳**

1月、「新潮」に長篇「宣告」連載開始。

1976年(昭和51年) **47歳**

5月、『頭医者事始』刊行。8月、『帰らざる夏』がHelmut Erlinghagenによりドイツ語に訳され西ドイツのDeutsche Verlags-Anstalt社より刊行。

1977年(昭和52年) **48歳**

2月、「すばる」に「池」発表。3月、「文學界」で篠田一士と対談「日本の長編小説」。同月14日、父・孝次が亡くなる。6月、「太陽」に紀行「少年隊士の怨念」。7月、「文藝」に「冬の海」発表。8月、「海」に「暗い海」発表。8月末から9月初頭にかけ、ハワイ・ホノルルでの世界精神医学会議に出席。9月から10月にかけ、ソ連作家同盟の招待で、高井有一・西尾幹二と一ヵ月のソ連旅行。

1978年(昭和53年) **49歳**

6月、「文体」に「野上弥生子論」。7月、「宣告」完結。

1979年(昭和54年) **50歳**

1月、「文藝」に「漁師卯吉の一生」発表。2月、「文學界」に「嘔気」発表。『宣告』刊行。3月、上智大学を退職し、創作に専念する。5月、「すばる」に「カフカズ幻想」発表。6月、『宣告』で第十一回日本文学大賞受賞、

「錨のない船」の稿を起こす。12月、「すばる」に「ドンの酒宴」発表、アメリカに「錨のない船」取材旅行。

1980年（昭和55年）**51歳**

1月、ドキュメンタリー『死刑囚の記録』刊行、「文藝春秋」に「十五歳の日記」、「文藝」に「教会堂」発表。4月、「文學界」に「イリエの園にて」発表。

1981年（昭和56年）**52歳**

1月、「新潮」に「新富嶽百景」、「文藝」に「事故」発表。年末に三年越しの書き下ろし長篇「錨のない船」脱稿。

1982年（昭和57年）**53歳**

4月、『錨のない船』上下刊行。

1983年（昭和58年）**54歳**

5月、朝日新聞朝刊で「湿原」連載開始。10月10日、母・米が亡くなる。

1984年（昭和59年）**55歳**

2月、『加賀乙彦短篇小説全集』全五巻刊行開始。3月、大庭みな子らと中国旅行。11月、「群像」で秋山駿・加藤典洋と座談会「『死霊』七章《最後の審判》論」。

1985年（昭和60年）**56歳**

1月「すばる」に「LATE AFTERNOON」発表。4月から5月にかけ、東ドイツ旅行。5月、「湿原」連載完結。6月、河野多恵子・中上健次らと東西ドイツ旅行、ベルリン文化祭で講演。9月、『湿原』上下刊行。

1986年（昭和61年）**57歳**

1月、「新潮」で「岐路」連載開始。5月、日本文藝家協会理事となる。10月、『湿原』で第十三回大佛次郎賞受賞。

1987年（昭和62年）**58歳**

9月、信州追分にて門脇佳吉神父と四日間にわたって受洗のための質疑応答。12月、「岐路」完結、同月、遠藤周作夫妻を代父母として妻とともにカトリックの洗礼を受ける。

1988年（昭和63年）　**59歳**
3月、「群像」で「無限と虚無―私とキリスト教」。4月、日本ペンクラブ理事となる。6月、『岐路』上下刊行。同月、「新潮」で「小暗い森」連載開始。8月、韓国ソウルでのペン大会に出席。12月、「世界」で李恢成と対談「『天皇の世紀』と『私』」。

1989年（昭和64年・平成元年）　**60歳**
3月から4月にかけ、イスラエル、イタリア旅行。

1990年（平成2年）　**61歳**
3月、『ある死刑囚との対話』刊行。9月、「小暗い森」完結。

1991年（平成3年）　**62歳**
9月、『小暗い森』上下刊行。10月、「新潮」で「炎都」連載開始。

1992年（平成4年）　**63歳**
1月、『湿原』が包容により中国語に訳され中国の北岳文芸出版社より刊行。

1993年（平成5年）　**64歳**
12月、長篇「高山右近」執筆のためフィリピン取材旅行。

1994年（平成6年）　**65歳**
4月、『宣告』が包容により中国語に訳され中国の群衆出版社より刊行。9月、長篇「ザビエルとその弟子」執筆のためスペイン取材旅行、北部巡礼路を探訪。12月、「新潮」で津島佑子と対談「個人的な体験と想像力」。

1995年（平成7年）　**66歳**
1月、阪神・淡路大震災。医師ボランティアとして避難所を診察して回る。4月、「群像特別編集　大江健三郎」に「魂の文学の誕生」。5月、日本ペンクラブ代表として、団長尾崎秀樹・副団長加賀・眉村卓・高橋千劔破らで中国旅行。10月、NHKの番組でフランス取材旅行。11月、「炎都」完結。

1996年（平成8年）　**67歳**
5月、『炎都』上下刊行。6月、「群像」で宮

内勝典・栗原彬と座談会「宗教的人間」。7月、「新潮」で大江健三郎と対談「長編小説、時代の鏡と層をなす語り」。10月、NHKの番組でイタリア、ギリシャ、フランス、エジプト、イスラエルと取材旅行。11月、『錨のない船』が包容により中国語に訳され中国の北岳文芸出版社より刊行。

1997年（平成9年）**68歳**

4月、「群像」に「『死霊』と埴谷さんの死」、日本ペンクラブ副会長となる。5月から8月にかけ、『岐路』・『小暗い森』・『炎都』の三部作を一つの長篇小説『永遠の都』全七巻として文庫で刊行。6月から7月にかけ、NHKの番組でドイツ、ベルギー、フランス取材旅行。

1998年（平成10年）**69歳**

2月、軽井沢高原文庫館長となる。3月、「群像」に「中村真一郎さんの突然の死」。同月、『永遠の都』で第四十八回芸術選奨文部大臣賞受賞。

1999年（平成11年）**70歳**

1月、『錨のない船』がリービ英雄により英語に訳され講談社インターナショナルより刊行。6月、日本藝術院賞受賞。9月、「群像」に長篇「高山右近」発表、『高山右近』刊行。同月、『永遠の都』で第二回井原西鶴賞受賞。9月から10月にかけ、台本を担当した能「高山右近」をパリ日本文化会館で公演。10月、「新潮」で菅野昭正と対談「叙事と永遠」。

2000年（平成12年）**71歳**

1月、「新潮」で「雲の都　第一部　広場」連載開始。12月、日本藝術院会員となる。

2001年（平成13年）**72歳**

1月、『永遠の都』が包容により中国語に訳され中国の北京出版社より刊行。3月から4月にかけ、「ザビエルとその弟子」執筆のためインド、マレーシアへ取材旅行。11月、パリの日本館で講演。

2002年（平成14年）　**73歳**

1月、日本ペンクラブの代表として越智道雄と北京の人民大会堂で挨拶。5月、「雲の都　第一部　広場」完結。6月、「新潮」で「雲の都　第二部　時計台」連載開始。10月、『雲の都　第一部　広場』刊行。12月、「ザビエルとその弟子」執筆のためマカオ、中国へ取材旅行。この年はちょうどザビエル帰天四百五十年の記念の年だった。

2003年（平成15年）　**74歳**

4月、日本ペンクラブ副会長を辞任する。

2004年（平成16年）　**75歳**

4月、「群像」に「ザビエルとその弟子」発表。7月、『ザビエルとその弟子』刊行。同月、長野県中野市より市政発展に寄与のため市政功労章の銀杯を受ける。

2005年（平成17年）　**76歳**

5月、旭日中綬章を受ける。7月、「雲の都　第二部　時計台」完結。8月、「新潮」で「雲の都　第三部　城砦」連載開始。9月、『雲の都　第二部　時計台』刊行。

2006年（平成18年）　**77歳**

3月、『高山右近』が Ralph Degen によりドイツ語に訳され Be.bra Verlag 社より刊行。8月、「すばる」で亀山郁夫との対談「二つの『ドストエフスキー』の間に」。

2007年（平成19年）　**78歳**

1月、文京区区民栄誉賞を受ける。6月、日中文化交流協会の代表として辻井喬らと中国旅行。12月、「雲の都　第三部　城砦」完結。

2008年（平成20年）　**79歳**

1月、「新潮」で「雲の都　第四部　幸福の森」連載開始。3月、『雲の都　第三部　城砦』刊行。4月、5月、「雲の都」取材のため二回にわたり韓国旅行。11月19日、妻あや子、亡くなる。

2009年（平成21年）　**80歳**

5月、日本文藝家協会名誉会員となる。11

月、『高山右近』『ザビエルとその弟子』と三部作をなす長篇「ペトロ岐部」執筆のため、トルコ取材旅行。12月、評論『不幸な国の幸福論』刊行。

2010年（平成22年）**81歳**

5月から6月にかけ、「ペトロ岐部」執筆のため、イタリア、ギリシャ、ポルトガル取材旅行。9月末より10月初旬、ロシア極東文学者の「ポエジー・フェスティバル〝岸辺〟」に招待され講演、シンポジウムに参加。

2011年（平成23年）**82歳**

1月、心房粗動で倒れ、入院。3月、肝障害で再入院。同月11日、東日本大震災。10月、文化功労者を受章。11月、文京区名誉区民となる。

2012年（平成24年）**83歳**

1月、「雲の都　第四部　幸福の森」完結。同月、『科学と宗教と死』刊行。7月、『雲の都　第四部　幸福の森』、『雲の都　第五部　鎮魂の海』刊行。11月、『雲の都』で第六十六回毎日出版文化賞企画特別賞を受ける。

2013年（平成25年）**84歳**

2月、『ああ父よ　ああ母よ』刊行。

（敬称略）

著書目録（基本的に編著・再刊本は含まず。また、文庫は二〇一三年一月三十一日現在、各版元に在庫のあるものに限った）

単行本

フランドルの冬（1967・8　筑摩書房）
風と死者（1969・7、筑摩書房）
荒地を旅する者たち（1971・5　新潮社）
文学と狂気（1971・6　筑摩書房）
雨の庭（1972・6　湯川書房）
夢見草（1972・11　筑摩書房）
日本の精神鑑定（共著、小木貞孝名、1972・3　みすず書房）
帰らざる夏（1973・7、講談社）
ドストエフスキイ（1973・10　中央公論社）
虚妄としての戦後（1974・1　筑摩書房）
現代若者気質（1974・2　講談社）
異郷（1974・6　集英社）
死刑囚と無期囚の心理（小木貞孝名、1974・11　金剛出版）
あの笑いこけた日々（1975・2　角川書店）
春夏二題（1975・12　沖積舎）
頭医者事始（1976・5　毎日新聞社）
日本の長編小説（1976・11　筑摩書房）
黄色い毛糸玉（1976・11　角川書店）
仮構としての現代（1978・10　講談社）
宣告　上下（1979・2　新潮社）
私の宝箱（1979・7　集英社）

頭医者青春記（1980・3　毎日新聞社）
見れば見るほど…（1980・5　日本経済新聞社）
イリエの園にて（1980・6　集英社）
犯罪（1980・9　河出書房新社）
生きるための幸福論（1980・10　講談社）
嫌われるのが怖い（共著、1981・7　朝日出版社）
犯罪ノート（1981・9　潮出版社）
作家の生活（1982・3　潮出版社）
錨のない船　上下（1982・4　講談社）
戦争ノート（1982・8　潮出版社）
頭医者留学記（1983・2　毎日新聞社）
くさびら譚（1984・1　成瀬書房）
読書ノート（1984・5　潮出版社）
フランスの妄想研究（小木貞孝名、1985・6　金剛出版）
湿原　上下（1985・9　朝日新聞社）
スケーターワルツ（1987・12　筑摩書房）
岐路　上下（1988・6　新潮社）
キリスト教への道（1988・11　みくに書房）

母なる大地（1989・6　潮出版社）
ヴィーナスのえくぼ（1989・10　中央公論社）
ある死刑囚との対話（1990・3　弘文堂）
海霧（1990・6　潮出版社）
悠久の大河（1991・5　潮出版社）
生きている心臓　上下（1991・7　講談社）
小暗い森　上下（1991・9　新潮社）
脳死・尊厳死・人権（1991・11　潮出版社）
私の好きな長編小説（1993・1　新潮社）
生と死の文学（1996・4　潮出版社）
炎都　上下（1996・5　新潮社）
日本人と宗教（共著、1996・12　潮出版社）
鷗外と茂吉（1997・7　潮出版社）
高山右近（1999・9　講談社）
聖書の大地（1999・9　日本放送出版協会）
夕映えの人（2002・3　小学館）
宗教を知る　人間を知る（共著、2002・3　講談社）
雲の都　第一部　広場（2002・10　新潮社）
ザビエルとその弟子（2004・7　講談社）

雲の都　第二部　時計台（2005・9　新潮社）
雲の都　第三部　城砦（2008・3　新潮社）
雲の都　第四部　幸福の森（2012・7　新潮社）
雲の都　第五部　鎮魂の海（2012・7　新潮社）
ああ父よ　ああ母よ（2013・2　講談社）

全集

加賀乙彦短篇小説全集　全五巻（1984・2～1985・5　潮出版社）
加賀乙彦評論集　上下（1990・8／10　阿部出版）
現代の文学39（1974　講談社）
筑摩現代文学体系90（1977　筑摩書房）
新潮現代文学76（1980　新潮社）
昭和文学全集24（1988　小学館）
きのこ文学名作選（2010・11　港の人）
コレクション戦争と文学9　さまざまな8・15（2012・7　集英社）

文庫・新書

死刑囚の記録（1980・1　中公新書）
帰らざる夏（1993・8　講談社文芸文庫）
宣告　上中下（2003・7　新潮文庫）
小説家が読むドストエフスキー（2006・1　集英社新書）
悪魔のささやき（2006・8　集英社新書）
不幸な国の幸福論（2009・12　集英社新書）
湿原　上下（2010・6　岩波現代文庫）
錨のない船　上下（2010・11　講談社文芸文庫）
科学と宗教と死（2012・1　集英社新書）
死ぬのによい日だ（共著、2012・10　文春文庫）

翻訳書

精神病の治療（アンリ・バリュック著、共訳、小木貞孝名、1956　文庫クセジュ）
知覚の現象学（M・メルロ＝ポンティ著、共訳、小木貞孝名、1967　みすず書房）

年譜は除く

あ行

か行

さ行

た行

な行

は行

ま行

や行

ら行

わ行

※本書は、「すばる」２０１１年8月号・11月号、２０１２年7月号に掲載の「加賀乙彦インタビュー」をもとに、大幅に加筆したものです。
※年譜・著書目録は、講談社文芸文庫版『湿原　下』（２０１０年1月刊）の巻末の「年譜・著書目録」（文芸文庫編集部編）をもとに、加筆したものです。

インタビュー・構成＝増子信一
装幀＝菊地信義
本文・口絵レイアウト＝松田行正＋山田知子

加賀乙彦（かが・おとひこ）
1929年東京生まれ。小説家・精神科医。主な著作に『フランドルの冬』（芸術選奨文部大臣新人賞）『帰らざる夏』（谷崎潤一郎賞）『宣告』（日本文学大賞）『湿原』（大佛次郎賞）『永遠の都』（芸術選奨文部大臣賞）『雲の都』（毎日新聞出版文化賞特別賞）ほか。

加賀乙彦《かがおとひこ》 自伝《じでん》

2013年3月10日　第1刷発行

著者　加賀乙彦《かがおとひこ》
発行者　清水章治
発行所　株式会社ホーム社
〒101-0051 東京都千代田区神田神保町3-29 共同ビル
電話 03-5211-2966（文芸図書編集部）
発行元　株式会社集英社
〒101-8050 東京都千代田区一ツ橋2-5-10
電話 03-3230-6393（販売部）　03-3230-6080（読者係）

印刷所　大日本印刷株式会社
製本所　加藤製本株式会社

ISBN978-4-8342-5184-5 C0095　定価はカバーに表示してあります。